Ephraim Kishon

Beinahe die Wahrheit

Ephraim Kishon

Beinahe die Wahrheit

Die Geschichte
meiner Geschichten

Langen Müller

Übersetzung: Friedrich Torberg, Gerhard Bronner
und Ephraim Kishon

Verlagsredaktion: Brigitte Sinhuber-Erbacher
Umschlaggestaltung: Christel Aumann, München,
unter Verwendung eines Fotos von Isolde Ohlbaum
und zweier Zeichnungen von Rudolf Angerer
Satz: Filmsatz Schröter GmbH, München
Gesetzt aus 11/13.5 ITC Garamond, auf Linotron 202
Druck und Binden: Mohndruck, Graphische Betriebe GmbH,
Gütersloh
Printed in Germany 1985
ISBN: 3-7844-2049-4

Es liegt in der Natur der Sache.

Dieses Vorwort sollte ausnahmsweise gelesen werden. Danke.

Wenn ein Schriftsteller, von allen guten Geistern verlassen, während eines Vierteljahrhunderts pausenlos Bücher schreibt und seine ebenfalls nicht ganz normalen Leser ihm immer noch treu bleiben, wird diese literarische Liebelei unvermeidlich zu einer Ehe. Eine Ehe von 25 Büchern, die alle Vor- und Nachteile dieser weit verbreiteten und nicht unkritisierten Institution hat. Und so ist es nur natürlich, daß die beiden unfreiwilligen Partner sich bei der Silbernen Hochzeit fragen, mit wem sie da eigentlich fast lebenslang verbunden waren.

Der Schriftsteller verläßt dann seinen Elfenbeinturm, begibt sich auf Vortragstournee und verteilt immer unleserlichere Unterschriften en gros. Er versucht außerdem, bei verstohlenen Blicken durch Buchhandlungsfenster endlich einen Leser beim Kauf eines seiner Bücher zu erwischen. Bei Erfolg gerät er in erotische Ekstase.

Über das Geschlechtsleben von Humoristen

Gleichzeitig wird aber auch das Publikum auf den Mann hinter den Buchstaben neugierig, will erfahren, wer er ist, ob er so griesgrämig dreinschaut, wie man es von einem Humoristen erwartet, ob seine Augen von Schlafmangel gerötet sind, wie es der gute Ton verlangt, ob er groß oder klein ist, glatzköpfig oder im Gegenteil: ein Toupet trägt.

Die richtigen Antworten sind auf den nächsten 273 Seiten zu finden.

In dieser Intimphase stapelt sich am Schreibtisch des Dichters bereits die Fanpost, individuelle Briefe, in denen immer das gleiche steht, gleichgültig, ob sie von einer guterhaltenen Großmutter stammen oder vom ältlichen Redakteur einer Studentenzeitschrift. Auf die Bitte nach dem signierten Foto folgt unvermeidlich die Frage: »Wie wurden Sie Humorist?« (Die Antwort: »Durch ein Mißverständnis.«) Und dann geht es Schlag auf Schlag: »Gibt es ›Meinen Freund Jossele‹ wirklich?« (»Manchmal«) »Sind Sie im Privatleben auch so komisch?« (»Nur an ungeraden Tagen«) Die Kernfrage heißt jedoch: »Ist denn alles wahr, was Sie in ihren vielen Büchern zusammengeschrieben haben?«

Kein Problem bereitet mir der Autogrammwunsch: Die Unterschriften sind mir noch nie ausgegangen (obwohl ich sie meistens ohne Foto verschicke, denn ich bin der Konkurrenz mit Mick Jagger nicht gewachsen). Aber wenn es um den Wahrheitsgehalt meiner Geschichten geht, so komme ich doch ein wenig in Verlegenheit ...

IBM's vertuschte Niederlage

Vor geraumer Zeit hatte ich die Ehre, den Jahreskongreß von IBM zu eröffnen. Bei dieser Gelegenheit baten mich die Ingenieure des Weltkonzerns, sie bei der Konstruktion eines Humor-Computers zu beraten.

»Das kann doch nicht schwierig sein«, meinten sie, »schließlich gibt es bereits Computer, die preisgekrönte Gedichte schreiben.«

Da täuschen sich die Eierköpfe. Schweren Herzens mußte ich ihnen klarmachen, daß die einzige

Lösung ein überdimensionaler Computer wäre, in den ich hineinpasse...

Kleine Humoristen gesucht!

Humor hat leider keine Daten, mit denen man diese Ungetüme füttern könnte, denn das Grundgesetz des Humors ist, daß er keine Gesetze hat. Wenn jemand eine Stradivari zerlegt, um herauszufinden, was den besonderen Klang dieser Geige ausmacht, so wird er nichts finden. Das Geheimnis liegt in der Form.

So ungefähr verhält es sich auch mit dem Humor. Ich würde gern die intimsten Geheimnisse meines Berufes preisgeben, wenn es welche gäbe.

Das Geheimnis heißt: Beinahe.

Journalisten schreiben was interessant ist, Schriftsteller die Wahrheit und der Humorist beinahe die Wahrheit. B e i n a h e, das ist es. Wenn ein leicht angesäuselter Hilfsarbeiter, Abteilung Straßenbau, mit einem Preßlufthammer vor unserem Haus die Straße aufbricht, ist das lästig. Wenn er aber die ganze Stadt zu einem Blaumilchkanal aufgräbt, ist das plötzlich lustig.

»Heureka«, rufen an dieser Stelle die seriösen Humorforscher aus, »jetzt haben wir die Lösung: man muß die Realität weiterspinnen und ad absurdum führen.«

Wenn das so einfach wäre...

Voriges Jahr, als ich im Zürcher Flughafen dem Grenzpolizisten meinen Paß zeigte, bemerkte er freundlich:

»Aha, Herr Kishon aus Israel.«

Ein sympathischer Schweizer Gentleman hinter mir wurde sehr aufgeregt:

»Excusez«, stieß er hervor, »habe ich recht gehört, der Herr kommt aus Israel und heißt Kishon?«

Mit sonorer Stimme entgegnete ich:

»Ja, mein Herr.«

Der Gentleman wurde noch aufgeregter:

»Sind Sie vielleicht ein Verwandter des Schriftstellers?«

Ich erwiderte ungefähr so wie Lohengrin im Dritten Akt seine göttliche Herkunft offenbart:

»Nein, mein Herr, ich bin der Schriftsteller persönlich.«

»Schade«, sagte der sympathische Herr, drehte sich enttäuscht um und ging davon.

Das ist komisch, nicht wahr?

Mir jedenfalls gefällt es ungemein. Leider spielte sich die Szene nicht ganz so ab. Der Gentleman setzte nach seinem »Schade« nämlich fort: »Bitte, verstehen Sie mich recht: Ich habe in der Zeitung gelesen, daß einer Ihrer nahen Verwandten Ägyptologe ist wie ich...«

Also bitte. Mit Ägypten ist es nicht halb so lustig. Die Geschichte wurde erst komisch, als ich die Pointe wegließ.

Hier war also kein »Weiterspinnen der Realität« nötig, sondern das Gegenteil davon. Manchmal frage ich mich selbst, was Humor humorvoll macht. Vielleicht muß man den richtigen Rhythmus beim Lügen treffen? Ja, das ist durchaus möglich.

Im Grunde sind alle Schriftsteller notorische Lügner.

Einem guten Schriftsteller glaubt man jedes Wort, das er schreibt, sonst wäre er kein guter Schriftsteller.

Einem Humoristen hingegen unterstellt man immer, daß er schwindelt. Nur weiß man nicht wann und wo. Und wenn man es weiß, ist er ein schlechter Humorist.

In diesem Buch möchte ich für den Leser und auch für mich selbst herausfinden, wo sich eigentlich die Wege von Humor und Wahrheit trennen. Zur Demonstration habe ich einige meiner alten und neuen Lieblingsgeschichten ausgewählt, mit Hilfe einer Umfrage, an der ich allein teilgenommen habe. So hoffe ich, etwas über mich selbst und meine altgediente Stradivari erzählen zu können.

Und noch etwas.

Ich habe zum ersten Mal gewagt, ein Buch in deutsch zu schreiben. Und da ich diese Sprache auf recht ungewöhnliche Art, nämlich aus meinen eigenen Büchern gelernt habe, möchte ich meine Leser vorsichtshalber um freundliche Nachsicht bitten.

Der einfachste Weg, deutsch zu lernen

Ich verspreche, nichts zu verschweigen. Ich sage die Wahrheit, die ganze Wahrheit, und nichts als beinahe die Wahrheit.

Existieren sie also, oder existieren sie nicht? Von den zahlreichen Nachbarn zum Beispiel, die in meinen Büchern auftauchen, gibt es einige in ähnlicher Ausstattung, einige gar nicht und ein paar leider ganz genauso, wie ich sie beschrieben habe. Familie Spiegel (Name vom Autor geändert) könnte man eben gar nicht erfinden. So zuvorkommende und gleichzeitig so langweilige Menschen mußten erst geboren werden. Und sie laden uns immer wieder zu sich ein, nur weil wir sie auch einladen.

Dieses Buch beginnt mit der Familie und den Nachbarn. Es endet mit dem Weltuntergang. Man muß schließlich chronologisch vorgehen.

Natürlich kann dieses Besuchsritual nicht ewig dauern. Das Ende ist absehbar. Einige der Beteiligten werden aus Altersgründen ableben, die anderen aus Langeweile. Bis dahin müssen wir durchhalten.

Das wahre Problem sind aber nicht die Spiegels selbst, sondern ihr einziger Sohn Schragele (kein Pseudonym), ein Alptraum mit Sommersprossen. Der Knabe hat, wie es scheint, den kompletten Katalog negativer Eigenschaften geerbt, die seine Ahnen anzubieten hatten. Nach Ansicht der besten Ehefrau von allen ist er Rosemary's Baby.

Seit Schragele eine elektrische Gitarre mit 100 Watt Disco-Verstärker bekommen hat, sind die Häuser in unserer Gegend zu Schleuderpreisen zu haben. Was seine ohnmächtigen Eltern aber nicht davon abhält, ihn weiterhin nach Strich und Faden zu verwöhnen. Und da er so begabt ist, der Knabe, wird er privat unterrichtet (solange es die Hauslehrer aushalten) in allen Kultursprachen, in Singen, klassischem Ballett, Oboe, Naturwissenschaften, Squash und Judo. Letzteres hat mich übrigens dazu animiert, ihn umzubringen.

Kein Problem für einen Berufssatiriker.

Als das phantasievolle Kind nämlich auf das Dach unseres Hauses geklettert war, um einen seiner monströsen Drachen zu befreien und es seither im ganzen Wohnblock kein Fernsehen mehr gibt, ließ die beste Ehefrau von allen mich leise wissen:

»Ich schwöre dir, ich könnte ihn erschlagen.«

Der Humorist als Bestie

Der Wunsch meiner Frau ist mir Befehl. Ich setzte mich an den Schreibtisch und brachte Schragele um. Vorläufig nur auf dem Papier, aber das ist immer noch besser als gar nicht.

Diesmal war es also wieder soweit: Frau Spiegel hatte angerufen und uns zum Tee eingeladen. Nicht genug damit, ihr Mann hatte mir in der Redaktion einen Zettel folgenden Inhalts hinterlassen:

»Sie müssen unbedingt kommen! Schragele ist aus dem Ferienlager zurück!«

Es hat wenig Zweck, es zu leugnen: Wir waren verzweifelt. »Ich jedenfalls gehe nicht!« erklärte ich der besten Ehefrau von allen. »Wenn es keinen anderen Ausweg gibt, um aus der Geschichte herauszukommen, dann gehst du eben allein hin und sagst, ich hätte ganz plötzlich die Asiatische Grippe bekommen ...«

Um es kurz zu machen, den Spiegels tat es leid, daß ich allein gekommen war, und sie wünschten meiner Frau gute Besserung. Dann setzten wir uns hin, sprachen über die UNO, AIDS und ähnliches und stopften ein Stück Schokoladentorte mit Sahne in uns hinein. Soweit war es also ganz erträglich. Bis die Tür aufging und Schragele erschien.

»Schragele«, zischte Spiegel seinem Sohn zu, »hast du Schalom zu dem guten Onkel gesagt?«

»Nein«, antwortete Schragele klar und offen und wandte sich mir zu: »Onkel, geh mit einem Messer auf mich los.«

»Wie bitte?« Ich blickte etwas hilflos von Schragele zu seinem Erzeuger. »Was will der Knabe von mir?«

»Tuen Sie, was er sagt«, bat Aurel Spiegel mich freudestrahlend. »Gehen Sie mit einem Messer auf ihn los.«

»Wie komme ich denn dazu?« protestierte ich. »Das Kind hat mir schließlich nichts getan ...«

Geduldig erläuterte mir daraufhin Frau Spiegel, daß ihr Schragele im Ferienlager an einem Intensivkursus für Judo teilgenommen und dadurch die Fähigkeit erlangt hätte, jedweden Erwachsenen, der sich unvorsichtigerweise erdreiste ihn anzugreifen, flach auf das Parkett zu befördern. Ich möge deswegen die Liebenswürdigkeit besitzen, etwas mehr Sinn für Kooperation zu zeigen.

Ich bemühte mich, dieser unangenehmen Situation zu entrinnen, indem ich auf den Umstand hinwies, in solchen Angelegenheiten auf so gut wie keine praktische Erfahrung zurückgreifen zu können. Ich gestand, daß ich mich nicht erinnern könnte, wann ich das letzte Mal ein Kind mit einem Messer attackiert hätte.

Meine Ausführungen fielen nicht auf fruchtbaren Boden. Aurel erhob sich schließlich und ließ deutlich erkennen, daß er nicht gewillt war, länger auf den Beginn der Demonstration zu warten. Er nahm das Messer von der Obstschale, drückte es mir in die Hand und schubste mich in Richtung Schragele.

Ohne zu zögern trat der Knabe mit derartiger Wucht gegen mein linkes Schienbein, daß ich mich vor Schmerz krümmte. Als mir klar wurde, daß er sich fest vorgenommen hatte, danach auch meinem rechten Schienbein diese Behandlung zukommen zu lassen, stürzte ich mich mit dem Gebrüll eines ernstlich verstimmten Löwen auf Schragele. Schragele seinerseits ließ einen panischen Schrei ertönen und flüchtete aus dem Zimmer.

Mit einem Zuck zog ich das inzwischen im Türrahmen steckende Obstmesser wieder heraus und lief ihm nach. Wollte er nun, daß der Onkel mit dem Messer auf ihn losging oder wollte er nicht?

Ich bekam Schragele am untersten Treppenabsatz kurz vor der Haustür zu fassen, aber er wand sich heulend und jammernd aus meinem Griff, so daß mir nur sein Hemd in den Händen blieb. Ich zerfetzte es mit wenigen Schnitten.

Unterdessen waren die Spiegels meinem Amoklauf voll tödlichem Entsetzen gefolgt und schrien mich an, was ich denn da um Gottes willen mache?

»Ich gehe mit einem Messer auf ihn los«, antwortete ich keuchend. »Warum fragen Sie?«

Dann, das blitzende Obstmesser in der geballten

Faust, jagte ich Schragele durch das gesamte Straßenviertel. Inwieweit dieses Ereignis für seine Charakterprägung und damit den späteren Lebenslauf von Bedeutung sein wird, muß die Zukunft zeigen.

Über die Situation nicht informierte Leute aus der Nachbarschaft umzingelten mich schließlich vor dem Friseurgeschäft, als ich gerade im Begriff stand, hinter Schragele her den Laternenpfahl zu erklimmen. Ich leistete nur unbedeutenden Widerstand. Soll der Knabe am Leben bleiben. Ich brauche ihn noch für künftige Geschichten.

Als dieser Wunschtraum in einem meiner hebräischen Bücher wahr wurde, hoffte die beste Ehefrau von allen inbrünstig, daß die Spiegels das Buch lesen würden. Es gab jedoch keinerlei ermutigende Anzeichen dafür, und die innige Freundschaft zwischen uns blieb aufrecht.

Mein erster literarischer Mißerfolg

Schließlich brachte sie den Spiegels das Buch als Geschenk zum Unabhängigkeitstag mit, aber auch diese großzügige Geste blieb ohne Resultat. Im Gegenteil, Frau Spiegel nahm mich vor dem Haus beiseite und erzählte mir strahlend, wie sie im Bett meine gelungene Geschichte über dieses zurückgebliebene Kind und sein blödes Judo gelesen habe. Sie sei vor unterdrücktem Lachen – Herr Spiegel habe schon geschlafen – fast erstickt.

»Was mich besonders amüsierte«, gluckste Frau Spiegel, »war, daß Sie diesem unglückseligen Bengel den Namen meines Schragele gegeben haben...«

Es liegt übrigens im Schicksal der meisten Satiren –

und vielleicht auch im Geheimnis ihres Erfolges –, daß der Leser niemals glaubt, selbst die Rolle der Zielscheibe gespielt zu haben. Nicht einmal dann, wenn er bereits von drei Pfeilen durchlöchert ist...

Unsere Bemühungen in der Affäre Schragele verliefen also ergebnislos. Jedoch drängte sich uns dabei eine aktuelle Frage auf: Wieso sind die Kinder unserer Nachbarn durchwegs unausstehlich, während die unsrigen ihre Umwelt bezaubern?

Ein klassischer Generationskonflikt

Das Thema wurde natürlich auch von unseren Sprößlingen diskutiert und gipfelte aus ihrer Sicht in der Frage: »Wer ist schuld an unseren Neurosen, Paps oder Mami?«

Daß Renana den Anfang dieses Buches fest in der Hand hat, braucht niemanden zu überraschen. Rothaarige setzen sich eben immer durch.

Wie das Leben nun einmal so spielt, habe ich eine gewisse Schwäche für Kalbshaxen in Sülze. Hier ist allerdings der guten Ordnung halber hinzuzufügen, daß bei mir eine Sülze wirklich gesulzt sein muß und unter keinen Umständen diese undefinierbare, stinkende Soße sein darf, die wir jedesmal wegwerfen müssen, wenn unsere Tochter Renana die Tür des Kühlschrankes wieder einmal offenstehen ließ.

»Ephraim«, sagte die beste Ehefrau von allen, »unsere entzückende Tochter ist ja auch zu einem Drittel deine Tochter, also walte deines Vateramtes und sprich mit dem kleinen Biest.«

Und Ephraim waltet, geht energisch auf seine Tochter zu und sagt zum dritten Mal in ebensovielen Tagen:

»Wie oft muß ich dir noch sagen, verflixt noch mal, daß du die Kühlschranktür schließen sollst?«

Worauf Renana mit allem Respekt mit »Uff« reagiert.

Sie ist im Nahen Osten geboren, meine kleine Tochter, eine »Sabre«, wie die ortsübliche Bezeichnung lautet. Eine echte Levantinerin, unkontrolliert und unkontrollierbar, von einem bewundernswerten Gleichmut ihrer Umwelt gegenüber.

Montag abend ließ sie natürlich die Tür wieder offen, und ich machte mich sofort daran, ihr die Leviten zu lesen. Aber statt des üblichen »Uff« bekam ich diesmal folgendes zu hören:

»Was willst du eigentlich von mir? Schließlich habe ich doch deine Gene geerbt.«

Nun, ich hätte es voraussehen müssen. Kürzlich hatte ich sie nämlich bei der Lektüre eines Aufklärungswerkes mit dem mörderischen Titel »Tante Ella gibt Auskunft« ertappt. Und vorige Woche fragte mich Renana wie aus heiterem Himmel, ob ich wohl wüßte, wieviel Flüssigkeit mein Körper enthalte.

»Ein bis zwei Kaffeetassen«, sagte ich auf gut Glück.

»Falsch«, ihr Triumph war unüberhörbar, »zwei Drittel deines Körpers sind flüssig.«

Ich erwiderte, daß ich nichts dagegen einzuwenden hätte. Schließlich war ich nicht bereit, wegen einiger Tassen lauwarmen Wassers unser Familienglück aufs Spiel zu setzen.

Einige Tage danach verlangte unsere Tochter, daß ihre Nahrung mehr Kalzium enthalten solle, und kurz darauf informierte sie uns, daß sie in Erfahrung gebracht hätte, wie man ein Baby nicht bekommt.

Und dann kam die Sache mit den Genen.

Mit anderen Worten, meine Tochter offenbarte mir,

daß sie in keiner Weise für ihre Handlungen verantwortlich gemacht werden könne, weil ich – ihr eigener Vater – ihren schlampigen Charakter mit meinen ebenso verschlampten Genen verformt hätte.

»Ich wurde eigenhändig von dir gezeugt«, war ihre nicht ganz exakt formulierte Feststellung. »Du kannst also niemandem außer deinen eigenen Genen Vorwürfe machen.«

»Willst du damit sagen, kleines Fräulein, daß ich über Gene verfüge, die darauf programmiert sind, Kühlschranktüren offen zu lassen?«

»Natürlich«, sagte Renana, »aber zu deiner Entlastung könntest du geltend machen, daß du deinerseits diese Gene von deinen Vorfahren geerbt hast.«

So ist das also. Einer meiner zahllosen Ahnen dürfte im Jahre 1500 vor unserer Zeitrechnung, irgendwo auf der Sinai-Halbinsel, eine Kühlschranktüre offen gelassen haben, und seither werden in meiner Familie die für verfaulte Sülze verantwortlichen Gene in ungebrochener Kette über Generationen weitergereicht.

Wahrlich ein interessanter Gedanke.

So gesehen, sind wir eigentlich für gar nichts persönlich verantwortlich. Wenn einer zufällig die Gene der Frau Lot geerbt haben sollte, dann geht er eben durch sein Leben mit einem nach hinten gedrehten Kopf oder verwandelt sich langsam in eine Salzsäule. Das alles steht nicht in den Sternen, sondern in den Chromosomen, die ihrerseits diese Gene enthalten, und diese wiederum stehen in Renanas klugem Buch, das auf Tante Ellas Mist gewachsen ist.

»Du spinnst, mein Engel«, erklärte ich.

»Möglich«, sagte sie. »Darf ich das als deine persönliche Selbstkritik auffassen?«

Am Samstag fand die nächste genetische Auseinandersetzung statt. Der Kellner in unserem Stammlokal, der eben dabei war, unsere Rechnung zu erstellen, fragte Renana, was sie getrunken habe.

»Ein Glas Wasser«, sagte das kleine Biest mit verführerischem Lächeln.

»Was soll das heißen?« protestierte ich lauthals, »du hast zwei ganze Flaschen Orangensaft getrunken.«

»Hör mal, Paps«, zischte mir Renana zu, »zu wem hältst du eigentlich, zu mir oder zum Kellner?«

»Du solltest dich schämen«, wies ich sie zurecht, als wir das Lokal verließen, »das war doch glatter Betrug.«

Natürlich nahm sie wieder den kriminologischen Zweig der Geschichte zu Hilfe und zitierte mir alle einschlägigen Passagen aus Tante Ella.

Aber das Ärgste stand mir noch bevor, denn der Genentick wurde auch von ihrem Bruder übernommen. Nachdem Amir neulich meinen Wagen in eine freie Telefonzelle geparkt hatte, warf er mir einen niederschmetternden Blick zu, der zu fragen schien:

»Oh Paps, hättest du mir nicht Gene mit etwas mehr Geistesgegenwart vererben können?«

Ich war völlig ratlos und überflog im Geiste meine ganze genetische Ahnengalerie. Sie sind offensichtlich nicht nur geistesabwesend, meine auf Telefonzellen prallenden Gene, sondern für drei Monate auch ohne Führerschein.

Dann aber gab Renana unserer schwelenden Gen-Affäre eine völlig überraschende Wendung. Zum größten Erstaunen aller Beteiligten, besonders ihrer Lehrerin, erhielt sie in einer Mathematikarbeit die Bestnote. Allgemein sprach man von einem Wunder.

Ein Wunder? Daß ich nicht lache.

Natürlich hatte die kleine Hexe ihre Schularbeit vom Mathematikgenie ihrer Klasse abgeschrieben. Aber um eventuelle Verdachtsmomente von vornherein zu entkräften, schmuggelte sie einen Fehler hinein und korrigierte dabei, ohne es zu ahnen, den einzigen Fehler des besagten Genies und wurde zur Heldin des Tages.

»Oho«, triumphierte ich, »es scheint, daß die Gene deines Vaters doch klüger sind, als sie aussehen.«

»Lächerlich«, erwiderte Renana mit eiskalter Überlegenheit, »das sind natürlich Mamis Gene.«

Die beste Ehefrau von allen fühlt sich natürlich bemüßigt, ins selbe Horn zu blasen und bekräftigt ihr Töchterlein bereitwilligst in der Schnapsidee, daß sie von ihrer Seite nur Gene der allerbesten Exportqualität geliefert habe.

»Was deinen Vater betrifft«, äußerte sich die beste Ehefrau von allen, »so kann man seine Chromosomen an einer Hand abzählen.«

Ich schlug ihr vor, daß die elf Besten ihrer Gene gegen entsprechende Anzahl und Qualität der meinigen ein freundschaftliches Fußballmatch austragen sollten, um den Fall ein für allemal zu klären. Aber wie immer, wenn ich etwas äußerst Geistreiches vorschlage, bedeutete sie mir, daß man sie mit meinen infantilen Ideen in Ruhe lassen solle.

Ich erinnere mich noch, wie Renana reagierte, nachdem sie die Geschichte in der Wochenendbeilage meiner Zeitung gelesen hatte. (Die beste Ehefrau von allen liest meine Familiengeschichten nur von Fall zu Fall, mit der faulen Ausrede, es wäre alles erlogen.) Renana hingegen verfolgt alles, was ich über sie schreibe, mit dem Gesichtsausdruck eines staatlich geprüften Buchhalters. Mein kleiner Rotschopf studierte auch den genekologischen Tatsachenbericht ohne die geringsten äußeren Zeichen von Heiterkeit und Interesse.

Die Frau als stiller Partner

Ihr Schlußcommuniqué war wohldurchdacht:

»Mir graust vor deiner stinkenden Sülze, Papa«, ließ sie mich wissen. »Aber mich überraschen deine Hetzkampagnen sowieso nicht mehr. Von klein auf mußte ich damit leben, daß du mich haßt, wie kein Vater seine Tochter je gehaßt hat.«

Das ist nicht ganz richtig. Auch König Lear hat sich gelegentlich mit seinen Töchtern überworfen, obwohl er nach Kenntnis aller Überlieferungen nie Humoresken über sie schrieb. Aber ich schreibe und schreibe. Mein Sprößling ist nämlich keineswegs von der Schizophrenie verschont, die die Opfer der Satire – private und politische – so häufig befällt. So erbittert es Renana heftig, wenn man sie ohne zu fragen zur Heldin eines verlogenen Scherzes macht, vergehen aber 48 Stunden, ohne daß ihr Vater einen neuen verlogenen Scherz über sie erfindet, ist sie zutiefst beleidigt.

Schlag nach bei Shakespeare ...

Ein einziges Mal jedoch habe ich sie schmunzeln sehen!

Sie sagte sogar – ich will es nicht beschwören, bin

aber fast sicher –, sie sagte »Nicht schlecht«. Sie sagte ausdrücklich, nicht schlecht, meine Tochter Renana. Stolz überflutete mich. Endlich also kapitulierte die Kleine vor den gewaltigen literarischen Fähigkeiten ihres Vaters. Zwar fügte sie gleich hinzu: »Siehst du, solche Sachen solltest du schreiben, nicht den üblichen Schmarren«, aber was spielt das noch für eine Rolle? Wichtig ist, daß sie schmunzelte.

Um die Wahrheit zu sagen: auch ich habe gelacht. Damals, als ich es schrieb.

Das geschieht zwar sehr selten, aber es geschieht. Vor allem, wenn mich keiner sieht. Es gibt schließlich kein Gesetz, das verbietet, sich selbst zu kitzeln. Do it yourself! Aber die Vorstellung, wie ein hochgeschätzter Humorist seine Finger zwischen die eigenen Rippen steckt, vor Lachen brüllt und dazu schreit, hör auf, Ephraim, hör auf – bei Gott, das ist ein ziemlich eigenartiges Bild...

Ein besonders dankbares Publikum

Noch dazu gehörte Renanas Schmunzelgeschichte zu jenen, die man gar nicht erst erfinden muß. Denn manchmal, so muß ich gestehen, schreibt das Leben bessere Humoresken als ich. Man braucht es nur zu kopieren...

Hier ist eine frische Kopie.

Renana faßte kürzlich einen folgenschweren Entschluß: Sie wollte nicht länger auf ihre verständnislosen Eltern angewiesen sein. Der kürzeste Weg hierzu war eine Ankündigung in einem Buchgeschäft unserer Nachbarschaft:

»Verläßliches Mädchen aus guter Familie interes-

siert sich für Teilzeitbeschäftigung als Babysitter. Bitte melden.«

Wie nicht anders zu erwarten, meldete sich sehr bald ein potentieller Kunde namens Winternitz am Telephon. Er wollte zunächst einmal wissen, wie alt dieses verläßliche Mädchen aus guter Familie wäre und was unter der semantischen Implikation »Teilzeit« wohl zu verstehen sei.

Eine unerklärliche Loyalität zu meiner Tochter brachte mich dazu, ihr Alter auf dreizehneinhalb zu erhöhen, doch was seine zweite Frage betraf, so war ich bestenfalls auf Vermutungen angewiesen. Ich murmelte daher irgend etwas Beiläufiges von gelegentlichen Stunden, denn keinesfalls sei unter Teilzeit ein Rund-um-die-Uhr-Service zu verstehen.

Anschließend bat ich die beste Ehefrau von allen zu einer Notstandssitzung. Wir kamen einstimmig zu dem Entschluß, die Initiative unserer Tochter im Keim zu ersticken, wenn auch – das sei aber nur am Rande vermerkt – ihr Hang zu finanzieller Unabhängigkeit insgeheim zu begrüßen sei.

»Einerseits bin ich ja froh, daß Renana ehrliche Arbeit sucht und nicht so wie alle anderen Kinder unserer Nachbarschaft mit Börsenpapieren spekuliert«, sagte ich zu meiner Frau. »Andererseits bin ich entschieden gegen diesen Job, weil sie noch viel zu jung ist, um so eine Verantwortung zu tragen.«

Nicht, daß sie etwa kränklich wäre oder ähnliches. Unsere Renana ist springlebendig wie ein Floh. Leider nicht viel kräftiger. Mit anderen Worten, sie ist ein eher zartes Kind und benötigt daher mindestens zehn bis zwölf Stunden Schlaf pro Nacht.

Nachdem alle Für und Wider erwogen waren, kamen wir, bei aller Anerkennung ihrer Initiative, zu dem Schluß, daß sie nicht zur professionellen Kinderbeaufsichtigung geschaffen wäre.

»Keine Sorge«, beruhigte mich die beste Ehefrau von allen, »ich rede ihr das Projekt in Minutenschnelle aus.«

Gesagt, getan. Nach einem verhältnismäßig kurzen Tête-à-tête, währenddessen ein tête vor Zorn anschwoll, berichtete mir die beste Ehefrau von allen folgendes:

»Wir haben uns auf einen Kompromiß geeinigt. Renana wird den Job als Babysitter annehmen, aber nicht allein, sondern gemeinsam mit ihrer besten Freundin Nava.«

»Wo ist da ein Kompromiß?«

»Ich weiß nicht«, sagte die beste Ehefrau von allen. »Vorhin hat's noch wie ein Kompromiß geklungen.«

In Gottes Namen, sagte ich mir, sollen sie eben die Teilzeitbeschäftigung unter sich aufteilen. Geteilte Wache ist noch immer besser als überhaupt kein Schlaf.

Es waren nur noch einige kleine technische Details zu klären. Zum Beispiel war es nicht ganz einfach, Navas Eltern davon zu überzeugen, daß die in Frage stehende Teilzeitbeschäftigung zum Wohle ihrer Tochter sein würde.

Dann rief ich Herrn Winternitz an und teilte ihm vertraulich mit, daß ich bereit wäre, die vollen Kosten für Renanas Geschäftsteilhaberin zu übernehmen. Bei dieser Gelegenheit erfuhr ich, daß Herr Winternitz Nachtarbeiter ist und Frau Winternitz, die Mutter des zu bewachenden Babys, vor etwa acht Wochen starke Zahnschmerzen verspürte und kurzerhand zu ihrem seit zwei Monaten geschiedenen Zahnarzt gezogen war.

Die erste Arbeitsnacht kam und ging ohne größere Schwierigkeiten.

Renana zog ihren Trainingsanzug an und packte unsere Katze ein, um sie mitzunehmen. Die beiden können nämlich ohne einander nicht schlafen. Ich hingegen holte Nava ab und chauffierte die beiden Teilzeitbeschäftigten an ihren Arbeitsplatz, der etwa dreißig Häuserblocks entfernt war. Natürlich mußte ich den beiden ausdrücklich versprechen, sie um fünf Uhr morgens wieder abzuholen, denn inzwischen hatten wir erfahren, daß just zu diesem Zeitpunkt Herr Winternitz die Gepflogenheit hatte heimzukehren.

»Mach dir keine Sorgen«, teilte mir meine unabhängige Tochter mit, während sie vor Nervosität zitterte, »ich bin dieser Verantwortung durchaus gewachsen.«

Weder die beste Ehefrau von allen noch ich konnten in dieser Nacht auch nur eine Sekunde schlafen. Um vier Uhr morgens sprang ich aus dem zerwühlten Bett und raste mit Vollgas zum Haus des Herrn Winternitz. Ob ich dort oder daheim nicht schlafen konnte, blieb sich schließlich gleich.

Zuerst läutete ich an der Tür, dann klopfte ich. Dann läutete ich wieder, und schließlich trat ich gegen die Tür – aber niemand kam, um sie zu öffnen.

Also brach ich ein Küchenfenster auf. Zu meiner

Erleichterung stellte ich zunächst einmal fest, daß beide Teile des teilzeitbeschäftigten Babysitterteams anwesend waren, wenn auch im Tiefschlaf. Ein zartes Schnarchen entströmte dem Lehnstuhl, auf dem Nava die Nacht durchwachte, während das zu bewachende Objekt mitten im Zimmer auf dem Teppich lag und sich heiser brüllte. Renana hingegen lag friedlich in der Gehschule des brüllenden Babys mit der Katze in den Armen und dem Daumen im Mund.

Ich schaltete blitzartig. Das Bewacherteam wurde auf den Rücksitz meines Wagens verfrachtet und das Baby im Gitterbett verstaut. Nicht eine Sekunde zu früh, denn in diesem Augenblick kam Herr Winternitz daheim an. Er schien mit der Leistung der beiden Nachtwächterinnen höchst zufrieden zu sein und zahlte auf der Stelle die vereinbarte Gebühr. Die beiden schlaftrunkenen Nachtarbeiterinnen wußten zwar nicht recht, was ihnen geschah, aber das Geld war fraglos Geld.

»Siehst du, Papi«, verkündete Renana mit müder Stimme, aber höchst zufrieden mit ihrer Leistung, »ich hab's dir gesagt, daß ich dieser Verantwortung gewachsen bin.«

Das Geld in ihrer Tasche begann schon für Renana zu arbeiten. Sie selbst fiel, daheim angelangt, ins Bett und schlief bis kurz vor Schulbeginn.

Nach einer detaillierten Rekonstruktion der Ereignisse dieser Nacht stellte sich heraus, daß zunächst alles glatt verlaufen sein dürfte. Die beiden Babysitter scheinen erst nach etwa zehn Minuten eingeschlafen zu sein. Irgendwann in der Nacht dürfte die Katze sie aufgeweckt haben. Zu diesem Zeitpunkt war das Baby im Begriff, die Brüstung des Balkons zu erklimmen, um das Nachtleben der Stadt kennenzulernen.

Der Ausreißer wurde unter lautem Protest zurückgeschleppt, und was weiter geschah, konnte nie ganz festgestellt werden, außer daß alle Beteiligten das Scharmützel einigermaßen heil überstanden hatten.

Angesichts des eben Geschilderten fanden wir, es wäre an der Zeit, Regina hinzuzurufen.

Unsere gute alte Babysitterin Regina wohnt, wie vielleicht einige meiner Leser noch wissen, ziemlich weit draußen in dem Vorort Holon. Es bedurfte einiger Überredungskunst meinerseits, um sie ihrem wohlverdienten Ruhestand zu entreißen. Schließlich willigte sie ein, getarnt als Tante des alten Winternitz das Babysitterteam zu bewachen. Allerdings unter zwei Bedingungen:

»Ich verlange ein Taxi von und nach Holon«, diktierte Regina, »und natüliche doppelte Bezahlung.«

»Warum doppelte Bezahlung?«

»Weil ich schließlich drei *Babys zu bewachen habe.«*

Dagegen war wenig vorzubringen. Ich setzte mich mit einem Taxiunternehmen in Verbindung, um Reginas allnächtlichen Transport in die Wege zu leiten, und erfuhr bei dieser Gelegenheit, daß nach zwei Uhr früh ein erhöhter Sondertarif in Kraft tritt.

Natürlich hatte ich keine Zeit, mich mit derlei Nebensächlichkeiten herumzuschlagen. Ich mußte mit einem Bewachungsunternehmen verhandeln, um eine Eskorte zu engagieren, welche die beiden

Mädchen auf ihrem finstern Weg zum und vom Arbeitsplatz im Auge behalten sollte. Überflüssig zu vermerken, daß die Herrschaften für die Nachtstunden auch erhöhte Tarife berechneten. Ich frage mich, ob es nicht logischer wäre, wenn Nachtwächter bei Tag Überstunden berechneten, konnte mir aber keine Antwort geben.

Die beste Ehefrau von allen argumentierte, daß wir vermutlich Unkosten sparen würden, wenn wir das Winternitz-Baby für die Nachtstunden zu uns bringen ließen, aber ich wies darauf hin, daß daraus ein psychologischer Schaden für Renana erwachsen könnte, der nicht zu verantworten sei. Und schließlich wollen wir doch den Babysitter nicht mit dem Bad ausschütten, oder?

So groß die Versuchung auch gewesen sein mag, wir schütteten nicht. Obwohl in der Nacht darauf ein neues Problem auftauchte: Die beiden Arbeitnehmerinnen verspürten gegen Mitternacht plötzlich einen Riesenhunger. Mehr als das, sie beschlossen, daß dieser Hunger nur durch Spaghetti zu stillen wäre. Aber Regina weigerte sich, die Küche zu betreten:

»Ich bin professioneller Babysitter«, verkündete sie uns tags darauf vorwurfsvoll, »und keine Köchin.«

Also engagierte ich die dicke Wirtschafterin der Seligs, um allnächtlich in Winternitzens Küche Vorsorge zu treffen, daß sowohl das Bewacherteam gefüttert würde als auch die dazugehörende Katze. Die daraus resultierende Forderung der dicken Haushälterin war natürlich unverschämt, aber was tun?

Somit war nur noch ein minderes Problem aus dem Weg zu räumen. Nava und Renana pflegten wie

Schlafwandlerinnen mit geschlossenen Augen durch Winternitzens Wohnung zu torkeln, eine Spur von umgestürzten Möbeln, zerbrochenen Vasen und verstreuten Essensresten hinterlassend. Diesbezüglich mußte also etwas unternommen werden. Wir versuchten gar nicht, mit Regina über diesen Punkt zu verhandeln, wohl wissend, daß sie professioneller Babysitter war und keine Aufwartefrau. Also veranlaßten wir unsere eigene Raumpflegerin, täglich um vier Uhr früh bei Winternitz aufzukreuzen …

»Genug!« schrie die beste Ehefrau von allen mit leicht hysterischem Unterton. »Wir müssen der Sache ein Ende setzen, bevor wir völlig den Überblick verlieren!«

Das Gespräch unter vier Augen mit Renana fand statt, und der diesmal erzielte Kompromiß lautete schlicht: Aufhören kommt überhaupt nicht in Frage.

Es scheint, daß das berauschende Gefühl eines festen Einkommens unserer Renana zu Kopf gestiegen ist. Soviel ich weiß, plant sie mit ihren Ersparnissen Aktien zu erwerben, diese mit gewaltigem Gewinn zu verkaufen und dafür Berge von Kaugummi anzuschaffen. Die beste Ehefrau von allen suchte neulich den geschiedenen Zahnarzt auf und bat Frau Winternitz mit aufgehobenen Händen, zu ihrem Mann zurückzukehren. Oder falls der Zahnarzt seine Zustimmung verweigern sollte, uns wenigstens das Baby adoptieren zu lassen.

Ich habe inzwischen für Renana einen Privatlehrer engagiert, weil sie neuerdings die Gepflogenheit hat, sämtliche Schulstunden durchzuschlafen. Außerdem sprach ich mit meinem Steuerberater. Dieser gab mir den Rat, die riesigen Unkosten, die mir aus der Erwerbstätigkeit meiner Tochter erwachsen, als Steuerabzugsposten zu deklarieren. Zu diesem Behufe wäre es allerdings notwendig, etwas darüber zu schreiben und eine Einnahmequelle daraus zu machen.

Was hiermit geschehen ist.

Da gerade das Stichwort Einkommensteuer fällt: Ich habe über dieses unerschöpfliche Kriminalthema mehr Satiren verfaßt als über alle anderen Geißeln der Menschheit zusammen. Es ist heute ein offenes Geheimnis, daß ich und die Einkommensteuer einander nicht ausstehen können. Nicht etwa, daß ich nicht bereit wäre, einen gehörigen Teil der öffentlichen Last (Wahlspesen, Parteikosten, Ministerdiäten etc.) zu tragen, sondern weil diese unerquickliche Steuer die ehrliche Arbeit bestraft. Ich muß einfach meinem Ärger darüber Luft machen können, daß in der ganzen westlichen Welt die Spekulation mit Gold, Kaffee und Dollars völlig steuerfrei ist – wenn aber jemand von morgens bis abends schuftet...

Schwerarbeiter schlafen gut. Spekulanten schlafen besser.

Einfach blödsinnig.

Die nun folgende Geschichte habe ich zu Papier gebracht, als unsere Einkommensteuer soeben von den bis dahin üblichen 100% auf den behaglichen Satz von 88% gesenkt wurde. Auch ich war tief gerührt über diese eindrucksvolle Geste meiner Regierung, in der durch Gottes Fügung nicht weniger als 25 Minister sitzen (mathematisch und geographisch Begabte können einen Minister pro zehn Quadratmeter errechnen, aber es lohnt sich nicht). Die folgende Satire spiegelt also den zeitgenössischen Alltag und kommt ohne jede Übertreibung aus. Diesmal mußte ich nichts ad absurdum führen. Die Steuern hatten das für mich erledigt.

Ehrliche Arbeit schafft lukrative Ministerposten.

Es begann, wie schon manches Unglück begonnen hat: mit Zahnschmerzen. Der Zahnarzt entdeckte in einem meiner Zähne ein Loch, verabfolgte mir eine Injektion, griff zum Bohrer, bohrte – und stellte mittendrin den Bohrer wieder ab.

»Bedaure«, sagte er, während er aus seinem Kittel schlüpfte. »Eine weitere Behandlung ist für mich nicht der Mühe wert.«

Ich lag hilflos im Operationssessel, eine Klammer im Mund, unfähig zu sprechen.

»Mein Nettoeinkommen hat bereits die Höhe von 1000 Pfund monatlich erreicht«, sagte der Zahnarzt und fing an, seine Instrumente zu versorgen. »Von jedem weiteren Pfund, das ich jetzt noch verdiene, muß ich 88 Prozent Steuer zahlen. Es ist nicht der Mühe wert.«

Ich gab ihm durch verzweifelte Gebärden zu verstehen, daß es mir trotzdem lieber wäre, wenn er die Behandlung fortsetzte.

»Es ist auch für Sie nicht der Mühe wert.« Mit diesen Worten erlöste er mich von der Klammer. »Sie müssen ca. 6000 Pfund verdienen, um 600 zu behalten und meine Rechnung zahlen zu können. Mir bleiben dann, nach Versteuerung dieser Summe, noch

60 Pfund, mit denen ich den Fahrlehrer meiner Frau bezahlen wollte. Anders ausgedrückt: von den 6000 Pfund, die Sie verdienen, bekommt der Fahrlehrer 60, von denen ihm 6 bleiben.«

»Immerhin netto«, entgegnete ich zaghaft.

»Das stimmt. Besser gesagt: es würde stimmen, wenn der Fahrlehrer sein Stundenhonorar nicht auf 18 Pfund netto verdreifacht hätte. Das bedeutet, daß ich Ihre Zahnarztrechnung verdreifachen müßte, um den Fahrlehrer bezahlen zu können. Und jetzt frage ich Sie nochmals: ist das für Sie der Mühe wert?«

Ich antwortete mit einer Gegenfrage, die zum ständigen Wortschatz des Zeitgenossen gehört:

»Habe ich von Ihnen eine Empfangsbestätigung verlangt?«

»Pfiffig, pfiffig.« Der Zahnarzt wiegte anerkennend den Kopf. »Aber ich will keine Scherereien haben. Ich gebe der Steuerbehörde mein ganzes Einkommen an.«

»Dann haben Sie ein gutes Gewissen und ich ein Loch im Zahn.«

»Nicht unbedingt. Sie können die 18 Pfund direkt an den Fahrlehrer meiner Frau auszahlen. Damit wären wir beide gedeckt.«

»Und was soll ich den Leuten von der Steuer sagen, wenn sie in den Büchern des Fahrlehrers entdecken, daß ich die Stunden Ihrer Frau bezahle?«

»Sagen Sie ihnen, daß meine Frau Ihre Geliebte ist.«

»Kann ich ein Photo von ihr sehen?«

»Ich dachte lediglich an die Steuer.«

Nach einigem Hin und Her überredete ich ihn, die Bohrarbeiten in der folgenden Woche fortzusetzen.

Leider ergaben sich Schwierigkeiten mit dem Fahrlehrer.

»Bis Ende August«, teilte er mir mit, »rühre ich kein Geld mehr an, sonst komme ich in eine höhere Steuerklasse. Nicht zu machen.«

»Könnte ich vielleicht Ihre Rechnung beim Lebensmittelhändler übernehmen?«

»Die zahlt schon der Möbelfabrikant, dem ich Fahrunterricht gebe. Ich bin sehr gut organisiert, müssen Sie wissen. Der Anstreicher, der bei mir Motorradfahren lernt, hat anstelle eines Honorars die Wohnung meiner Schwester ausgemalt. Meine Garagenrechnung zahlt ein Modezeichner. Können Sie singen?«

»Nicht sehr gut.«

»Schade. Sonst hätte ich bei Ihnen Gesangstunden genommen. Sammeln Sie Briefmarken?«

»Nicht der Rede wert.«

»Hm. Warten Sie. Wenn Sie für den Fahrunterricht, den ich der Frau Ihres Zahnarzts gebe, unseren Babysitter bezahlen – wie wäre das?«

Ich hielt das für eine gute Lösung, aber die junge Dame, die bei Fahrlehrers als Babysitter engagiert war, hatte Bedenken. Sie nähme von fremden Männern kein Geld, sagte sie, und gab ihren Widerstand auch dann nicht auf, als ich ihr Empfehlungsschreiben von meinem Installateur, meinem Gärtner, dem Schönheitssalon meiner Frau und von meinem Rechtsanwalt vorlegte, die alle bezeugten, daß ich meine Rechnungen immer pünktlich, immer in bar, immer ohne Empfangsbestätigung beglich.

»Nein, ich will mich niemandem in die Hand geben«, beharrte sie. »Tut Ihnen der Zahn sehr weh?«

»Es wird jeden Tag schlimmer.«

»Dann kaufen Sie mir Kontaktlinsen.«

»Gern. Aber was soll ich der Steuerbehörde sagen, wenn sie in den Büchern des Optikers entdeckt –«

»Sagen Sie ganz einfach, daß ich Ihre Geliebte bin.«

»Bedaure, die Stelle ist schon besetzt. Brauchen Sie vielleicht einen Regenmantel?«

»Noch vor ein paar Wochen hätte ich einen gebraucht. Aber jetzt hat das junge Ehepaar in unserem Haus ein Baby bekommen, auf das ich aufpassen muß... Wissen Sie, was? Sie zahlen mir ein Wochenende in Tiberias mit voller Pension!«

Der Vorschlag sagte mir zu. Später erfuhr ich, daß es auch mit den Kontaktlinsen geklappt hätte. Es gibt in Tel Aviv bereits mehrere Optiker, die zusätzlich Bürobedarfsartikel verkaufen und für die Gesamtsumme eine Bestätigung ausstellen, die der Käufer als »Berufsspesen« von der Steuer absetzen kann. Es gibt auch Antiquitätenhändler, die ihre gefälschten Tonkrüge mit Schreibmaschinen koppeln, und Schönheitssalons, in denen man statt der Massagerechnung eine Quittung für Übersetzungsarbeiten bekommt. Die Anrainer des Mittelmeers sind äußerst flexibel und finden sich in den Winkelzügen des Daseins rasch zurecht. Das zeigte sich auch in Tiberias.

»Ein Wochenendzimmer für den Babysitter des Fahrlehrers wäre unter Umständen noch frei«, sagte der Hotelbesitzer. »Aber nicht telephonisch.«

Ich setzte mich in den Wagen und fuhr nach Tiberias, um die Angelegenheit ins reine zu bringen.

»Lassen Sie mich sehen.« Der Hotelbesitzer blätterte in seinen geheimen Aufzeichnungen. »Der erste Stock

ist bereits ausgebucht. Da wohnt der Musiklehrer meiner Tochter, der Besitzer unserer Wäscherei und in der großen Suite unser Steuerberater. Bei uns wird nur noch in Sach- und Tauschwerten bezahlt. Geld nehmen wir nicht, weil wir sonst 88 Prozent –«

»Ich weiß, ich weiß. Aber wie soll ich dann meine Rechnung für den Babysitter zahlen? Kann ich bei Ihnen Teller waschen?«

»Im Augenblick nichts frei. Aber da fällt mir etwas ein: Sie können meinen Zahnarzt bezahlen.«

Und so schloß sich der Kreis. Der Zahnarzt des Hotelbesitzers nahm kein Geld an, um nicht in eine höhere Steuerklasse zu kommen, und verlangte statt dessen ein Flugticket nach Uruguay für seine Schwiegermutter, das ich gegen Erlag von 3000 Eiern erstand, mit denen die Redaktion einer führenden Wochenzeitung mein Honorar abgegolten hatte. Ach ja, der Zahn? Der Zahn wurde mir von einem Pfuscher bar gezogen.

Im allgemeinen klingelt bei mir das Telephon, wenn eine meiner Satiren über ein öffentliches Thema in der Tagespresse erschienen ist. Nur dann nicht, wenn es um die Einkommensteuer geht. Dann gibt's kein Echo, nur absolute Grabesstille. Wenn meine guten Mitbürger das Wort Einkommensteuer hören, beginnen sie am Himmel nach ungekannten Flugobjekten zu suchen und benehmen sich wie kleine Gangster, die von der Polizei über die sizilianische Mafia verhört werden:

Schweigen ist Geld.

»Keine Ahnung ... nichts gehört ... nichts gelesen ...«

Das traurige Los des Hofnarren oder Nichts ist so ärgerlich wie ein verständnisvoller Finanzminister.

Dieses Mal jedoch erhielt ich einen Anruf. Die Stimme unseres Finanzministers, Herrn Pinchas Sapir, überschlug sich vor Begeisterung:

»Fantastisch!« schwärmte er durchs Telephon. »Lange habe ich nicht mehr so gelacht! Haben Sie vielleicht noch mehr dieser vorzüglichen Witze auf Lager?«

»Soviele Sie wollen.«

»Haben Sie auch etwas über die Verschwendung von Steuergeldern?«

»Und ob.«

»Wunderbar! Ich schicke meinen Chauffeur vorbei. Ich will sie heute abend meiner Frau vorlesen ...«

Die Artikel fand ich in der umfangreichsten Abteilung meines Archivs: »Bürokratie und andere Naturkatastrophen.« Die heilige Kuh Bürokratie ist seit frühester Jugend ein rotes Tuch für mich, diese neue Oligarchie auf der anderen Seite des Schreibtisches, von meinen eigenen Steuergeldern bezahlt, um aus meinem Alltag einen Hindernislauf zu machen ...

Huldigung an die Schreibtischaristokratie

Nichts überraschte mich also mehr, als die Ernennung zum »Ritter wider den tierischen Ernst« durch die Aachener Karnevalsgesellschaft mit der Begründung, ich hätte »dazu beigetragen, das Verhältnis zwischen den Beamten und den Bürgern zu humanisieren«.

Etwas verlegen nahm ich an. Schließlich sollte ich zum ersten Mal Ritter werden. In meiner Antwort konnte ich jedoch mit Fug und Recht behaupten, daß man mit dieser Wahl ins Schwarze getroffen hätte, denn »obwohl ich in all meinen Satiren ausdrücklich gefordert habe, daß man jeden Bürokraten aufhängen soll, habe ich stets betont, daß das Aufhängen in humaner Weise geschehen soll«. Das habe ich auch in meiner feierlichen Dankesrede wiederholt und erntete Beifallsstürme der anwesenden Bürokraten.

Der Weg zum edlen Rittertum ist mit guten Taten gepflastert.

Die beste Ehefrau von allen und ich erlebten den Karneval mit echtem Vergnügen, obwohl die Zeremonie im Aachener Dialekt gehalten wurde, den meines Erachtens auch die Aachener nur mit Mühe verstehen. Das einzige, was mich daran störte, war der tierische Ernst.

Noch am Aachener Flughafen ließ mich der freundliche Karnevalspräsident, Helmut A. Crous, ohne Umschweife wissen, daß für meine Büttenrede (heißt sie so, weil sie in einem Käfig gehalten wird?), insgesamt 8 Minuten und 30 Sekunden zur Verfügung stünden. Würdevoll erklärte ich, daß meine Rede sorgfältig ausgearbeitet sei und 12 Minuten dauern werde.

Herr Crous erbleichte: Wenn mein Geschwätz längere Zeit in Anspruch nähme, müsse man in der Live-Übertragung die Tanzgruppen kürzen, und das sei natürlich unmöglich. Aber ausnahmsweise wäre er bereit (und ich dürfe es niemandem sagen), nur für mich und ausschließlich für die morgige Zeremonie, mein Zeitlimit auf 8 Minuten und 45 Sekunden zu erhöhen...

Ich dankte ihm überschwenglich: »Ich will mich für diese Großzügigkeit erkenntlich zeigen und bin meinerseits bereit, auf 11 Minuten und 30 Sekunden zurückzustecken. Aber«, schloß ich, »das ist mein letztes Angebot...«

Als wir das fahnengeschmückte Aachen erreicht hatten, waren wir bereits todmüde vom Feilschen. Ich habe den guten Präsidenten erst am nächsten Tag anläßlich der Zeremonie wiedergesehen.

Wenn ich mich recht erinnere, habe ich 26 Minuten gesprochen. Nicht einem der 1800 launigen Gäste fiel es auf, auch nicht den Tanzgruppen. Als mich dann das Trompetensignal zur Bühne rief und ich kurz davor stand, ein edler deutscher Ritter zu werden, flüsterte ich der besten Ehefrau von allen zu:

Die Zeiten haben sich doch ein wenig geändert...

»Daß der gute alte Adolf das nicht mehr erleben durfte...«

Ich war ein Jahr später wieder in Aachen, um, wie es üblich ist, die Laudatio auf den nächsten Ritter, Hans-Dietrich Genscher, zu halten. Auch dieses Mal irritierte mich ein wenig, daß die Ritter nicht nur verpflichtet sind, einander zu duzen, sondern mit den bunten Narrenkappen wie Papageien aussehen. Es kann auch am Käfig liegen...

Die beste Ehefrau von allen zeigte wie immer viel Mitgefühl:

Das Fernsehen als pädagogische Anstalt

»Wenn die Kinder diese Übertragung sehen«, tröstete sie mich, »bist du für den Rest deines Lebens als Vater erledigt.«

So hat also mein humaner Feldzug gegen die Bürokratie mich nicht nur zum Busenfreund meines Finanzministers gemacht, sondern auch zum deutschen Ritter geschlagen.

Ich möchte noch kurz bei den Spitzenbürokraten bleiben und auf die Satire zurückkommen, die Herr Sapir seiner Frau vorgelesen hat. Sie ist ein Kreuzverhör und könnte auch im Kabarett aufgeführt werden. Aber leider wurde sie schon viel zu oft von der Regierung gespielt.

Direktor Schultheiß, bevor wir mit dem Verhör beginnen, möchten wir Sie darauf hinweisen, daß Sie nicht aussagen müssen. Der parlamentarische Finanzausschuß, vor dem Sie stehen, kann Sie nicht dazu zwingen.«

»Vielen Dank für den Hinweis, Herr Vorsitzender.«

»Bitte.«

»Kann ich jetzt gehen?«

»Gewiß. Wir hätten uns allerdings sehr gerne mit Ihnen über die Verluste Ihrer Investitionsgesellschaft unterhalten, die ja schließlich von der Regierung unterstützt wird, also gewissermaßen eine offiziöse Körperschaft ist.«

»Woher wissen Sie, daß wir Verluste hatten?«

»Aus den Zeitungen, Herr Schultheiß.«

»Sie glauben, was in den Zeitungen steht? Die haben zuerst geschrieben, daß sich unsere Verluste auf 20 Millionen belaufen, dann waren es 40 Millionen und jetzt halten wir bei 70. Über eine solche Berichterstattung kann man nur lachen.«

»Und wie hoch sind Ihre Verluste wirklich?«

»Mindestens doppelt so hoch. Da sehen Sie selbst, was von Zeitungsmeldungen zu halten ist.«

»Wie sind Ihre Verluste zustande gekommen?«

»Das werden wir erst feststellen können, wenn wir alle Initiativsubventionen von der Regierung kassiert haben. Ich wäre dafür, daß wir vorläufig von einem kontrollierten Profitmangel sprechen.«

»Aber für einen Profitmangel muß es doch Ursachen geben?«

»Natürlich.«

»Also? Woran liegt's?«

»Zumeist an den Umständen. Gelegentlich auch daran, wie sich die Dinge entwickeln. Es ist eine sehr komplizierte Angelegenheit, meine Herren.«

»Könnten Sie uns das vielleicht an einem Beispiel erklären?«

»Mit Vergnügen. Nehmen wir zum Beispiel das Staudammprojekt in Sansibar. Ein vielversprechender Auftrag. Wir hatten gigantische Bauvorrichtungen installiert, hatten die waghalsigsten Konstruktionsprobleme gelöst, hatten sogar die bestehenden Sprachschwierigkeiten überwunden – und dann kam eine Springflut, die alle unsere Berechnungen wegschwemmte.«

»Bauvorrichtungen welcher Art?«

»Abwehrdämme und Ablenkungskanäle für Springfluten. Es war ein hochinteressantes Projekt.«

»Auf welche Weise haben Sie den Auftrag bekommen?«

»Wir arbeiten mit Vermittlern wie die anderen regierungsnahen Körperschaften. Unsere Kalkulationen sind immer sehr konservativ. Da sind aber die Bestechungsgelder nicht inbegriffen.«

»Warum nicht?«

»Weil wir es vermeiden möchten, zwischenmenschliche Beziehungen mit harten Geschäftspraktiken zu belasten. Deshalb werden die Bestechungen in unseren Büchern gesondert aufgeführt.«

»Wo genau?«

»In meinem kleinen schwarzen Notizbuch. Hier, sehen Sie: ›An Muki 750 000 für Käfigzug.‹ Steht alles drin.«

»Was heißt Käfigzug?«

»Das weiß ich nicht mehr. Aber es war ein hochinteressantes Projekt. Oder hier: Aga Khan 903705 – nein, das ist seine Telephonnummer, entschuldigen Sie.«

»Stimmt es, daß Sie über zwanzig Millionen für Bestechungen ausgegeben haben?«

»Das ist eine besonders komplizierte Angelegenheit.«

»Immerhin möchten wir hören, wie das vor sich geht.«

»Sehr diskret. Unser Vertrauensmann begibt sich mit einem schwarzen Köfferchen voller Banknoten ins Ausland, zahlt an irgend jemanden irgendeine Summe, kommt zurück und meldet: ›Alles in Ordnung.‹ Das wichtigste ist, daß es keine Zeugen gibt, daß die ganze Sache still und taktvoll abgewickelt wird. In den meisten Fällen wissen wir nicht einmal, wer das Geld bekommen hat und wo. Nehmen wir den Fall des indonesischen Innenministers. In einer dunklen Nacht haben wir ihm 2 Millionen durch das offene Fenster zugeworfen, damit er uns den Auftrag für den Bau des indonesischen Kanalisationssystems erteilt.«

»Und das hat geklappt?«

»Nein. Wir entdeckten zu spät, daß an der betreffenden Adresse nicht der Innenminister wohnte, sondern ein Innenarchitekt, der einige Monate zuvor gestorben war. Wer kennt sich schon in einem indonesischen Telephonbuch aus.«

»Wie wurde der Verlust abgebucht?«

»Unter dem Kenntwort ›Höhere Gewalt‹. Unsere Gesellschaft hat eine sogenannte Mono-Balance-

Buchhaltung entwickelt. Auf der einen Seite werden die Ausgaben verbucht, und für die Einnahmen-Seite haben wir einen Stempel ›Keine Sorge!‹ Das System hat sich sehr bewährt.«

»Bleibt immer noch zu klären, wen oder was Sie für Ihr Defizit verantwortlich machen.«

»Das Schicksal. Es hat viele unserer Pläne vereitelt. Vielleicht nicht mit Absicht, aber doch. Ich denke da etwa an die Auffüllung der nicaraguanischen Küste.«

»Wer war das?«

»Ein hochinteressantes Projekt. Wir hatten uns mit der Regierung von Nicaragua auf 60 Millionen Cordobas geeinigt, zu einem Umrechnungsschlüssel von 1 Cordoba = 1 Israelisches Pfund. Im letzten Augenblick wurde die lokale Währung abgewertet und sank auf 10 Cordoba = 1 Israelisches Pfund.«

»Warum haben Sie keine Abwertungsklausel in Ihrem Vertrag gehabt?«

»Das war die Bedingung der nicaraguanischen Regierung. Sonst hätten wir den Auftrag für dieses Projekt nicht bekommen.«

»Bitte sagen Sie nicht immer ›Projekt‹, Herr Schultheiß. Der Ausdruck macht uns nervös.«

»Wie Sie wünschen. Es ist jedenfalls eine sehr heikle Angelegenheit.«

»Wurden Sie von der Regierung nie über Ihre Verluste befragt?«

»Ununterbrochen. Mindestens einmal im Monat erkundigte sich das Wirtschaftsministerium nach dem Stand der Dinge, und meine Antwort lautete immer: ›Klopfen Sie auf Holz.‹ Ich habe diesen Vorschlag auch mehrmals schriftlich gemacht.«

»Aber auf die Dauer muß es doch zwischen den Regierungsbehörden und Ihnen zu Reibereien gekommen sein?«

»Und ob. Als wir den Dalai Lama bestachen, um an der tibetanischen Agrarreform beteiligt zu werden, luden wir ihn nachher zum Mittagessen ein, und das Finanzministerium weigerte sich, die Rechnung zu übernehmen. Sie bewilligten uns nur 8 Pfund, und auch das nur unter der Voraussetzung, daß das Restaurant nicht weiter als 8 km vom Palast des Lama entfernt wäre. Es kam zu einer stürmischen Auseinandersetzung. Schließlich appellierten wir an den Obersten Gerichtshof und erreichten eine Vergütung in der Höhe von 9.50. Ich frage Sie, meine Herren, wie man unter solchen Umständen nutzbringend arbeiten soll.«

»Das ist in der Tat nicht ganz leicht.«

»Sie müssen sich außerdem vor Augen halten, daß wir weder Repräsentationsgelder noch Diäten bekommen. Was bleibt uns übrig, als Darlehen aufzunehmen? Allein die Zinsen für diese Darlehen belaufen sich auf eine Viertelmillion Pfund in der Woche. Seit Beginn dieses Gesprächs haben wir bereits 20 000 Pfund verplaudert. Ich beantrage Schluß der Debatte.«

»Noch eine Frage, Herr Schultheiß. Wer bezahlt das alles?«

»Ich, meine Herren. Ich und die anderen Bürger unseres Landes. Ich komme meinen Bürgerpflichten nach. Ich zahle meine Steuern, um das Schatzamt mit dem Geld zu versorgen, das zur Deckung der uns zugestandenen Garantien benötigt wird.«

»Wer, Herr Schultheiß, hat Ihrer Gesellschaft diese Garantien zugestanden?«

»Sie.«

»Wir?«

»Jawohl, Sie. Der parlamentarische Finanzausschuß.«

»Es ist spät geworden, finden Sie nicht?«

»Allerdings.«

»Wir danken Ihnen für Ihre Mühe, Herr Schultheiß. Nach den Wahlen reden wir weiter.«

»Ein hochinteressantes Projekt.«

Wer grundlos lacht, lacht am besten.

Der Anruf ließ nicht lange auf sich warten. Der Finanzminister verschluckte sich vor Lachen, als er mir für das exquisite Vergnügen dankte, das ich ihm und seiner Gattin bereitet hatte.

»Genauso«, japste Herr Sapir, »ganz genau so ist es! Ich werde einen öffentlichen Aushang im Ministerium veranlassen. Schreiben Sie weiter über die Korruption, Lachen ist ja so gesund.«

Wenn seine Exzellenz, der Finanzminister, um etwas bittet, kommt das einer Bitte der besten Ehefrau von allen gleich. Rasch schickte ich ihm weiteres Material für das schwarze Brett des Finanzministeriums, einen Dialog zwischen zwei Profis in Bestechungsangelegenheiten – der vielleicht auch für den deutschen Leser nicht ganz fremd klingt.

Hier, Herr Direktor. Nehmen Sie Platz.«

»Danke. Ober! Zweimal Tee mit Rum.«

»Und jetzt können wir ungestört sprechen.«

»Jawohl.«

»Schönes Wetter heute, nicht wahr?«

»Sehr schön. Nur der Regen stört ein wenig.«

»Das kann man wohl sagen.«

»Und was gibt es sonst Neues?«

»Nichts. Wir beginnen demnächst mit dem Bau des Ding-Dong-Zentrums, dessen Leitung in meinen Händen liegt.«

»Was für ein Zufall. Wissen Sie, daß ich die Ehre habe, der Baufirma vorzustehen, die sich um einen Vertrag bewirbt?«

»Wirklich?«

»Ich darf in aller Bescheidenheit sagen, lieber Direktor, daß wir das Ding-Dong-Zentrum für eine Angelegenheit des gesamten Volkes halten. Es ist ein Projekt von nationaler Bedeutung.«

»Ganz meine Meinung.«

»Wurde der Auftrag für den Bau schon vergeben?«

»Noch nicht. Warum die Frage, wenn ich fragen darf?«

»Mir ist soeben eingefallen, was mir ein Mitglied unseres Verwaltungsrats gestern erzählt hat. Einige Firmen, denen die moralische Seite Ihres Vorhabens offenbar nicht bewußt ist, spielen angeblich mit der Idee einer Spende für den Wahlfonds jener Partei, der Sie, Herr Direktor, wenn ich nicht irre, als ein sehr prominentes Mitglied angehören.«

»Nicht nur ich, lieber Freund, auch meine Partei

würde jeden derartigen Versuch energisch zurückweisen.«

»Daran habe ich keinen Augenblick gezweifelt. Trotzdem, gewissermaßen aus theoretischem Interesse, bekäme ich gerne einen Begriff von der Höhe des Betrags, den Ihre Partei energisch zurückweisen würde.«

»Unglücklicherweise bin ich nicht in der Lage, Ihnen die gewünschte Auskunft zu erteilen. Die Parteizentrale hat auf ihrer letzten Exekutivsitzung keine konkreten Angaben darüber gemacht, auf welche Weise sich die Vergabe des Bauauftrags mit einer Spende von 350000 Pfund in Verbindung bringen ließe. Es erübrigt sich also, dieser hypothetischen Möglichkeit nachzugehen.«

»Sehr richtig. Um so richtiger, als meine Firma, selbst wenn sie unverantwortlicherweise bereit wäre, sich auf derart fragwürdige Machenschaften einzulassen, auf keinen Fall über einen Betrag von 200000 Pfund in drei Raten hinausgehen könnte.«

»Ich finde es wenig sinnvoll, wenn zwei vielbeschäftigte Männer ihre Zeit auf abstrakte Diskussionen verschwenden. Immerhin glaube ich mich zu entsinnen, daß meine Partei auf gewisse Anspielungen, in denen sogar höhere Summen als die von Ihnen genannte erwähnt wurden, mit größter Empörung reagiert hat.«

»Sie bestätigen meinen Verdacht, Herr Direktor. Es gibt tatsächlich in unserem Land dubiose Geschäftsunternehmen, die sich um noch höhere Anspielungen bemühen. Aber eine solide Firma wie die unsere kann es sich nicht leisten, solche Empörung hervorzurufen.«

»Jeder von uns beiden, lieber Freund, muß über die Grenzen seiner Prinzipienlosigkeit Bescheid wissen.«

»Natürlich. Deshalb wäre es vielleicht von Nutzen, wenn Sie, verehrter Direktor, prinzipiell feststellen könnten, ob die Empörung Ihrer Partei groß genug ist, um 250000 Pfund zurückzuweisen.«

»Ist das der höchste Betrag, der nicht in Frage kommt?«

»Allerdings.«

»Ich fürchte, daß meine Partei nicht in der Lage sein wird, diesen Vorschlag energisch genug abzulehnen.«

»Lassen Sie mich hinzufügen, daß die eben genannte imaginäre Summe die Zuwendung eines Beitrags an einen von Ihnen namhaft zu machenden Privatfonds nicht ausschließt.«

»Meinen Sie mich?«

»Nein, um Himmels willen!«

»Dann ist es gut. Hören Sie, lieber Freund. Solange unser theoretisches Gespräch sich um Parteifragen gedreht hat, war ich, wenn auch zögernd, bemüht, Ihnen zu folgen. Jetzt aber, da Sie persönlich geworden sind, muß ich Ihnen ein klares, lautes Halt entgegenschleudern. Ich bin keiner von diesen charakterlosen Schwächlingen, die ihre Position dazu ausnützen, eine zweistöckige Villa am Meer für sich herauszuschlagen. Mit Privatstrand.«

»Wo?«

»Etwa in Herzliah, möglichst nicht allzu weit von der Autostraße. Was mich betrifft, so würde ich den bloßen Versuch, mir so einen Vorschlag zu machen, als persönliche Beleidigung übelster Art empfinden.«

»Ich habe von Ihnen nichts anderes erwartet.«

»Dann tun wir wohl am besten, unser amüsantes Spielchen zu beenden. Vergessen wir die ganze Sache.«

»Einverstanden. Wann kommen wir wieder zusammen?«

»Übermorgen. Hier. Um die endgültigen Ablehnungen zu fixieren.«

Nachdem Herr Sapir den aktuellen Dialog durchgelacht hatte, erwies er meiner Frau und mir die Ehre eines Abendessens im engsten Familienkreis. Es war der Beginn eines ausgesprochen freundschaftlichen Verhältnisses, entstanden aus meiner bitteren Kritik über seine Finanzpolitik...

Dieses Kapitel meines Berufslebens zeigt deutlich, welche mörderische Waffe wir, die Satiriker, in Händen haben.

Bekenntnisse eines Zerrspiegels

Unter uns gesagt: Die Satire ist leider keine Waffe, bestenfalls ein Spiegel, in dem jeder sein wahres Gesicht erkennen kann (so schreiben es zumindest die Philosophen). Ich habe aber noch von keinem Spiegel gehört, der das Gesicht des Betrachters verändert.

Es ist also an der Zeit, die Wahrheit zu bekennen: In unseren Tagen beherrschen nicht die Dichter die öffentliche Meinung, sondern die Fernsehmoderatoren der Sportsendungen. Mit dem »scharfen Skalpell der Satire«, wie man so sagt, kann man heutzutage höchstens noch Fanbriefe öffnen.

Wie man sieht, verliere ich, im Gegensatz zu

Finanzministern, manchmal meinen Sinn für Humor. Das geschieht immer dann, wenn ich mich wieder einmal mit der totalen Hilflosigkeit von uns Federfuchsern abfinden muß.

Satire ist, wenn man trotzdem weint.

Auf der oberen, der offen zutage liegenden Ebene der Welt leben alle, die reinen Herzens sind, die Patrioten, die Gutgläubigen, die Geradlinigen, die Familienväter – kurzum die anständigen Menschen.

Das ist die falsche Welt.

Die wirkliche Welt liegt tief unten. Man erreicht sie nur sehr mühsam, über gewundene Treppen oder mit lautlosen Liftkörben, die ausschließlich für die Eingeweihten da sind. Denn nur die Eingeweihten wissen, daß diese Welt überhaupt existiert, nur sie kennen das Geheimnis, kennen die magische Formel, die alle Türen und alle Safes öffnet, die Zutritt gewährt zum Sesam des Wohllebens, des Reichtums und der Macht.

Gewöhnliche Sterbliche haben keinen Zutritt zu dieser Welt. Sie ist ein exklusiver Club, dessen Mitglieder mit ein paar ins Telephon geflüsterten Worten mehr Geld ergaunern, als unsereiner mit der Müh und Plage eines ganzen Lebens verdient. In den diskret abgedunkelten Clubräumen ist schon manch eine eilige Notiz auf einen Fetzen Papier gekritzelt worden – und draußen sind Berge in Bewegung geraten.

Ein wenig unheimlich das Ganze, nicht wahr. Ein wenig wie Kafkas Schloß. Nur daß es nicht auf einem Hügel liegt, sondern in unzugänglicher Tiefe.

Das ist die wirkliche Welt.

Ich stelle mir vor, wie die Clubmitglieder über uns lachen, wie sehr es sie amüsiert, unsere angestrengte Geschäftigkeit zu beobachten, unsere krampfhaften Bemühungen um eine kleine Verbesserung unseres Lebens, einen kleinen Steuernachlaß, eine kleine Pension. Natürlich zeigen sie ihr Amüsement nicht nach außen, nicht an der Oberwelt. Sie sind hervorragende Schauspieler und wissen uns mit eindrucksvollen Predigten über Gerechtigkeit und Moral in Bann zu schlagen. Aber hinter ihrer hochtrabenden Rhetorik steckt nichts als die Gier nach Geld und Macht.

Dann und wann ereignet sich ein Betriebsunfall. Da stolpert einer der Mächtigen über einen Stein auf dem Grundbesitz, den er sich für einen Pappenstiel angeeignet hat, da fällt einem Rechtsanwalt ein Goldsack zweifelhafter Herkunft aus der Hand, da wird plötzlich ruchbar, daß hohe Staatsbeamte noch höhere Bestechungsgelder angenommen haben, um den Ankauf minderwertiger Kampfflugzeuge zu bewilligen, Steuerschulden zu vertuschen und geheime Fonds zu melken, da zeigt sich, daß Präsidenten lügen, daß Könige korrupt und Regierungen verrottet sind.

Solche Dinge geschehen rein zufällig, nicht etwa dank eines funktionierenden Kontrollsystems. Eine Bank in Vaduz macht Pleite, ein gekaufter Zeuge irrt sich bei seiner Aussage, ein Polizist nimmt seine Arbeit zu ernst – und für einen kurzen Augenblick erspähen die armen Tölpel, die in der offenen Welt leben, was in der verschlossenen vorgeht. Für eine Sekunde sehen sie die Spitze des Eisbergs.

Wo die kleinen Leute schuften und schwitzen, liegen die Jagdgründe der Großen, der dichte Dschungel der Öffentlichen Mittel. Eine verzweifelte Komik wohnt ihnen inne, den redlichen Zwergen, die sich ein Leben lang nach Recht und Gesetz richten und damit zur ahnungslosen Beute derer werden, die nur ein einziges Gesetz kennen: sich nicht erwischen zu lassen.

Ich hätte diese Zeilen viel lieber optimistisch ausklingen lassen, hätte viel lieber gesagt, daß die Zwerge recht haben, daß ehrlich am längsten währt, daß ein gutes Gewissen das beste Ruhekissen ist und daß wir hier oben, in der offen zutage liegenden Welt, den Schlaf der Gerechten schlafen dürfen.

Aber es will mir nichts dergleichen aus der Feder. Und ich kann den häßlichen Verdacht nicht loswerden, daß auch ich im Grunde nur unter meiner Unfähigkeit leide, die Mitgliedschaft im Club der fröhlichen Unterweltler zu erwerben und das Große Prinzip zu begreifen.

Erfolgserlebnisse eines Bleistifts

Bevor meine Leser fragen, wozu schreibt er denn dann eigentlich, will ich von einigen trostreichen Fällen berichten, in denen mein Bleistift doch etwas erreicht hat.

Der erste namhafte Erfolg fällt in die Gründerzeit unseres Staates. Damals mußten die Stadtväter ihre Phantasie ganz gehörig strapazieren, um Bezeichnungen für die nagelneuen Straßen zu finden. Zuerst konfiszierte man die Namen der großen zionistischen

Gestalten, dann die der kleineren Größen, und als auch die lückenlos an allen Straßenecken prangten, nahm man jeden Namen, der einem in die Hände fiel.

So wurde zum Beispiel in einigen bedeutenden Städten Israels die Kishon-Straße eingeweiht, ein Ereignis, das bei meinen Kindern immer noch Herzklopfen hervorruft. Auch ich persönlich will eine gewisse Rührung nicht leugnen. Wohl tut es meiner Freude ein wenig Abbruch, daß die Straßen nach dem biblischen Fluß Kishon benannt sind, der seit Menschengedenken in den Yarden mündet, aber dieses unbedeutende Detail ist nicht jedem bekannt, und ich selbst erzähle es niemandem...

Ein Gewässer in der Bibel wird nach mir benannt.

In meiner folgenden Lieblingsgeschichte geht es darum, daß die beste Ehefrau und ich ein Dutzend Jahre in einer kurzen Tel-Aviver Häuserzeile mit dem langen Namen »Helsingforsstraße« wohnten. Sie wurde nach der damaligen finnischen Hauptstadt benannt, in der der erste Zionistische Kongreß stattfand.

Ich selbst habe von jeher Schwierigkeiten, mir komplizierte Namen zu merken. Angeblich lastet ein Fluch auf unserer Familie, seit einer meiner Großväter leichtsinnigerweise ein Bielazurkevitz-Mädchen geheiratet hat. Es dauerte zwei Jahre, bis ich mir Solschenizyn merken konnte, und bis mir Giscard d'Estaing geläufig war, war er längst nicht mehr Präsident...

Eine raffinierte Ausrede für frühzeitige Senilität

Es ist also nur natürlich, daß der Name Helsingfors mir und meinen Gästen chronische Kopfschmerzen bereitete, ganz zu schweigen von den astronomischen Ferngesprächsrechnungen als Resultat des Buchstabierens von H-E-L-S-I-N-G-F-O-R-S...

Natürlich kann man Helsingfors auch aufschreiben und im Notfall nachlesen, aber so etwas ist immer etwas peinlich und weist leicht auf eine fortschreitende Verkalkung hin. Ich habe darüber eine recht bekannte Geschichte geschrieben, die vor Selbstkritik durchaus nicht haltmacht.

Das ganze Malheur wäre nicht geschehen, wenn Sulzbaum sich nicht eingebildet hätte, daß ich der richtige Mann für diesen Posten wäre. Sulzbaum hatte schon seit langem nach einem Mann mit Hirn Ausschau gehalten, nach einem wirklichen Kopf, dem er wirklich vertrauen könnte. Jetzt, nachdem wir einige Zeit verhandelt hatten, machte er eine unmißverständliche Andeutung, daß er sich ernsthaft mit dem Gedanken trug, die Sache in meine Hände zu legen.

Bermerkung nur für Dauerleser, die sich unverschämterweise an diese Satire erinnern: Würden Sie auch einen Konzertsaal mit Krach verlassen, nur weil Sie die Symphonie schon einmal gehört haben?

Als ich ihn an jenem schicksalsträchtigen Abend anrief, ließ er mich wissen, daß er den Abschluß unserer Verhandlungen nun nicht mehr länger hinauszögern wolle und bat mich, ihn sogleich aufzusuchen. Meine Freude läßt sich in Worten gar nicht schildern. Sulzbaum ist immerhin Sulzbaum, das steht außer Zweifel. Ich fragte ihn also ohne weitere Umschweife nach seiner Adresse.

»Helsingforsstraße 5«, sagte er.

»Fein«, sagte ich. »In ein paar Minuten bin ich bei Ihnen.«

»Ausgezeichnet«, sagte er.

Ich machte mich unverzüglich auf den Weg. Aber

schon nach wenigen Schritten stellte sich mir ein Hindernis entgegen, das schwerer zu übersteigen war als eine Barrikade: ich hatte den Straßennamen vergessen. Glatt vergessen. Ich konnte mich nur noch erinnern, daß der erste Buchstabe ein P war.

Rasch entschlossen betrat ich eine Telephonzelle und wollte Sulzbaums Adresse aus dem Telephonbuch heraussuchen.

Es war kein Sulzbaum im Telephonbuch. Um ganz sicher zu gehen, sah ich noch unter Z nach. Es war auch kein Zulzbaum im Telephonbuch.

Wahrscheinlich hat er einen neuen Anschluß, dachte ich. Ein Glück, daß ich mir die Nummer aufgeschrieben hatte. Ich läutete bei ihm an.

»Mir ist etwas Komisches passiert«, sagte ich. »Ich habe den Namen Ihrer Straße vergessen.«

»Helsingfors«, sagte Sulzbaum. »Helsingforsstraße 5.«

»Danke vielmals.«

Durch Schaden gewitzt, wiederholte ich unablässig und leise »Helsingfors ... Helsingfors ...«, bis ich endlich, hoch oben im Norden der Stadt, einen Passanten nach der genauen Lage der Straße fragen konnte:

»Entschuldigen Sie bitte, wo ist hier die –«

»Leider«, unterbrach mich der Befragte. »Ich bin selber fremd hier. Ich suche die Uziel-Straße.«

»Uziel-Straße ... Zufällig weiß ich, wo die ist. Geradeaus und dann die zweite rechts.«

»Vielen Dank. Ich bin Ihnen sehr verbunden. Übrigens – wie heißt die Straße, die Sie suchen?«

»Ich? Ich suche ... nein, so was!«

Tatsächlich: dieser verdammte Uziel hatte mich meinen eigenen Straßennamen vergessen lassen. Ich erinnerte mich nur noch, daß die Straße mit einem K anfing. Die Nummer war 9 oder 19, das wußte ich nicht mehr so genau.

Es widerstrebte mir, nochmals bei Sulzbaum anzurufen. Sonst hielte er mich vielleicht für einen jener gedächtnisschwachen Menschen, die imstande sind, Straßennamen zu vergessen, auch wenn man sie ihnen zweimal sagt. Ich zermarterte mein Hirn nach dem vergessenen Namen. Aber da bestätigte sich wieder einmal die alte Erfahrung, daß ich – wie jeder höher organisierte Intellekt – ein plötzlich mir aufgezwungenes Problem nicht lösen kann. Unter solchen Umständen tat ich das einzig mögliche: ich setzte mich in ein Kaffeehaus, entspannte mich und wartete auf die fällige Erleuchtung.

Sie kam nicht. Der einzige Straßenname, der mir einfiel, war Schmarjahu Levin (an den ich mich bis dahin niemals hatte erinnern können, weiß der Teufel warum). Nun wußte ich aber, daß der Name, den ich suchte, nicht Schmarjahu Levin war. Es war ein ausländischer Name, das schon, und er begann mit einem L. Aber weiter kam ich nicht.

Also läutete ich nochmals bei Sulzbaum an.

»Hallo«, sagte ich. »Ich bin bereits unterwegs. Könnten Sie mir sagen, wie ich am schnellsten zu Ihrem Haus komme?«

»Wo sind Sie jetzt?«

»Ben Jehuda-Straße.«

»Da sind Sie schon ganz in der Nähe. Lassen Sie sich's von irgendeinem Passanten zeigen.«

»Mach ich. Und wie buchstabiert man den Straßennamen?«

»So wie man ihn ausspricht. Warum?«

»Ich habe den Eindruck, daß die Leute hier den Namen nicht recht kennen. Es scheint eine neue Straße zu sein.«

»Gar so neu ist sie nicht.«

»Trotzdem. Ein so langer Straßenname ...«

»Wieso? Da gibt es noch viel längere. Die Hohepriester-Matitjahu-Straße zum Beispiel. Oder die Straße der Tore von Nikanor. Oder die Akiba-Kolnomicerko-Straße.«

»Gewiß, gewiß. Aber bei Ihrer Straße verstaucht man sich die Zunge.«

»Kann ich nicht finden. Man gewöhnt sich. Und überhaupt: Warum machen Sie sich plötzlich so viel Sorgen über einen Straßennamen? Ich warte auf Sie. Kommen Sie oder nicht?«

»Natürlich. In fünf Minuten.«

»Gut.«

Sulzbaum legte den Hörer auf, und ich stand in der Zelle. Es waren vielleicht die schwierigsten Augenblicke meines bisherigen Lebens. Die Namen »Hohepriester Matitjahu«, »Tore von Nikanor« und »Akiba Kolnomicerko« hatten sich unauslöschlich in mein Gedächtnis eingegraben, ohne daß ich die geringste Verwendung für sie gehabt hätte.

Eine Weile verstrich, ehe ich mich entschloß, den Hörer abzuheben und meinen Finger in die Drehscheibe zu setzen.

»Sulzbaum«, flüsterte ich, »lieber Sulzbaum. Wie heißt Ihre Straße?«

Sulzbaums Stimme kam mit eisigem Zischen: »Helsingfors. Vielleicht schreiben Sie sich's auf!«

Ich griff in die Tasche, um meinen Kugelschreiber hervorzuholen, fand aber keinen.

Und bevor ich Sulzbaum noch informieren konnte, daß ich in fünf Minuten bei ihm sein würde, hatte er schon abgehängt.

Diesmal würde ich die Fehler der Vergangenheit nicht wiederholen. Diesmal machte ich's mit der Mnemotechnik. Ich analysierte den Namen Helsingfors. Der erste Teil erinnert an die heutige finnische Hauptstadt Helsinki. Der zweite Teil ist nahezu identisch mit der bekannten amerikanischen Automarke Ford. Und die beiden sind durch ein »g«, den siebenten Buchstaben im Alphabet, miteinander verbunden. Ganz einfach. Helsin(ki)-g-for(d)-s Nummer 5.

Schon war ein Taxi zur Stelle. Ich warf dem Fahrer ein gleichgültiges »Helsingforsstraße 5« hin.

»Helsingforsstraße 5« wiederholte er und gab Gas.

Ich lehnte mich in die Kissen zurück und sinnierte, wie seltsam es doch war, daß ein Mann meines geistigen Kalibers, der sich noch an die entlegensten Antworten längst vergangener Mittelschulprüfungen erinnert, zum Beispiel: »Die Hauptstadt von Dazien hieß Sarmisegetuza« – daß ein solcher Mann, der fast schon ein Elektronenhirn sein eigen nennt, einen so kindisch einfachen Straßennamen vergessen konnte wie ... wie ...

»Entschuldigen Sie.« Der Fahrer wandte sich zu mir um. »Wie heißt die Straße?«

Graue Schleier senkten sich über meine Augen. Alles, was mir einfiel, war »Sarmisegetuza«, aber so hieß sie bestimmt nicht. Ich tat das Nächstliegende und verfluchte den Fahrer. Er schwor, daß er den Namen an der vorigen Ecke noch gewußt hatte.

»Na schön.« Ich fand die Ruhe wieder, die meiner intellektuellen Überlegenheit angemessen war. »Wir wollen versuchen, den Namen zu rekonstruieren. Gehen wir systematisch vor. An was erinnern Sie sich?«

»An nichts«, lautete die unverschämte Antwort des motorisierten Wegelagerers. »Höchstens an die Hausnummer 173.«

»Konzentrieren Sie sich, Mann! Denken Sie!«

»Seeligbergstraße ... Salmanowskistraße ... irgend so was ...«

Plötzlich fiel mir die Mnemotechnik ein. Ich war gerettet. Die Hauptstadt von Norwegen heißt Oslo – in der Mitte kommt ein »g« – und dann der erste Teil dieser berühmten englischen Automarke.

»Oslogrolls-Straße, Sie Vollkretin«, sagte ich mit schneidendem Hohn.

Der Fahrer nickte dankbar, machte eine scharfe Kehrtwendung und sauste nach Süden. An der nächsten Ecke blieb er stehn:

»Tut mir leid. Eine solche Straße gibt es nicht.«

Offen gesagt: Auch ich hatte nicht recht daran geglaubt, daß es sie gäbe. Aber der prompte Start des Fahrers hatte mich wieder unsicher gemacht. Jetzt wußte ich sogar, wo mein Irrtum steckte: es war kein »g« in der Mitte. Oslorolls ... Osloroyce ...

»Was jetzt?« fragte der Fahrer. Tatsächlich, er fragte: »Was jetzt?«

In stummer Verachtung schleuderte ich ihm eine

Pfundnote ins Gesicht, sprang aus dem Wagen, eilte federnden Schrittes auf die nächste Telephonzelle zu und läutete bei Sulzbaum an.

»Ich bin sofort bei Ihnen«, beschwichtigte ich ihn. »Aber es ist etwas geradezu Unglaubliches geschehen. Ich –«

»Helsingfors!« brüllte Sulzbaum, daß die Wände der Telephonzelle zitterten. »Helsingfors!! Und Sie brauchen überhaupt nicht mehr zu kommen!!«

Peng. Er hatte eingehängt.

Na, wenn schon. Kann mir nur recht sein. Mit einem so ordinären Menschen will ich nichts zu tun haben.

Ich verließ die Telephonzelle. Sie befand sich unterhalb einer Straßentafel. Sie lag in der Helsingforsstraße.

Auch das interessierte mich nicht mehr. Das Schicksal hatte seinen Wahrspruch gefällt. Es war mir nicht bestimmt, für Sulzbaum zu arbeiten.

Aber bei den nächsten Magistratswahlen werde ich nicht diese miese Stadtverwaltung wählen. Was soll ich Leute wählen, die so läppische Straßennamen aushecken wie ... wie ... zum Teufel ...

Als die Geschichte in der Zeitung stand, zeigte die Tel-Aviver Stadtverwaltung unerwarteterweise Sinn für Humor. Feierlich wurde die Helsingfors in »Helsinki-Straße« umgetauft, und ich hatte mein Vertrauen in die göttliche Gerechtigkeit wiedergefunden. Eigenhändig befestigte ich die neuen Straßenschilder an unserem Haus und stellte auf der höch-

Warum Finnlands Hauptstadt heute Helsinki heißt.

sten Leitersprosse befriedigt fest, daß der Prophet doch noch etwas gilt in der eigenen Stadt...

Mein Bleistift hat aber auch größere Berge versetzt.

Moshe Dayan behauptete immer, er wäre nicht zuletzt durch meine Satire noch kurz vor dem Sechstagekrieg Verteidigungsminister geworden. Das mag sein, stolz gemacht hat mich jedoch ein anderer Fall.

Das Thema wurde publik, als der Jerusalemer Gerichtshof einen praktizierenden Sexologen, der sich auf Vergewaltigung junger Touristinnen en gros spezialisiert hatte, zu weniger als vier Jahren Zuchthaus verurteilte. Das Urteil beinhaltete zwar eine wesentliche Haftverschärfung (Ein-Zimmer-Zelle mit Schwarzweiß-Fernseher und ohne Video), ließ mich aber dennoch nicht ruhen. Schon am nächsten Tage druckte eine Zeitung mein fiktives Interview mit dem Touristinnen-Profi ab.

Den folgenden Dialog können männliche Leser ruhig überspringen. Er beschäftigt sich mit einem weiblichen Problem. So wie zum Beispiel auch schmutzige Männerhemden reine Frauensache sind.

Gestatten Sie eine Frage, mein Herr. Betätigen Sie sich als Vergewaltiger?«

»Ja.«

»Und warum?«

»Sagen wir, aus natürlicher Neigung. Es macht mir Spaß. Hat mir immer schon Spaß gemacht. Wird außerdem vom Gesetz begünstigt.«

»Das ist mir neu.«

»Mir nicht.«

»Vielleicht kommen wir später darauf zurück. Jetzt eine andere Frage. Können Sie unseren Lesern etwas über Ihre Methode verraten?«

»Meine Methode? Die übliche. Schnittiger Wagen. Überlandstraße. Autostopperin. Mitnehmen. Auf einen Seitenweg abbiegen. Einsame Gegend. Waldlichtung oder dergleichen. Ein wenig Angst machen. Wenn nötig schlagen oder fesseln. In böswilliger Absicht, wie der juristische Fachausdruck heißt. Vorsätzliche Gewaltanwendung. Manchmal mit Freunden, manchmal allein. Je nachdem. Lesen Sie keine Zeitungen?«

»Und wie reagieren die Frauen?«

»Meistens versuchen sie sich zu wehren. Aber das gehört dazu. Das ist das halbe Vergnügen: den Widerstand brechen. Jung und verschreckt müssen sie sein, das mag ich. Ausländische Besucherinnen sind mir am liebsten.«

»Haben Sie dafür einen bestimmten Grund?«

»Einen sehr bestimmten. Sie verlassen das Land bald darauf und kommen nie wieder. Der Traum des Vergewaltigers. Gilt besonders für kleine Engländerinnen. Glauben Sie keinen Verleumdungen. Engländerinnen sind erstklassig.«

»Man sagt, daß die Opfer einer Vergewaltigung dauernden seelischen Schaden davontragen.«

»Würde mich nicht überraschen. Aber es ist nicht meine Sache. Sie können ja zur Polizei gehen und Anzeige erstatten, wenn sie wollen. Wir leben in einem freien Land.«

»Werden Anzeigen häufig erstattet?«

»Sehr selten. Sie wissen ja, wie es auf der Polizei zugeht. Warum kommen Sie erst jetzt, wo ist es passiert, wie oft, schildern Sie den genauen Hergang … lauter peinliche Fragen. Wer setzt sich schon gern

einer solchen Situation aus. Deshalb schweigen die meisten. Sogar im Spital.«

»Und wenn sie nicht schweigen?«

»Dann nimmt man einen Anwalt. Und läßt vor Gericht die ganze Familie aufmarschieren, die Frau, die Zwillinge...«

»Wollen Sie damit sagen, daß Sie verheiratet sind?«

»Allerdings. Haben Sie etwas dagegen? Notzucht ist in unserem Land längst zu einem Bestandteil des täglichen Lebens geworden. Gewissermaßen eine Art Familienunterhaltung. Sie sollten einmal meine Kinder sehen, wie die sich bei einem Prozeß aufführen. Buh, buh, buh. Auf jeden Fall sage ich dem Richter, daß von Vergewaltigung keine Rede sein kann, eigentlich wollte ich gar nicht, Euer Ehren, aber diese englische Schlampe hat mich provoziert. Wenn ich Glück habe, erscheint sie vor Gericht in einem Minirock und macht auf den Richter einen schlechten Eindruck.«

»Und wenn der Richter sich dem Standpunkt der Klägerin anschließt?«

»Warum sollte er?«

»Weil er gegen Vergewaltigungen ist.«

»Dann bekunde ich Reue. Es tut mir leid, Euer Ehren, es tut mir aufrichtig leid, ich habe meine Selbstbeherrschung verloren, bitte bedenken Sie, daß ich eine schwere Kindheit hatte, ich komme aus ärmlichen Verhältnissen, ich war sozial unterprivilegiert, ich mußte unter Entbehrungen leiden, und was man eben in solchen Fällen so sagt.«

»Nehmen wir an, daß der Richter sich nicht erweichen läßt.«

»Dann bekomme ich schlimmstenfalls drei Jahre und acht Monate Gefängnis. Ein Drittel wird für gutes Betragen abgezogen, ein Drittel für medizinische Behandlung, ein Drittel wird ausgesetzt – übrig bleibt, daß ich mich zweimal monatlich zur psychiatrischen Beobachtung stellen muß. Auch schon was.«

»Und wie erklären Sie sich das alles?«

»Ich sagte es ja schon. Das Gesetz begünstigt Vergewaltigungen.«

»Meinen Sie das im Ernst?«

»Durchaus. Überlegen Sie doch. Wenn man Vergewaltigungen wirklich hintanhalten wollte, würde man sie mit zwanzig Jahren Kerker bestrafen. Auf Veruntreuung und Fälschung stehen zwölf Jahre. Tätliche Bedrohung mit einem Messer kann einem fünf Jahre einbringen. Aber für dasselbe Vergehen mit Vergewaltigung sieht das Gesetz nicht mehr als drei Jahre acht Monate vor. Es begünstigt Vergewaltigungen. Es anerkennt ihre heilende Wirkung.«

»Heilende Wirkung? Wieso?«

»Als Ventil für aufgestaute Aggressionstendenzen. Als Entlastung von gesellschaftlichem Druck. Wer vergewaltigt, begeht keinen staatsfeindlichen Akt, nimmt an keiner Demonstration teil, erregt kein Aufsehen. Der Staat weiß das. Deshalb belegt er jede Eintrittskarte ins Kino mit einer fünfzigprozentigen Steuer, aber Vergewaltigung ist steuerfrei.«

»Wenn Sie zwanzig Jahre dafür bekämen, würden Sie nicht vergewaltigen?«

»Natürlich nicht. Ich bin ja nicht verrückt: zwanzig Jahre für zehn Minuten Vergnügen. Da suche ich mir lieber einen anderen Sport.«

»Fußball?«

»Zu gefährlich. Unter den gegebenen Umständen bleibe ich schon bei unserem Nationalsport, der Vergewaltigung.«

Es ist kaum zu glauben, aber das Gesetz wurde geändert. Eine Abgeordnete, Mitglied der Knesset, hat meine Satire im Parlament vorgelesen. Der Vorsitzende des obersten Gerichtshofs ließ mir daraufhin eine geharnischte Verwarnung zustellen, mit dem Hinweis, daß eine derartige Verunglimpfung des Gerichts mit fünf Jahren Gefängnis geahndet würde. Lediglich als P. S. fügte er hinzu, daß er soeben gefordert hätte, die Mindeststrafe für Vergewaltigung auf acht Jahre zu erhöhen...

Das Gesetz ist heute noch in Kraft.

Freut mich das? Ja, das tut es. Es nährt in mir die freundliche Illusion von Macht und Einfluß.

Aber es bleibt bei der Illusion. Zwar gibt es Schriftsteller, die sich einbilden, das politische Leben zu beeinflussen, nur weil sie von Zeit zu Zeit den Salon eines Ministers mit ihrer Anwesenheit schmücken dürfen. Journalisten sind sogar davon überzeugt, daß die Staatsführung in ihren Händen liegt, aber, unter uns gesagt, Politik wird von den Politikern und von niemand anderem gemacht. Und für die Machthaber zählt nur eine Sorte Menschen: die Wähler.

Wieviele Stimmen hat ein Satiriker?

Beschwerde eines Wählers ohne Wahl

Ungefähr eine. Maximal zwei, gemeinsam mit der besten Ehefrau von allen (obwohl ich da nicht so sicher sein kann, da sie politisch viel extremer denkt).

Und auch diese beiden Stimmen verlieren ihren Einfluß spätestens eine Minute nach Schließung der Wahllokale …

Diese Lebenserfahrung ist in die zweite Satire eingegangen, die in der Knesset verlesen wurde (natürlich von einer Abgeordneten der Opposition und natürlich wieder von einer Frau) – und alles ist beim alten geblieben.

Es war einmal ein Minister, der, wie das so üblich ist, eines Tages etwas ganz Blödsinniges tat. Das ist zwar, wie gesagt, nicht ungewöhnlich, aber aus unerfindlichen Gründen wurde die Bevölkerung diesmal ungeduldig und forderte seinen Rücktritt. Natürlich war sich der Minister seiner moralischen Belastung für die Parteikollegen durchaus bewußt. Er ersuchte daher den Ministerpräsidenten, ihn angesichts der delikaten Lage nach Übersee zu versetzen, wo er eine Reihe landwirtschaftlicher Projekte aus erziehungspolitischer Sicht überprüfen würde.

In dieser Geschichte ist jede Ähnlichkeit mit lebenden Politikern rein zufällig. Aber auch eine zufällige Ähnlichkeit ist eine Ähnlichkeit.

Der Minister verbrachte zwei lange Monate in den weiten Kakteenfeldern von Las Vegas, aber überraschenderweise behielt ihn die Bevölkerung in Erinnerung. Kaum kehrte er zurück, eröffnete die Presse einen Feldzug gegen ihn, der die Vorzüge seiner Frühpensionierung pries.

Der Minister nahm es nicht leicht. Er beauftragte einen seiner Sekretäre, alle Zeitungsausschnitte zu sammeln, in denen sein Name erwähnt wurde. Weitere Schritte unternahm er vorläufig nicht.

Das aufgebrachte Volk veranstaltete eine Massen-

demonstration vor den Fenstern des Ministeriums. Der Pöbel brüllte aus Leibeskräften: »Großes Tier, verschwind von hier!«

Der Minister beugte sich der Stimme des Volkes und übersiedelte mit dem gesamten Stab auf seinen Sommersitz.

Aber da brach der Sturm erst richtig los.

Die Jugendverbände des Landes taten sich zusammen, fuhren ihm nach und organisierten einen Fakkelzug. In riesigen Lettern sprayten die Demonstranten auf die Mauern: »Geh freiwillig, solange es noch geht!«

Der Minister faßte höchstpersönlich einen Entschluß und zog in ein Hotel.

Jetzt griffen die Gewerkschaften zu harten Maßnahmen: man verfügte einen Generalstreik. Am nächsten Tag gab es keinen Strom, kein Gas, kein Wasser, keine Autobusse, keine Kinos und kein gutes Wetter. Nach einer Woche war das Land am Ende. Das Leben wurde unerträglich. Jedermann fühlte, daß die historische Wende in dieser Auseinandersetzung zwischen Minister und Öffentlichkeit kurz bevorstünde ...

Da geschah das Unvermeidliche.

Am siebenten Tag trat die Öffentlichkeit zurück.

Die Öffentlichkeit hat keinen Grund, gekränkt zu sein. Ich habe es nicht persönlich gemeint.

Man kann sich die Frage stellen: Wenn ein Sitz in der Regierung so erstrebenswert ist, warum sitzt man dann nicht darauf?

Ich bin beinahe draufgesessen.

Erinnert man sich noch an Golda?

Ich jedenfalls werde diese wunderbare alte Dame

mit ihrem altmodischen Haarknoten nicht vergessen. Sie war eine melancholische Frau, eine sozialistische Kämpferin, die pausenlos Zigaretten qualmte, Eigenschaften, die ich nicht eben schätze – und doch war ich verliebt in sie wie jeder andere auch. Nicht weil sie Regierungschef war, sondern trotzdem. Sie war die letzte Mohikanerin der legendären Alten Garde, die den jüdischen Staat ins Leben gerufen hat, und mit ihr ist die Generation der großen Träumer ausgestorben. Geblieben sind die kleinen Realisten.

Ich hielt mich in jenen Tagen in Südtirol auf, verbannt ins Schloß meines Verlegers, um ein Buch über die anderen Schauspieler zu schreiben, »Kein Applaus für Podmanitzki«. Plötzlich klingelte das Telephon unten in der Küche. Golda war am Apparat, direkt aus Jerusalem:

Es gibt viel Gemeinsames zwischen Bühnenschauspielern und ihren Kollegen in der Politik: Beide deklamieren Texte, die jemand anderer geschrieben hat, beide können ohne Applaus nicht leben und beide opfern ihre gesamte Freizeit den Intrigen. Der Unterschied: Politiker treiben ihr Spiel hinter geschlossenem Vorhang.

»Shalom, Ephraim, komm sofort zurück«, beschied mir die tiefe Stimme. »Wir brauchen dich im Propagandaministerium.«

Ich war ziemlich überrascht. Nicht vom Inhalt, doch von der Kürze ihrer Weisung. Aber so war Golda, eine unkomplizierte Frau.

»Nu«, drängte sie mit spürbarer Ungeduld, »in Ordnung?«

»Frau Ministerpräsident«, antwortete ich inmitten der Vorbereitungen für Schluzkrapfen, »ich fühle mich hochgeehrt, aber wenn ich mich recht erinnere, haben wir bereits einen Propagandaminister namens Shimon Peres.«

»Gut«, entschied Golda, »dann wirst du eben zunächst sein Stellvertreter.«

»Aber ich bin kein Sozialist, gnädige Frau.«

»Macht nichts. Darüber kannst du später nachdenken. Also, bist du einverstanden?«

»Kann ich bis morgen Bedenkzeit haben?«

»Du kannst. Shalom.«

Ich vertreibe mich aus dem Paradies.

Sie ließ mich mit vielen Fragen allein. Was mir die alte Dame angeboten hatte, war nichts anderes als die einmalige Gelegenheit, ohne jede weitere Anstrengung Spitzenbürokrat zu werden. Hm ... Große, schwarze Wagen mit Chauffeur, eine hellblonde Sekretärin mit hohen Absätzen und eine dunkelblonde, eine Menge überflüssiger Reisen ins Ausland und als Dreingabe unzählige andere Annehmlichkeiten, über die man gar nicht erst spricht... Wirklich, gar nicht schlecht...

Jeder Schriftsteller flirtet irgendwann einmal mit der Politik, und jeder Politiker träumt davon, ein Buch zu schreiben. Der Politiker hat es leichter: Der Schriftsteller schreibt ihm sein Buch.

Vielleicht wäre ich als Propagandaminister sogar recht erfolgreich geworden. Meine langjährige Journalistentätigkeit war die beste Voraussetzung dafür und auch der Grund für Golda, mir den Job anzubieten.

Als am nächsten Morgen das Telephon wieder klingelte, hatte ich mich jedoch anders entschieden:

»Ich kann nicht, Frau Ministerpräsident«, gab ich zu bedenken. »Ich bin doch Schriftsteller und nicht Politiker.«

»Dummkopf, deswegen habe ich dich ja berufen!«

»Es tut mir wirklich leid...«

»Na gut. Bleib trotzdem gesund.«

So habe ich die große Chance verspielt, dem exklusiven Club der Privilegierten beizutreten. Auch bei späteren Gelegenheiten weigerte ich mich aufzusteigen. Ich leide unter Höhenangst. Darüber hinaus fehlt mir auch jede politische Motivation, denn gegen Ideologien jeder Couleur war ich immer schon immun: für die Konservativen bin ich zu alt und für die soziale Gleichschaltung sind meine Auflagen zu hoch. Was bliebe mir noch? Für Anarchisten bin ich zu unsportlich, und Kommunist war ich schon einmal.

Nicht jeder nimmt es mit seiner Weltanschauung so genau. Wie elastisch politische Ideologien manchmal sein können, zeigt die nächste Geschichte. Die Idee dazu kam mir, als ein verschlafener Kellner ein Glas portugiesischen Portwein, Jahrgang '72, in meinen Kragen goß. Das passierte in dem kleinen griechischen Restaurant, in dem jeden Samstag unsere politische Elite, zusammengepfercht an groben Holztischen, ihr Mittagsmahl einnimmt.

Die unabsehbaren Folgen von Alkoholmißbrauch

Der rote Fleck ging in der Reinigung heraus, die Geschichte, die aus meiner Feder floß, ist geblieben.

Bis zu den letzten Wahlen, die den rechtsgerichteten konservativen Block an die Macht brachten, galt der Knesset-Abgeordnete Elieser Gurnischt als zuverlässiger, ja geradezu unerschütterlicher Parteigänger. Daß seine konservative Haltung der Öffentlichkeit kaum bekannt war, hatte einen einfachen Grund: er selbst war nämlich der Öffentlichkeit kaum bekannt. Selbst im politischen Bereich gab es nur wenige, die von seiner Existenz wußten. Ein einziges Mal hatte er sich in der Knesset zu Wort gemeldet und eine längere Rede gegen die allgemeine nationale Indifferenz gehalten, aber der Zufall wollte es, daß sich das Haus gerade zu dieser Zeit leerte, sogar der Parlamentssprecher ging hinaus, um eine Zigarette zu rauchen, und die Fernsehtechniker befanden sich noch immer im Streik.

Als Gurnischt am folgenden Tag im Parteihaus der Konservativen erschien – wie immer äußerst korrekt gekleidet, dunkler Anzug, weißes Hemd, diskrete Krawatte, ganz im Stil seiner verehrten Parteiführer –, hatte er das Pech, daß ihn der Generalsekretär der Partei bemerkte. »Wer ist das?« fragte er seinen Gesprächspartner. »Einer unserer Abgeordneten«, lautete die Antwort. »Sitzt seit sieben Legislaturperioden in der Knesset. Mehr weiß man nicht von ihm.«

Gurnischt, bisher auf Rang 43 der Wahlliste der Konservativen, wurde für die nächsten Wahlen auf Rang 77 abgeschoben. Das Ende seiner politischen Laufbahn schien gekommen.

Und dann passierte die Sache mit der Suppe.

Sie passierte eines Samstags in einem Restaurant, wo Gurnischt mit einigen Gefährten aus der untersten Parteischublade das Abendessen einnahm. Alle, wie sie dasaßen und ihre Hühnersuppe löffelten, zeigten sich höchst besorgt über die jüngste demoskopische Umfrage, der zufolge die Chancen der regierenden Arbeiterpartei ständig wuchsen.

Um das Thema zu wechseln, richtete einer aus der Tischrunde an Gurnischt die Frage, ob auch er ein Bankkonto in der Schweiz unterhalte. Gurnischt erschrak so heftig, daß ihm der Löffel aus der Hand und in den Teller fiel, von wo ihm eine kleinere Portion Hühnersuppe, garniert mit einigen Nudeln, auf die makellose Krawatte spritzte. Seine Versuche, dem Malheur durch Reiben mit der Serviette beizukommen, hatten lediglich zur Folge, daß der Fleck sich immer mehr ausbreitete. Gurnischt gab auf, entledigte sich der Krawatte, steckte sie in die Tasche und öffnete aus Bequemlichkeitsgründen den obersten Knopf seines weißen Hemds. Dann fuhr er fort seine Suppe zu löffeln und zwischendurch feindselige Bemerkungen über die Sozialisten zu machen.

In diesem Augenblick öffnete sich die Türe. Jakov Slutschkovsky, Mitglied der Knesset und Säule der Arbeiterpartei, betrat das Restaurant, gefolgt von seiner ständigen Entourage und einigen Journalisten. Während er nach einem freien Tisch Ausschau hielt, fiel sein Blick auf den offenen Hemdkragen, der zu Elieser Gurnischts weißem Hemd gehörte und aus den bürgerlichen Krawatten ringsum wie ein Leuchtfeuer hervorschien.

Slutschkovsky, Routinier und Ränkeschmied der er war, nahm sofort Witterung. Ein Mann der Rechten mit offenem Hemd, dem traditionellen Habitus der Sozis – was hatte das zu bedeuten? fragte er zuerst sich und dann seine Gefolgschaft.

Vielleicht sei dieser Gurnischt gar nicht so konservativ, wie man glaubte, meinte einer.

Ein anderer vertrat die Ansicht, daß die Konservativen sich volkstümlich geben wollten.

»Nichts von alledem«, entschied Slutschkovsky. »Die Rechte wird nervös, das ist es. Wir müssen ihre Nervosität weiter anheizen.«

Und er schritt geradewegs auf Gurnischt zu, um ihm mit einem leutseligen »Wie geht's denn immer, mein lieber Gurschnik?« kameradschaftlich die Hand zu schütteln.

Die am Tisch Sitzenden glotzten. Sie konnten sich Sinn und Ursache dieser plötzlichen Freundschaftsdemonstration nicht erklären.

Gurnischt, der das ebensowenig konnte, beschränkte sich auf ein undurchdringliches Lächeln.

Zu Hause angelangt, übergab er seiner Frau die fleckige Krawatte.

»Stille Wasser sind tief«, sagte er geheimnisvoll.

»Und du hast zwei linke Hände«, sagte seine Frau.

Es waren nicht nur seine Hände, die mit dem Begriff »links« in Zusammenhang gebracht wurden. Am nächsten Morgen – die anwesenden Journalisten hatten dafür gesorgt – las man in der Presse von einer beginnenden Annäherung der Linkskoalition an den vom Abgeordneten Gurnischt geführten Flügel der Nationalen. Prompt wurde Gurnischt daraufhin vom Generalsekretär seiner Partei zu einem Gespräch eingeladen – übrigens das erstemal seit der Staatsgründung, daß er überhaupt von jemandem eingeladen wurde. Was es mit diesen Kontakten nach links auf sich hätte, wollte der Generalsekretär wissen.

»Ich bitte Sie«, replizierte Gurnischt ironisch, »welche Kontakte kann ein Kandidat mit der Wahllistennummer 77 schon haben?«

»Soll das heißen, daß Sie Ihren Platz auf unserer Wahlliste für aussichtslos halten?«

»Jawohl, genau das soll es heißen!«

In einem plötzlichen Anfall von Selbstbehauptung machte sich Gurnischt Luft: über die Unfähigkeit der

Parteiführung, über die interne Cliquenwirtschaft und über all die vielen Mängel und Fehler, die es nicht gäbe, wenn Männer wie er auf der Wahlliste am richtigen Platz stünden. Der Generalsekretär wakkelte betreten mit dem Kopf. Er werde sehen, was sich da machen ließe, sagte er.

Als nächstes rief die Säule Slutschkovsky an und schlug eine private Zusammenkunft vor. Sie fand im Säulenheim statt, unter allen Anzeichen wichtigtuerischer Geheimhaltung und betont formlos. Gurnischt erschien in Leinenhosen und offenem Sommerhemd, was sein Gastgeber mit sichtlicher Befriedigung zur Kenntnis nahm.

»Wir haben Ihre Integrität seit jeher bewundert, lieber Gurnschik«, stellte er einleitend fest. »Und wir respektieren Ihre ideologisch-pragmatische Einstellung zu den Problemen der arbeitenden Bevölkerung.«

Es war, wie man so sagt, ein konstruktives Gespräch von Anfang an. In freundschaftlichem Klima, wie man so sagt.

»Ich war immer ein sozial denkender Mensch«, betonte Gurnischt. »Fragen Sie unsere Putzfrau.«

Auch seiner Wertschätzung für den Führer der Arbeiterpartei gab er beredten Ausdruck. Gewiß, er stimme nicht in allen Punkten mit ihm überein – aber man müsse ihm lassen, daß er eine bedeutende Persönlichkeit sei. »Es wäre durchaus denkbar, daß ich aus dieser Tatsache unter Umständen auch politische Konsequenzen ziehe«, schloß er.

Slutsch, wie seine Freunde ihn nannten, berichtete

am nächsten Tag der Parteizentrale, daß man hier vielleicht eine Bresche in den Rechtsblock schlagen könnte.

»Schlagen Sie«, sagte die Zentrale.

Der Generalsekretär der Konservativen bekam Wind von der Sache, berief Gurnischt zu sich und bot ihm den 57. Platz auf der Wahlliste an, als Gegenleistung für eine eindeutige Erklärung in den Massenmedien, mit der Gurnischt allen Gerüchten über seinen Flirt mit der Arbeiterpartei und über die Bildung einer nach links tendierenden Splittergruppe ein- für allemal ein Ende setzen sollte.

»Es ist mein heiliger Grundsatz, daß man seine Überzeugung nicht um eines persönlichen Vorteils willen aufgeben darf«, ließ Gurnischt sich vernehmen.

»Etwas anderes« – und mit diesen Worten entließ ihn der Generalsekretär – »haben wir von einem Mann, der auf unserer Wahlliste den 40. Platz innehat, auch nicht erwartet.«

Unterdessen beschäftigten sich die Zeitungen immer ausführlicher mit der Geheimsitzung im Hause Slutschkovskys. Überschriften wie: »Spaltet Gurnischt die Konservativen?« oder: »Gurnischt auf Zickzackkurs nach links« veranlaßten schließlich die Parteiführung, dem Unbotmäßigen ein geharnischtes Ultimatum zu stellen: »Entweder«, so hieß es, »brechen Sie Ihre Kontakte zur Linkskoalition ab oder wir müßten Ihnen Platz 22 auf unserer Wahlliste wieder entziehen.«

Jetzt endlich besann sich Gurnischt auf seine Parteidisziplin. Was ihn jedoch nicht hinderte, weiterhin mit offenem Hemdkragen in der Öffentlichkeit zu erscheinen und seinem Freund Slutschkovsky, wenn er ihm in einem Restaurant oder sonstwo begegnete, herzlich zuzuwinken. Seine politische Zukunft scheint in jedem Fall gesichert.

Es dürfte allerdings der erste Fall in der Geschichte des Parlamentarismus sein, daß eine Persönlichkeit des politischen Lebens unter der Einwirkung von Hühnersuppe Sozialist wurde.

Und es ist, glaube ich, auch der erste Fall, daß ein verschlafener Kellner und ein Glas Portwein politische Satire geschrieben haben.

Doch der Titel dieses Buches verpflichtet nicht, einigermaßen bei der Wahrheit zu bleiben.

Übungen in Verfolgungswahn

Es waren nicht Verachtung für politischen Zynismus, nicht mangelnde Begeisterung für irgendwelche Ideologien und auch nicht die Scheu vor der Verantwortung, die mich hinderten ein hohes Tier zu werden. Der Grund war meine chronische Angst vor den eigenen Journalistenkollegen. Vor meinem inneren Auge paradierten bereits die Schlagzeilen: »Witzbold in die Regierung« oder »Staatspropaganda zum Lachen« oder »Der Herr Minister mit der Narrenkappe ...«

Nein. Zu diesem Spießrutenmarathon hatte ich wirklich keine Lust. Also bin ich privater Humorist geblieben, mit grauhaariger Sekretärin in Kneippsandalen. Ich habe es bis heute nicht bereut.

Auch meine wohlfundierten Ansichten über die heutige Presse haben sich leider bestätigt. Obwohl ich selbst mit meiner 33 Jahre alten satirischen Zeitungskolumne in der Tel-Aviver Tageszeitung »Maariv« dazugehöre. Aber das trübt meinen Blick keineswegs für die Praktiken des gnadenlosen Catch-as-catch-can der Sensationen, den manche Zeitungen Tag für Tag um steigende Auflagen ausfechten.

Meine wohlbekannte Aversion gegen hohe Auflagen

Wollte ich alle meine Interviews, die rund um den Erdball erschienen sind, ohne daß ich ein einziges Wort dazu gesagt habe, in einer Sonderschau zeigen, müßte ich dafür mindestens einen Konzertsaal mieten. Eines schönen Tages riß mir dann tatsächlich die Geduld: Wutentbrannt rief ich den Redakteur einer großen schweizerischen Tageszeitung an:

»Wie können Sie sich unterstehen, Herr«, brüllte ich ins Telephon, »Interviews zu drucken, die ich niemals gegeben habe?«

»Lieber Herr Kishon«, beschwichtigte er mich äußerst zuvorkommend, »wir wollten Ihre kostbare Zeit nicht stehlen. Es war nicht persönlich gemeint.«

Ich nehme es auch nicht persönlich. Starfotografen, die Nacktfotos von Jacqueline Kennedy und der schwangeren Kronprinzessin von England schießen, Redakteure, die fotogene Selbstmordkandidaten bitten zu warten, bis ihre Reporter eintreffen, brauchen mich wirklich nicht persönlich für ein Exklusivinterview mit mir.

Lob der journalistischen Selbstbedienung

Die Sache hat, wenn man es recht betrachtet, doch ihr Gutes. Ein Interview, in dem der Journalist sowohl seine Fragen stellt als auch meine Antworten gibt, mag viel besser gelingen als ein sogenanntes Exklusivinterview, bei dem ich nur störe. In diesem Sinne überließ ich die Rache wieder einmal meinem erfahrenen Bleistift.

Das Interview, wie es stattfand

Schalom, Herr Tola'at Shani. Entschuldigen Sie, mein Name ist Ben. Man hat mich von der Redaktion hergeschickt. Zu Ihnen. Das heißt, für ein Interview.«

»Nehmen Sie Platz, mein Junge. Ich bin bereit.«

»Keine schlechte Bude, die Sie da haben. Höchste Klasse. Mein Ehrenwort. Unterkellert?«

»Soviel ich weiß, ja.«

»Und mit Vorgarten. Solche Hütten sind besonders teuer, nicht wahr?«

»Allerdings.«

»Ja, also. Wie gesagt. Ich soll Sie über den historischen Roman interviewen, den Sie geschrieben haben. Sie haben ihn doch geschrieben, wie?«

»Ich habe das Werk soeben fertiggestellt.«

»Großartig. Also Sie sind fertig damit. Wie heißt es?«

»Du bist aus Staub.«

»Wenn Sie wollen, können wir uns auch duzen. Servus!«

»Es ist der Titel meines neuen Buchs.«

»Ach so. Wird bestimmt ein kolossaler Bombenerfolg. Wie alle Ihre Bücher. Sie schreiben ja lauter kolossale Bombenerfolge.«

»Ich tue mein Bestes. Ob es mir glückt, haben die Leser zu beurteilen.«

»Goldene Worte. Und warum, Herr Tola'at Shani,

haben Sie diesen Staub, also diesen Roman oder was es ist, ich meine, warum haben Sie das Buch geschrieben? Gerade jetzt?«

»Bitte drücken Sie sich etwas präziser aus, mein Junge.«

»Okay. Mir kann's recht sein. Macht keinen Unterschied für mich. Ich meine, was ich wissen will: wovon handelt das Zeug?«

»Wenn ich Sie richtig verstehe, wollen Sie die Story meiner jüngsten Schöpfung kennenlernen.«

»Die Story, ganz richtig. Hab ich ja gesagt.«

»Vielleicht sollten Sie sich Notizen machen, lieber Freund.«

»Brauch ich nicht. Ich behalt's im Kopf. Alles. Auch die Story. Was ist die Story?«

»Mein Roman läßt ein Panorama menschlicher Schwächen und Leidenschaften erstehen. Er spielt im Zweiten Weltkrieg. Sein Held ist ein Soldat der Jüdischen Brigade in der britischen Armee. Die junge Tochter des Bürgermeisters einer kleinen süditalienischen Stadt verliebt sich in ihn ...«

»Weil Sie ›Soldat‹ sagen – da kommen doch bestimmt ein paar Klassekeilereien vor, nicht?«

»Wie bitte?«

»Keilereien. Ich meine Kämpfe.«

»Nun ja, ich beschreibe auch einige Kampfhandlungen, aber mehr nebenbei. In der Hauptstadt geht es um den inneren Konflikt, den der grausame Krieg in der Seele unseres Soldaten auslöst.«

»Was heißt das – unseres Soldaten? Wessen Soldat ist er?«

»Der Soldat des Romans.«

»Das sollten Sie deutlich sagen. Also was ist los mit ihm?«

»In der Brust dieses Soldaten tobt ein Kampf zwischen seinem glühenden Patriotismus und seinen Haßgefühlen gegen die Unmenschlichkeit des Kriegs.«

»Wer gewinnt? Und was ist das für ein Bild?«

»Welches Bild?«

»Das an der Wand dort drüben.«

»Das ist kein Bild, junger Mann. Das ist mein Diplom.«

»Diplom. Sehr gut. Ein Diplom für was? Macht nichts. Also Ihr Buch über Italien ist eine wahre Geschichte.«

»In gewissem Sinn. Die Szenerie ist authentisch, aber die Story als solche ist eine thematische Variation der ›Antigone‹ von Sophokles.«

»Wovon?«

»Sophokles. Ein griechischer Tragödienschreiber.«

»Kenn ich. Da haben Sie ganz recht. Aber Sie sagten vorhin etwas gegen den Krieg ... anti ...«

»Antigone war die Tochter des König Oedipus.«

»Natürlich. Das ist der mit der Psychoanalyse. Nicht schlecht. Also das ist Ihre Story, sagen Sie.«

»Die Handlung selbst hat notwendigerweise lokalen Charakter. Aber ihre Botschaft ist universell. Eine Art Bestandsaufnahme unseres Zeitalters. Sollten Sie nicht doch ein paar Notizen machen, lieber Freund?«

»Wozu? Ich merk mir alles. Machen Sie sich keine Sorgen. Was noch? Ja, richtig, ich habe diese Frage noch zu Hause vorbereitet: Sind Sie außer sich vor Freude?«

»Worüber?«

»Wenn einer etwas fertig geschrieben hat, muß er doch vor Freude außer sich sein. Mensch, Sie sind doch außer sich, nicht war?«

»Hm. Vielleicht.«

Das Interview, wie es erschien

»MENSCH, ICH BIN AUSSER MIR VOR FREUDE!« SAGT DER AUTOR DES ROMANS »DER STAUBSAUGER« IN EINEM EXKLUSIVINTERVIEW.

Der bekannte Schriftsteller Tola'at Shani empfing mich in seinem Heim zu einem Exklusivinterview. Anlaß war das Erscheinen seines neuen Romans, dem der Autor einen kolossalen Bombenerfolg prophezeit.

Ich sitze dem Dichter in seinem geschmackvoll möblierten Studio gegenüber und betrachte sein scharfgeschnittenes Profil, die hagere Gestalt, die schmalen, nervösen Finger. Durch das Fenster hat man einen guten Blick auf die umliegenden Häuser. Es ist später Nachmittag.

Tola'at Shani: »Wie gefällt Ihnen mein Haus?«

Ich: »Es ist wohnlich.«

T. Sh.: (stolz) »Es hat einen eigenen Vorgarten, dreieinhalb Zimmer und fließendes Wasser. Solche Häuser sind sehr, sehr teuer.«

Ich: »Darf ich Sie nach der Story Ihres neuen Romans fragen?«

»T. Sh.: »Aber gerne. Bitte sehr. Also die Story. Da ist dieser Major der Jüdischen Brigade, denn die Geschichte spielt auswärts, an einem Sonntag, und es gibt eine Menge von Schießereien und sonstigen Zusammenstößen, kurz und gut, ein fürchterliches

Durcheinander, und diese junge Tochter in der italienischen Stadt, eine Figur, also klassisch, wie ein Filmstar, und die hat ein Verhältnis mit einem Jungen, einem Schriftsteller, der immer vor sich hinträumt, ein Tagträumer sozusagen, ein Traumtänzer ...«

Ich: »Einer unserer Soldaten, nicht wahr?«

»T. Sh.: »Richtig. Zu Hause geht er noch auf die Universität, der Soldat, und studiert alles mögliche. Aber jetzt, als Soldat, gerät er in einen Konflikt, also in einen Rivalitätskampf um dieses Mädchen. Sie heißt Shula ...«

Ich: »Einen Augenblick, lieber Freund. Shula, das klingt wie eine griechische Tragödie.«

T. Sh.: »Stimmt. Sie haben den Nagel auf den Kopf getroffen. Und dieses Mädchen, wie heißt sie gleich, ist gegen den Krieg und ist verrückt nach ... ach ...«

Ich: »Oedipus?«

T. Sh.: »Genau. Ich habe das so konstruiert, um den Komplex direkt aus der Tragödie von Sypholux herauszuarbeiten. Vielleicht hätte ich Ihnen sagen sollen, daß unser Soldat ein wenig zur anderen Fakultät tendiert, Sie verstehen mich. Aber er zeigt es nicht. Es ist übrigens eine wahre Geschichte.«

Ich: »Könnte man sagen, daß es sich um eine Bilanz des Atomzeitalters handelt?«

T. Sh.: »Sie glauben?«

Ich: »Unbedingt.«

T. Sh.: »Na schön. Ich pflege nicht um den heißen Brei herumzureden, wissen Sie. Dort drüben an der Wand hängt mein Diplom.«

Ich: »Großartig, Tola'at Shani.«

T. Sh.: »Diplome bekommt man nicht nur so, das wissen Sie ja sicherlich.«

Ich: »Noch eine letzte Frage: Sind Sie froh, daß Sie mit dem ›Staubsauger‹ fertig geworden sind?«

T. Sh.: »Froh? Mensch, ich bin außer mir vor Freude!«

Ein solches Interview im Steinzeitstil hat für den vielversprechenden jungen Journalisten zwei unschätzbare Vorteile: erstens ruft es Brechreiz vor der lächerlichen Anmaßung des befragten Erfolgsmenschen hervor und zweitens und vor allem ist der Interviewer der Held des Tages, ein Vollprofi, der das wahre Gesicht des Staubsaugertyps gezeigt hat.

Der Schriftsteller selbst hat zwei unterschiedliche Möglichkeiten der Reaktion in der Öffentlichkeit: Entweder schweigt er, oder er hält den Mund. Ich ziehe im allgemeinen eine dritte Lösung vor: ich spreche nicht darüber. Ich leiste schon lange keinen nennenswerten Widerstand mehr, da ich am eigenen Leib erfahren habe, daß gegen Schnupfen und die freie Presse kein Kraut gewachsen ist.

Meine bedingungslose Kapitulation

Wäre ich dieser Einsicht treu geblieben, hätte ich mir vor kurzem eine große Unannehmlichkeit erspart.

Die Affäre begann mit einer harmlosen Satire nach einer wahren Begebenheit. Ein netter, kleiner Journalist, ein blutjunger Anfänger, hatte in Linz ein Interview mit mir gemacht. Die Satire nannte ich originellerweise »Linzertorte«.

Linz ist eine wohlbekannte österreichische Stadt – soviel ich weiß, die drittgrößte des Landes – und sie übertrifft alle übrigen Städte Österreichs vor allem dadurch, daß sie Linz heißt und nicht anders.

Linz besteht aus etlichen Straßen, Plätzen, Häusern, Geschäften und was man eben sonst noch in einer außerordentlich sympathischen Stadt dieser Größe anzutreffen erwartet.

Außerdem besitzt Linz mindestens eine eigene Zeitung.

Und da liegt der Hund begraben.

Vor einiger Zeit wurde ich nämlich eingeladen, in Linzer Kulturkreisen einen Vortrag über Israel zu halten, über die schöne Landschaft, die heiligen Stätten und über die traditionsreiche israelische Inflation.

Etwa eine Stunde vor Veranstaltungsbeginn tauchte ein junger Mann in meinem Hotel auf. Er stellte sich als Berichterstatter der bedeutendsten Linzer Gazette vor, präsentierte mir ein offizielles Schreiben seiner Heimatgemeinde sowie eine erschreckend lange Liste vorbereiteter Stichwörter.

»Ist das Ihr erster Besuch in Linz?« begann er das Interview.

»Ja.«

»Warum?«

Ich stockte. Ich war noch nicht dazu gekommen, mich mit dieser Problematik richtig auseinanderzusetzen. Man konnte fast sagen, daß ich auf die Frage nicht genügend vorbereitet war.

»Nun ja«, murmelte ich schließlich, »ich muß zugeben, daß ich noch nie in Linz war. Aber jetzt bin ich sehr froh, sagen zu dürfen, daß ich hier bin.«

»Werden Sie Linz wieder besuchen?«

»Höchstwahrscheinlich.«

Mein junger Mann war sichtlich erbaut, dies zu hören, denn, so versicherte er mir, Linz wäre eine der schönsten Städte der Welt. In diesem Zusammenhang wollte er wissen, was ich von Linz halte.

»Linz ist schön«, versicherte ich ihm.

Dem leicht beleidigten Gesichtsausdruck des jungen Redakteurs konnte ich entnehmen, daß ihn die Antwort nicht restlos befriedigte.

»Linz«, fuhr ich rasch fort, »ist sicherlich eine der schönsten Städte der Welt.«

»Darf ich Sie zitieren?«

»Natürlich.«

Mein erster Kontakt mit Linz hatte eigentlich erst spät am Abend zuvor stattgefunden. Was ich also bis dato von Linz wahrnehmen konnte, war eine Reihe funktionstüchtiger Straßenverkehrsampeln, ein verschlafener Hotelportier sowie einige jugoslawische Zimmermädchen. Aber warum sollte ich die Gefühle eines vielversprechenden jungen Reporters verletzen? Vielleicht ist Linz tatsächlich eine hübsche Stadt, wer kann das schon wissen?

»Was sind Ihre nächsten Zukunftspläne?« fragte mich der junge Berichterstatter originellerweise.

»Ich habe die Absicht, eine Komödie zu schreiben.«

»Über Linz?«

»Ich fürchte, nicht.«

»Warum nicht?«

Ich stockte zum zweiten Mal. Man sollte wirklich ohne Vorbereitung keine Interviews geben.

»Darf ich Sie fragen«, erkundigte sich der Reporter, »ob Sie schon unsere Industrieanlagen besichtigt haben?«

»Noch nicht.«

»Die müssen Sie unbedingt sehen. Der Anblick ist überwältigend. Sie werden begeistert sein, außerdem wäre das ein faszinierender Hintergrund für Ihr neues Stück.«

»Ohne Zweifel.«

»Wo beabsichtigen Sie Ihr Stück über Linz zu schreiben?«

»Ich habe mich noch nicht entschieden.«

»Hier in Linz?«

»Vielleicht. Lassen wir das vorläufig offen.«

»Bitte sehr. Sie werden sowieso keinen geeigneteren Ort finden. Sehen Sie sich doch nur einmal unsere wunderschönen Hauptstraßen an. Haben Sie schon einmal Hauptstraßen gesehen, die gerader sind?«

Meine Lage wurde zusehends heikler.

»Sehr verlockend, diese Hauptstraßen, aber, um die Wahrheit zu sagen, ich möchte ganz gern nach Hause zu meiner Familie«, sagte ich dem jungen Mann, der, so schien es mir, ein echter Linzer war.

»Warum bringen Sie dann Ihre Familie nicht hierher?« fragte der Lokalreporter. »Linz ist weltberühmt für seine Gastfreundschaft. Wann kommt Ihre Familie nach Linz?«

Ich senkte meinen Blick.

»Das steht noch nicht endgültig fest. Meine Söhne sind noch in der israelischen Armee, wenn Sie wissen,

was ich meine, und ich glaube nicht, daß man ihnen für einen Linz-Besuch Urlaub geben würde.«

»Ich bin da völlig sicher«, gab der Reporter seiner Meinung Ausdruck, »Sie müssen dem Armeekommandanten nur erzählen, was Linz für eine großartige Stadt ist, mit diesen vielen Häusern, Straßen und den anderen Sehenswürdigkeiten. Sie werden sehen, daß er nachgeben wird. Schließlich kommen Menschen aus der ganzen Welt nach Linz und bleiben ihr Leben lang hier. Manche sogar noch länger.«

Ich blickte auf meine Uhr.

Der junge Mann sah inzwischen die Liste seiner Stichwörter durch, um sicherzugehen, daß er keine Fragen ausließ.

»Was«, fragte er mich sodann, »was hat Ihnen an Linz bisher am besten gefallen?«

»Alles«, erwiderte ich. »Linz ist Linz.«

»Inwiefern?«

»Nun ja«, riß ich mich zusammen, »erstens bin ich begeistert von diesen schnurgeraden Hauptstraßen. Dann kann ich nicht leugnen, daß mich Ihre grandiosen Industrieanlagen überwältigt haben. Und vollends hingerissen bin ich von der weltberühmten Linzer Gastfreundschaft.«

Der Berichterstatter strahlte übers ganze Gesicht.

»Danke«, stieß er errötend hervor. »Darf ich das zitieren?«

»Bedienen Sie sich.«

Der junge Mann kramte seine Notizen zusammen.

»Es scheint mir«, sagte er, »daß Sie sehr viel in der Welt herumgekommen sind. Darf ich Ihnen in diesem Zusammenhang eine ganz persönliche Frage stellen?«

»Bitteschön.«

»Welche von den vielen Städten, die Sie bisher besuchten, hat auf Sie den allerstärksten Eindruck gemacht?«

»Eine interessante Frage«, gab ich zu, »lassen Sie mich einmal nachdenken.«

»Bitte, nehmen Sie sich Zeit«, flüsterte der junge Reporter aus Linz in atemloser Spannung. »Welche Stadt ... ist also ... die großartigste ...«

»Meiner persönlichen Meinung nach«, äußerte ich mich, »so gibt es, was Städte betrifft, sicherlich eine Stadt, die alle anderen Städte der Welt übertrifft, was das essentiell Städtische betrifft.«

»Wie ... heißt ... diese Stadt?«

»Linz.«

Der junge Mann atmete hörbar erleichtert auf, schneuzte sich gerührt, dankte mir überschwenglich und stolperte zur Tür.

Dort wandte er sich noch einmal um und sagte mit bebender Stimme:

»Ich habe es geahnt. Natürlich, Linz! Gott sei mein Zeuge, ich habe es geahnt ...«

Tags darauf, nachdem ich meinen Vortrag über die Schönheiten Jerusalems, des Berges Carmel und der Inflation Tel Avivs abgeliefert hatte, flog ich heim.

Auf meinem Schreibtisch erwartete mich ein Telegramm aus Linzer Kulturkreisen.

»Bezugnehmend auf Zeitungsinterview sind entzückt über Liebe und Bewunderung unserer herrli-

chen Linzerstadt Stop Dankedanke Stop Erwarten umgehend Besuch zwecks Verleihung von Medaille.«

»Es gibt viele Städte auf der Welt«, kabelte ich zurück, »aber nur ein Linz.«

»Erwarten ehebaldigst Ankunft«, kam postwendend die Antwort, »womöglich mit Familie.«

So ist es also. Wahre Liebe hat ihre eigenen Gesetze. »Linz, Linz nur du allein«, sagte auch der Dichter, wenn ich mich nicht irre.

Auf jeden Fall werde ich eventuell in Zukunft weniger Interviews geben.

Die Geschichte war zuerst in »Penthouse«, dem Magazin der Literaturfreunde, erschienen und hatte allgemein eine gute Resonanz gefunden. Eine Woche später bat mich ein Redakteur der erfolgreichen österreichischen Monatszeitschrift »Wiener« mit ausgesuchter Höflichkeit um die Erlaubnis, diese treffende Humoreske nachzudrucken.

Ein altes Pressegesetz warnt: Je feiner die Manieren eines Journalisten, desto ordinärer seine Schreibweise.

Ich willigte ein. Warum auch nicht.

Der nächste Anruf kam von der Israelischen Botschaft in Wien:

»Um Gottes willen, Ephraim, was hast du uns angetan?«

Es dauerte eine Weile, bis ich in Erfahrung brachte, was ich denn eigentlich verbrochen haben sollte. Der zuvorkommende Redakteur des »Wiener« hatte nämlich aus meiner Geschichte über den Presseneuling jede positive Bemerkung über die Stadt Linz gestrichen und sie unter dem zugkräftigen Titel »Linz ist das Letzte / Reimt sich Linz wirklich nur zufällig auf Provinz?« in sein Blatt gesetzt...

Um ganz sicher zu gehen, hatte man auch im Inhaltsverzeichnis nochmals kräftig zugelangt: »Ephraim Kishon beschimpft die Stahlstadt!« Auf der Titelseite hingegen verkündeten Riesenlettern, daß ich im Inneren des Blattes die oberösterreichische Landeshauptstadt fertigmachen würde. Doch damit nicht genug: Der Zuvorkommende ließ eben dieses Titelblatt in zehnfacher Vergrößerung an sämtliche Plakatwände Österreichs kleben.

Ein anspruchsloser Humorist könnte sich hier das Motto nicht verkneifen: »Kleben und kleben lassen!« In meinen Büchern wird man so etwas Niveauloses nicht lesen.

Die natürliche Folge dieses freien journalistischen Werbemanövers war, daß von diesem Augenblick an nicht nur die »Wiener«-Leser, sondern auch der Rest Österreichs mich zum Abschaum der Menschheit rechnete. Als ich den dreißigsten Brief aus Linz erhalten hatte, in dem man mich unumwunden als undankbares Schwein bezeichnete, bekam ich Angst vor einer Lynchjustiz. (»Reimt sich Linz wirklich zufällig auf Lynch?«) Und da ich nicht jedem Österreicher einzeln erklären konnte, wer von uns das Schwein gewesen war, beauftragte ich einen renommierten Wiener Advokaten und reichte zum ersten Mal in meinem Leben eine Verleumdungsklage ein.

Das war ein Fehler, wie sich rasch herausstellen sollte.

Denn da wußte ich noch nicht, daß in der westlichen Welt die Gesetze in Sachen Verleumdung von Journalisten erlassen werden. Es liegt nämlich einzig und allein beim Verleumdungsopfer zu beweisen, daß sein Ruf tatsächlich geschädigt wurde. Wenn eine Zeitung zum Beispiel schreibt, daß jemand leidenschaftlicher Kleptomane ist, dann muß er zumindest nachweisen können, daß er es ungern tut. (Wobei ich im Augenblick nicht genau weiß, wie man das macht.)

Die Mühlen der Gerechtigkeit mahlen langsam, aber sicher – nicht gratis.

Kurz und gut: Mein Prozeß dauerte fast eineinhalb Jahre und trieb Gerichtskosten, Anwaltshonorar und meinen Blutdruck in schwindelnde Höhen. Einspruch folgte auf Einspruch. Als die Prozeßakten das Gewicht einer Tonne überschritten hatten, befragte mich mein guter Anwalt, ob ich irgendwelche Pläne für die Zukunft hätte.

»Am Leben zu bleiben«, antwortete ich mit der für mich charakteristischen Bescheidenheit.

In der ersten Instanz hatte man mir zwar fünfzigtausend Schilling Schadenersatz zuerkannt, aber der siegestrunkene Verteidiger des »Wiener« fand das eine reichlich übertriebene Entschädigung für eine so gewöhnliche Fälschung. Er hatte einen neuen, äußerst tückischen Schriftsatz eingereicht, in dem er mich unter anderem als gemeingefährliche Nervensäge bezeichnete...

Ich habe meinen Anwalt konsultiert, ob mit meiner Verhaftung zu rechnen sei. Er beruhigte mich, so extreme Maßnahmen würden äußerst selten ergriffen. Er riet mir, weniger Kaffee zu trinken und mindestens dreimal am Tag, jeweils nach den Mahlzeiten, die Daumen zu drücken.

Was dann geschah, läßt sich auf natürliche Weise nicht erklären.

Der oberste Gerichtshof erhöhte meinen Schadenersatzanspruch auf hundertundzwanzigtausend Schilling und schloß die Akten. Gegen alle Gepflogenheiten blieb mir von meinem Schmerzensgeld ein volles Zehntel...

Wenn im Wörterbuch der Psychologie der Begriff »seelischer Orgasmus« bisher nicht nachzuschlagen war, bin ich stolz, jetzt dafür Lorbeeren einzuheimsen.

In Sigmund Freuds legendären Fußstapfen

Aber jetzt beweist das Leben wieder einmal, wer der bessere Humorist ist.

Als ich neulich in einer anderen Metropole Österreichs einen Vortrag hielt, besuchte mich eine äußerst hübsche Dame in der Garderobe:

»Ich bin von sehr weit gekommen, um Ihre Hand zu drücken«, sagte sie. »Die Hand des einzigen Mannes, der es gewagt hat, die Wahrheit über Linz auszusprechen! Bravo.«

»Gnädige Frau«, sagte ich nicht ohne Stolz, »ich habe nur meine Pflicht getan.«

Und trotzdem war dies meine letzte Verleumdungsklage. Sämtliche Zeitungen der Welt können von nun an über mich schreiben, was ihnen gefällt. Beim Leben Pegasus, ich werde die Justiz nie mehr gegen die Presse bemühen.

Meine grenzenlose Bewunderung für Recht und Gesetz habe ich in einer Fußnote zu meinem Wiener Siegeszug angefügt.

Eines Tages in den frühen Abendstunden tauchte vor unserer Wohnungstür eine Gestalt auf und nahm alsbald die unverkennbaren Umrisse eines Polizisten an. Er händigte mir eine Vorladung ein, derzufolge ich mich am nächsten Morgen um acht Uhr auf der nächsten Polizeistation einzufinden hatte.

Meine Frau betrachtete die Vorladung und erbleichte.

»Warum laden sie dich so dringend vor?« fragte sie. »Was hast du angestellt?«

»Nichts«, antwortete ich.

Meine Frau streifte mich mit einem prüfenden Blick.

»Du solltest nicht allein hingehen. Nimm einen Anwalt mit.«

»Wozu?«

»Frag nicht so dumm. Damit du jemanden bei dir hast, wofern du in Schwierigkeiten kommst.«

Die Tatsache, daß meine Frau zum erstenmal in ihrem Leben das Wort »wofern« gebrauchte, übte eine zutiefst demoralisierende Wirkung auf mich aus. Noch am Nachmittag setzte ich mich mit Dr. Jonathan Shay-Sheinkrager in Verbindung, dem weithin bekannten Juristen, der als einer der gefinkeltsten Rechtsanwälte gilt. Shay-Sheinkrager ließ sich den Fall in allen Details vortragen, überlegte eine Weile und erklärte sich sodann bereit, meine Verteidigung zu übernehmen. Ich unterzeichnete die nötigen Papiere, die sofort in Kraft traten, und ging erleichtert nach Hause.

Am nächsten Morgen verabschiedete ich mich schweren Herzens von meiner Ehefrau und begab mich in Begleitung meines Rechtsanwaltes zur Polizeistation. Der wachhabende Polizeisergeant, ein schnurrbärtiger junger Mann, empfing uns freundlich. Er überflog die Vorladung, die Shay-Sheinkrager ihm einhändigte, griff ohne viel Federlesens in eine Schublade und zog die Aktentasche heraus, die ich vor ein paar Wochen verloren hatte.

»Wir haben Ihre Aktentasche gefunden, Herr Kishon«, sagte er mit gewinnendem Lächeln. »Hier ist sie.«

»Danke vielmals. Ich weiß Ihre Mühe zu schätzen.« Damit griff ich nach der Aktentasche und schickte mich wohlgelaunt zum Verlassen des Lokals an.

Ich hatte die Rechnung ohne meinen Anwalt gemacht.

»Sehr rührend«, sagte Shay-Sheinkrager, und seine Lippen kräuselten sich sarkastisch. »Aber darf ich Sie, Herr Insepktor, fragen, woher Sie wissen, daß es sich um die Aktentasche meines Klienten handelt?«

Der Sergeant grinste gutmütig:

»Wir haben in der Aktentasche eine Wäschereirechnung auf den Namen dieses Herrn gefunden.«

»Und es ist Ihnen kein Gedanke gekommen«, fuhr Shay-Sheinkrager fort, »daß die Aktentasche Eigentum der Wäscherei sein könnte?«

»Aber sie gehört mir«, versicherte ich meinem Anwalt. »Ich habe sie an den Joghurtflecken auf der rechten Seite sofort erkannt.«

»Bitte enthalten Sie sich jeder Einmischung in ein schwebendes Verfahren«, wies Shay-Sheinkrager mich zurecht. »Herr Inspektor, ich bitte um die Ausfertigung eines Protokolls!«

»Was heißt da Protokoll? Nehmen Sie die Aktentasche und gehen Sie.«

»Wir sollten wirklich gehen«, stimmte ich ein. »Hier haben wir nichts mehr zu tun.«

Mein Anwalt trat ans Fenster, verschränkte die Hände hinterm Rücken und sah hinaus. Nach ungefähr einer Minute drehte er sich um:

»Ich werde Ihnen sagen, was wir hier noch zu tun haben, meine Herren. Wir haben den Inhalt der Aktentasche zu überprüfen.«

Schweigen. Shay-Sheinkrager hatte natürlich recht. Zu dumm, daß mir das nicht von selbst eingefallen war. Da zeigt sich wieder einmal der Unterschied zwischen einem Laien und einem geschulten Kenner der Materie.

»Dann machen wir sie eben auf«, seufzte der Sergeant und griff nach der Aktentasche.

»Ich protestiere!« Wie ein Tiger fuhr Shay-Sheinkrager dazwischen. »Das strittige Objekt muß unbedingt in Anwesenheit eines offiziellen Zeugen geöffnet werden.«

Mit einem deutlich sichtbaren Aufwand an Selbstbeherrschung zwirbelte der Sergeant seinen Schnurrbart und ging einen Kollegen holen. Als die beiden eintraten, lag leichte Zornesröte über ihren Gesichtern.

»Herr Kishon«, ließ sich mein Anwalt vernehmen, »wollen Sie jetzt bitte eine Liste der Gegenstände anfertigen, die, soweit Sie sich erinnern können, den Inhalt dieser Aktentasche bilden.«

»Gerne«, antwortete ich. »Aber ich kann mich nicht erinnern.«

»Um so besser«, sagte der Sergeant und traf neuerdings Anstalten, die Aktentasche zu öffnen. Aber mein Anwalt hinderte ihn daran:

»Das Eingeständnis meines Klienten, den Inhalt der Aktentasche nicht rekonstruieren zu können, darf amtlicherseits nicht dahin verstanden werden, daß die Aktentasche zur Zeit ihres Verlustes keinerlei Wertgegenstände enthalten hätte.«

Die Blicke, mit denen die beiden Sergeanten ihn daraufhin ansahen, ließen sich auch bei äußerster Nachsicht nicht mehr als »liebevoll« bezeichnen. Shay-Sheinkrager schien dergleichen gewohnt zu sein. Ungerührt zog er mich zur Seite:

»Bitte sprechen Sie von jetzt an kein Wort, ohne mich vorher zu fragen«, schärfte er mir ein. »Von jetzt an liegt die Sache in meinen Händen!«

Dann begann er in trockenem, aber höchst lichtvollem Fachjargon das Protokoll zu diktieren:

»Auf Grund einer freiwillig gemachten Aussage meines Klienten, und ohne seine Rechte als einziger gesetzlicher Eigentümer des strittigen Fundobjektes im mindesten zu präjudizieren, wird hiermit festgestellt, daß mein Klient infolge einer Erinnerungslücke außerstande ist, verbindliche Angaben über den Inhalt der in Rede stehenden Aktentasche zu machen, die sich zur Zeit der Ausfertigung dieses Protokolls auf der das Protokoll ausfertigenden Polizeistation befindet, deren diensthabendes Organ die in Rede stehende, vor einer bestimmten Anzahl von Tagen aufgefundene Aktentasche nach bestem Wissen und Gewissen als Eigentum meines Klienten bezeichnet und –«

»Einen Augenblick«, unterbrach der Sergeant und stand auf, um aus dem Nebenzimmer einen Oberinspektor herbeizuholen.

Noch ehe der Oberinspektor seine Übellaune in Worten äußern konnte, hatte sich Shay-Sheinkrager ihm vorgestellt und bat ihn, diese mißliche Angelegenheit fair und objektiv zu behandeln. Dann wandte er sich nochmals an mich:

»Ich muß Sie pflichtgemäß darüber belehren, daß von jetzt an jedes Ihrer Worte gegen Sie ausgenützt werden kann.«

Ich fragte ihn, ob ich vereidigt werden müßte, aber er beruhigte mich: So weit wären wir noch nicht.

Nachdem alle Anwesenden das Protokoll unterzeichnet hatten, erklärte Shay-Sheinkrager laut und langsam:

»Mein Klient erhebt keine Einwände gegen die Öffnung des strittigen Fundobjektes.«

Der Oberinspektor steckte die Hand in die Aktentasche und zog einen Bleistift heraus.

»Herr Kishon«, fragte mein Anwalt, wobei er jede Silbe scharf betonte, »ist das Ihr Bleistift?«

Ich sah mir den Bleistift an. Er war kurz und abgenützt, ein ganz gewöhnlicher Bleistift.

»Wie soll ich das heute noch wissen?« fragte ich. »Beschwören kann ich's nicht.«

In Shay-Sheinkragers Augen glomm ein heiliges Feuer:

»Meine Herren, jetzt kommt alles darauf an, kühlen Kopf zu bewahren. Herr Kishon! Sind Sie ganz sicher, daß Sie dieses Schreibinstrument nicht als Bestandteil der von Ihnen ständig gebrauchten Schreibutensilien agnoszieren können?«

»Ich habe Ihnen doch schon gesagt, daß ich das nicht kann.«

»Dann verlange ich sofortige Vorladung des Bezirkskommandanten!«

»Des Bezirkskommandanten?« schnaubte der Oberinspektor. »Und warum, wenn ich fragen darf?«

Er durfte fragen. Jede Frage war meinem Anwalt

willkommen, weil er auf jede Frage eine Antwort hatte. Diesmal lautete sie:

»Herr Oberinspektor! Wenn der sogenannte ›ehrliche Finder‹ einen nicht meinem Klienten gehörigen Bleistift in diese Aktentasche hineinpraktiziert hat, kann er ebensogut ein anderes und möglicherweise wertvolleres Objekt aus dieser Aktentasche entfernt haben.«

Nach einer Weile erschien der Bezirkskommandant und prallte bereits in der Tür entsetzt zurück:

»Um Gottes willen! Sie hier, Shay-Sheinkrager? Schon wieder? Das darf nicht wahr sein.«

Auch jetzt ließ sich mein Anwalt im gleichmütigen Auf- und Abgehen nicht stören. Nach einer Weile pflanzte er sich vor dem Bezirkskommandanten auf. Seine Stimme bebte vor Bedeutsamkeit:

»Im Namen meines Klienten erstatte ich hiermit Anzeige gegen den Finder dieser Aktentasche, und zwar a) wegen widerrechtlichen Gebrauchs der meinem Klienten gehörigen Schreibutensilien, und b) wegen möglicher Entfernung von Gegenständen aus der gefundenen Aktentasche.«

»Soll das heißen«, fragte drohend der Bezirkskommandant, »daß Sie hier einen Diebstahl unterstellen?«

»Allerdings. Mein Klient glaubt mit ausreichender Sicherheit behaupten zu können, daß im Zusammenhang mit der ihm gehörigen Aktentasche ein Diebstahl unbestimmten Ausmaßes begangen wurde.«

»Na schön«, stöhnte der Bezirkskommandant. »Wer hat die verdammte Aktentasche gefunden?«

Unmutig kramte der Sergeant in seinen Papieren:

»Der Verkehrspolizist vom Dienst. Vorgestern nachmittag.«

»Sie wollen einen Polizisten des Diebstahls beschuldigen?« fragte mich der Bezirkskommandant.

»Nicht antworten!« Shay-Sheinkrager war mit einem Satz bei mir und hielt mir den Mund zu. »Sagen Sie kein Wort! Die Kerle wollen Ihnen einen Strick drehen. Ich kenne ihre Tricks. Herr Bezirkskommandant«, fuhr er amtlich fort. »Wir haben dem bereits Gesagten nichts mehr hinzuzufügen. Weitere Aussagen machen wir nur vor dem zuständigen Gerichtshof.«

»Wie Sie wünschen. Sie sind sich hoffentlich klar darüber, daß Sie soeben eine ehrenrührige Behauptung gegen einen Beamten des öffentlichen Dienstes vorgebracht haben?«

»Ich erhebe Einspruch«, brüllte Shay-Sheinkrager. »Das grenzt an Erpressung.«

»Erpressung?« Auch die Stimme des Bezirkskommandanten steigerte sich zu imposanter Lautstärke. »Sie beleidigen einen uniformierten Polizisten im Dienst! Paragraph 18 des Strafgesetzbuches!«

»Einspruch! Ich beziehe mich auf Anhang 47 zur Verordnung über Pflichten und Rechte der öffentlichen Sicherheitsorgane, Gesetzblatt Nr. 317!«

»Darüber wird das zuständige Gericht entscheiden«, schnarrte der Bezirkskommandant und wandte sich an mich: »Im Namen des Gesetzes erkläre ich Sie für verhaftet.«

Shay-Sheinkrager begleitete mich bis an die Zellentür.

»Kopf hoch«, sagte er. »Man kann Ihnen nichts

anhaben. Es gibt kein Beweismaterial gegen Sie. Wir werden das Alleinverschulden des Polizisten nachweisen und notfalls einen Haftbefehl gegen den Polizeiminister erwirken. Dann soll er uns einmal erklären, warum der ›ehrliche Finder‹ nicht verhaftet wurde! Schlafen Sie gut. Ich verständige Ihre Frau.«

Er verabschiedete sich mit einem kräftigen, trostreichen Händedruck.

Es hilft nichts: Der beste Freund eines einsamen Häftlings ist sein Anwalt. Ich durfte mich glücklich schätzen, einen so brillanten Kopf als Verteidiger zu haben. Vielleicht setzt er es sogar durch, daß ich gegen Kaution entlassen werde.

Diese Lobeshymne auf den Rechtsanwalt als solchen erlebte eine unerwartete Karriere. Wo? Natürlich in Bulgarien.

Ein abwechslungsreicher Ausflug in den wilden Osten

Kurioserweise werden meine Bücher nämlich auch im Ostblock gedruckt. Ganz legal. Von durchaus staatlichen Verlegern. Darüber bin ich hocherfreut, da nicht nur ich selbst in Osteuropa geboren bin, sondern auch die leider zum Sterben verurteilte Literaturgattung, mit der ich mich mangels anderer Begabung herumschlage.

Dieser kleine Fleck auf der Landkarte hat der Weltliteratur und dem Film mehr Humoristen geschenkt, als der ganze Rest der Welt zusammen. In Osteuropa gibt es zwar weniger Pornoläden, dafür aber mehr Buchhandlungen und das besttrainierte Leserpublikum für Humoristen.

Ein Paradies für Bücherwürmer

Deshalb freue ich mich auf jede Reise in den

Ostblock, vorausgesetzt man läßt mich hinein. (Bei meinem ersten Jugoslawienbesuch habe ich die Journalisten auf dem Zagreber Flughafen mit folgenden Worten schockiert: »Ich bin überglücklich, endlich in einem Staat zu sein, in dem es keine freie Presse gibt.«)

In dieser humorvollen Gegend findet auch der einzige internationale Wettbewerb für Satire statt.

Meine recht zufriedenstellende Teilnahme an der Humorolympiade

Eines schönen Tages flatterte mir eine offizielle Einladung aus Sofia ins Haus, an dieser Konkurrenz mit drei Satiren teilzunehmen, die »ich selbst für die komischten aller meiner Werke halte«.

Da stand ich vor einer schweren Entscheidung. Welcher Vater ist schon imstande zu sagen: drei meiner Kinder sind mir lieber als die anderen? Ich brütete einige Tage und Nächte über der Wahl der drei Glücklichen, die nach Sofia reisen durften.

Hier sind sie, in alphabetischer Reihenfolge (um weitere Kränkungen zu vermeiden):

Ein Ei, das keinem andern gleicht

Diese Geschichte spielte sich fast ganz genauso ab.

Gestern ließ mein Wagen deutliche Anzeichen von Unwohlsein erkennen. Ich tat, was in solchen Fällen jeder Autofahrer tut, um sich als solcher zu legitimieren: Ich klappte die Kühlerhaube hoch, besichtigte mit durchdringendem Kennerblick die Innereien des Motors, klappte die Kühlerhaube wieder zu und brachte den Wagen zu seinem Lieblingsmechaniker. Dann ging ich zur nächsten Bushaltestelle.

Unterwegs freute ich mich des schönen Wetters, das

ich in dieser Form sonst wohl nicht hätte genießen können. Wie man sieht, hat es auch seine Vorteile, wenn der Wagen einmal unter der Zeit zusammenbricht. Plötzlich kam mir Tante Ilka entgegen. Es hat eben auch alles seine Nachteile. Sie trug eine Einkaufstasche, aus der ein Karton mit großen, weißen Eiern bedrohlich hervorstand.

»Das sind aber schöne Eier«, sagte ich. Irgend etwas muß man ja schließlich zu Tante Ilka sagen.

»Nicht wahr«, bekräftigte sie stolz. »Nimm dir doch eines!«

Tante Ilka ist seit meinen ersten Büchern noch älter geworden, und ihre Geisteskräfte lassen nach. Ich versuchte alle möglichen Ausflüchte, muße jedoch alsbald erkennen, daß es besser wäre, das mir angebotene Ei zu nehmen, als den Bus zu versäumen. Ich nahm das Ei und verabschiedete mich. Da ein erwachsener Mensch, der mit einem Ei in der Hand einhergeht, auf seine Umwelt einen eher befremdlichen Eindruck macht, ließ ich das Ei in meine Aktentasche gleiten.

War schon das ein schwerer Fehler, so beging ich einen noch schwereren, indem ich – nach einer Viertelstunde Wartens auf den Bus und nach all der Drängelei im Wageninnern – völlig vergaß, daß sich in meiner Aktentasche ein rohes Ei befand.

Ein Geräusch wie von leisem Splittern erinnerte mich daran.

Ich steckte meine Hand in die Aktentasche, wo sie auf etwas Klebriges traf. Als ich sie wieder hervorzog, war sie von kränklich gelber Färbung. Ich versuchte sie mit dem anderen Ärmel abzuwischen, denn ich *besitze glücklicherweise zwei Ärmel, und nannte daraufhin außer einer gelben Hand auch noch einen gelben Ärmel mein eigen. Der Versuch, mit dem Taschentuch in der gelben Hand den gelben Ärmel zu säubern, zeitigte das Ergebnis, daß nunmehr der größere Teil meiner äußeren Erscheinung gelb war. In meiner rechten Hosentasche mußte sich desgleichen ein wenig Gelb angesiedelt haben.*

Schüchtern wie ich bin, hatte ich alle diese Operationen so unauffällig wie möglich durchgeführt und nahm an, daß niemand etwas davon bemerkt hätte.

»Es tropft!« hörte ich dicht hinter mir eine ungehaltene Männerstimme.

Offenbar war Tante Ilkas Original-Ei durch die Nähte der Aktentasche hindurchgesickert und tropfte jetzt auf die wunderschönen, hocheleganten Schlangenlederhalbschuhe meines Hintermanns.

»Was ist das, zum Teufel?« fauchte er und rieb das Schlangenleder mit seinem Handschuh ab.

»Es ist ein Ei«, antwortete ich wahrheitsgemäß. »Entschuldigen Sie, bitte.«

Der Mann tat mir von Herzen leid. Das Ei ließ ihn eine ähnliche Skala der Pein durchlaufen wie vorher mich: vom Schlangenleder zum Handschuh, vom ersten Handschuh zum zweiten, vom zweiten Handschuh zum Taschentuch und vom Taschentuch – dies allerdings schon ohne Absicht – an die scharf hervorspringende Nase einer knochigen Dame, die unter lautem Gackern die Eierspuren mit ihrem Seidenschal wegzuputzen begann. Nun sind Eierspuren bekanntlich sehr klebefreudig, so daß auf dem Schal binnen kurzem ein anmutiges Dottermuster sichtbar wurde.

Die Knochige, immer noch gackernd, hielt den Schal zwischen Daumen und Zeigefinger weit von sich weg.

»Ruhe!« Es klang autoritär und befehlsgewohnt von links. »Alles bleibt ruhig! Keine Bewegung!«

Höchste Zeit, daß jemand das Kommando übernahm. Vielleicht war es ein General der Reserve. Die Fahrgäste nahmen Haltung an.

Schon machte ich mir Hoffnungen, daß das Schlimmste vorbei wäre, als ich einen unwiderstehlichen Drang zum Niesen verspürte.

Ich mußte ihm nachgeben und griff instinktiv nach meinem Taschentuch.

Rings um mich entstand Panik.

»Rühren Sie mich nicht an!« kreischte eine dicke Frauensperson, als hätte ich mich ihr unsittlich genähert. Auch die übrigen Fahrgäste gingen in feindselige Distanz. Allmählich kam ich mir wie ein Aussätziger vor.

»Hören Sie, Mann«, sagte der General, der mit seinen zwei gelben Streifen auf der Stirne wie ein indianischer Medizinmann aussah. »Möchten Sie nicht den Bus verlassen?«

»Fällt mir nicht ein!« gab ich wagemutig zurück. »Ich habe noch drei Stationen zu fahren.«

Aber die Menge schlug sich auf die Seite des Generals und brach in laute Aufmunterungsrufe aus, als er – vom Schlangenleder unterstützt – Anstalten traf, mich gewaltsam aus dem Bus zu befördern. Wieder einmal stand ich allein gegen die öffentliche Meinung.

Da schritt ich zur Tat. Blitzschnell tauchte ich

meine Hände in die Aktentasche, erst die rechte, dann die linke, und hielt sie tropfend hoch:

»So, jetzt könnt ihr mich hinauswerfen!« rief ich. Murrend wich der Mob zurück. Ich hatte den Wagen in meiner Gewalt. Gebt mir einen Korb mit rohen Eiern und ich erobere die Welt.

Aus der Schar der angstvoll Zusammengedrängten ertönten zaghafte Stimmen:

»Bitte, lieber Herr«, baten sie. »Würden Sie so gut sein und wenigstens die Aktentasche wegtun? Bitte!«

»Na schön. Warum nicht.«

An meine Großmut hat noch niemand vergebens appelliert. Ich bückte mich nach der Aktentasche.

In diesem Augenblick fuhr der Bus auf ein Schlagloch auf.

Im Vergleich zu dem, was nun folgte, nahm sich eine Slapstickposse aus Stummfilmzeiten wie ein klassisches Trauerspiel aus. Ich sprang ab und überließ den Bus seiner klebrigen Weiterfahrt.

»Guter Gott!« Die beste Ehefrau von allen schüttelte fassungslos den Kopf, als ich zu Hause eintrat. »Was ist geschehen?«

»Tante Ilka«, sagte ich, stürzte ins Badezimmer und blieb eine halbe Stunde lang unter der Dusche, voll bekleidet, mit Aktentasche.

Auf die alte Frage, ob zuerst das Ei da war oder die Henne, weiß ich auch heute keine Antwort. Ich weiß nur, daß ich in einem öffentlichen Verkehrsmittel lieber mit einer Henne fahren würde als mit einem Ei.

Schluck auf, Schluck ab

Ich saß friedlich am Familientisch, als ohne ersichtlichen Grund etwas in mir aufstieß. Ich machte »Hick!« und hatte damit den Grundstein zu einer nicht endenwollenden Schluckauf-Serie gelegt.

Diese Geschichte hätte sich genauso abspielen können.

Meine Familie schritt sofort zu den in solchen Fällen erprobten Gegenmaßnahmen. Die beste Ehefrau von allen ließ dicht an meinem Ohr zahlreiche Papiersäcke explodieren, die Kinder brüllten in meinem Rücken bis zur Erschöpfung des Überraschungsmoments »Buh!«

Ich selbst blieb beim Hick.

In der Nacht konnte ich nicht schlafen. Am Morgen ging ich ins Spital.

Nach einigem Hin und Her wurde mir die Vergünstigung einer Bettstatt am Ende des Korridors zuteil. Eine junge Krankenschwester schob mir ein Kissen unter den Nacken und forderte mich energisch auf, mich zu entspannen.

»In wenigen Minuten«, sagte sie, »beginnt Professor Oppit die Morgenvisite. Sie werden im Nu geheilt sein.« Hierauf steckte sie mir ein Thermometer in den Mund und entschwand.

Tatsächlich sah ich bereits nach einer Stunde am anderen Ende des Korridors die weißgekleideten Gestalten des Professors und seiner Gefolgschaft auftauchen.

Professor Oppit, eine majestätische Erscheinung mit durchdringendem Blick und dröhnender Stimme, beauftragte zunächst einen Wärter, die Scherben meines Thermometers vom Boden aufzulesen. Dann trat er an mich heran. Hinter ihm ballten sich die devoten

Assistenzärzte und eine Schar wißbegieriger Studenten zusammen.

»Schluckauf«, diagnostizierte er mit der unfehlbaren Sicherheit des großen Mediziners. »Singultus excessivus. Ein typischer Fall. Beachten Sie den pfeifenden Atem.«

Er zog mich an den Haaren hoch. Ich bezog eine sitzende Position und pfiff gehorsam. Sollte ich eine Kapazität seines Ranges vielleicht Lügen strafen?

»Das Pfeifen«, verkündete er, »könnte binnen kurzem in ein Stöhnen übergehen, falls sich die Respirationsorgane durch eine Verengung der Stimmbänder stärker zusammenziehen.«

»Hick«, entgegnete ich.

Der Professor nahm es mit einem kaum merklichen Nicken zur Kenntnis und fuhr fort:

»Unter bestimmten Voraussetzungen ergibt sich aus den daraus resultierenden Reflexen eine völlige Unfähigkeit des Patienten, durch den Mund zu atmen.« Er griff zu Demonstrationszwecken nach meiner Nase und klemmte sie zwischen Daumen und Zeigefinger ein:

»Das Gesicht verfärbt sich bis zu tiefem Blau, die Membrane reagiert mit periodischen Spasmen. In extremen Fällen kann der fortgesetzte Sauerstoffentzug die Augen des Patienten in Mitleidenschaft ziehen und die Hornhaut schädigen.«

Gebannt beobachtete die Suite des bedeutenden Mannes meine Versuche, ohne Atemtätigkeit zu überleben. Als ich nicht mehr weiterkonnte, gab ich ein paar höfliche Grunzlaute von mir, denen sich eine wilde »Hick«-Salve anschloß.

»Bitte, Herr Professor«, ließ ein Student sich vernehmen, »wie lange können solche Schluckauf-Attacken dauern?«

»Je nachdem. Wochen. Monate. Sogar Jahre.«

»Mit tödlichem Ausgang?«

»Auch das.«

Professor Oppit zog mir die Pyjamajacke aus, drückte mich nieder und setzte sich mit vollem Gewicht auf meinen Unterleib. Ich konnte ein leises Wimmern nicht unterdrücken und spürte deutlich, wie die Matratze nachgab.

»Im Augenblick«, nahm Professor Oppit die Live-Übertragung wieder auf, »befinde ich mich direkt über der Gallenblase. Wenn die umliegenden Gewebe degenerieren, was sehr wahrscheinlich ist, dringt der Nitrogenüberschuß in die Leber, wo er zur Bildung von Stärke führt.«

Hier unterbrach der Professor seinen Vortrag, erhob sich, packte meinen Kopf und zwängte ihn zwischen meine Knie. Die Menge schwärmte zur anderen Seite des Bettes, um nichts von mir zu versäumen.

Als alle Zuschauer ihre Plätze bezogen hatten, stemmte Professor Oppit mit Hilfe eines Bleistifts meinen Mund auf, steckte seine Hand hinein und kam mit meiner Zunge ans Licht, was mich zu heftigem Wehklagen nötigte. Bei dieser Gelegenheit nahm er endlich meine Anwesenheit zur Kenntnis.

»Hallo«, grüßte er. »Wie fühlen Sie sich?«

»Hick«, antwortete ich wahrheitsgemäß.

Ich lag noch immer zusammengekrümmt da, mit heraushängender Zunge und bis zum Rand mit

Stärke gefüllt. Professor Oppits Finger rochen nach Seife und strahlten gleichzeitig Äther und Autorität aus.

»Die an Verwelkung grenzende Trockenheit der Zunge« – damit winkte er das Publikum zu näherem Augenschein an mein Bett – »ist eine Folge der unzulänglichen Speichelzufuhr. Das bewirkt in sechzig Prozent der Fälle deutliche Lähmungserscheinungen und ein völliges Aussetzen der normalen Reflexe.«

Zum Beweis seiner These nahm er aufs neue meine Zunge, drehte mir den Kopf ins Genick und klopfte mehrmals an meine Hirnschale, die tatsächlich jeden Reflex vermissen ließ. Ein Assistenzarzt sprang eilfertig herzu, um meine Augen, sollten sie mir aus den Höhlen fallen, sofort aufzufangen.

Der Anblick einer an meinem Bett vorüberfahrenden Leiche weckte meinen Selbsterhaltungstrieb. Mit einer letzten Kraftanstrengung riß ich meine Zunge an mich:

»Der Schluckauf hat aufgehört!« rief ich. »Verbinden Sie mich mit unserer Botschaft!«

Professor Oppit gab meinen Kopf frei und ließ mich zurückfallen, wobei ich verschiedene Gliedmaßen um mich streute.

»Hier, meine Herren, können Sie die tragischen Auswirkungen eines Schluckaufs feststellen«, schloß er seine Demonstration. Dann wandte er sich an einen der Sekundärärzte: »Schaffen Sie den Mann in die orthopädische Abteilung«, ordnete er an und begab sich unter dem Beifall der Menge zu seinem nächsten Objekt.

Ich begann meine Gliedmaßen zu sammeln, fand

alle bis auf einen ohnehin schon gebrauchten Daumen und wurde von der jungen Krankenschwester, nachdem sie meine Arme und Beine richtig eingeschraubt hatte, vorsichtig auf den Boden gestellt.

»Die einzige mögliche Heilmethode für Schluckauf«, erklärte sie stolz, während sie mich zum Ausgang geleitete. »Schockbehandlung. Eine Spezialität unseres Professors. Er ist auf diesem Gebiet einsame Spitze.« Hoffentlich bleibt er's. So einsam wie möglich.

Tagebuch eines Haarspalters

9. Juni

Heute beim Frühstück sah ich in der Zeitung ein Foto von Gorbatschow und mußte laut auflachen. Wie kann ein Mann, und noch dazu der Führer eines großen Volkes, einen Glatzkopf haben, der von einer polierten Billardkugel kaum zu unterscheiden ist? So etwas müßte sich doch vermeiden lassen!

Diese Geschichte spielt sich ... ganz genau ... so ... ab ...

Unter Gorbatschows Einfluß trat ich an den Spiegel, um den Zustand meines Hauptbaares zu prüfen. Nach einigen Minuten sorgfältiger Beobachtung schien es mir, als wäre der Haaransatz an den Schläfen ein wenig zurückgewichen. Nun, das kann den durchgeistigten Charakter meines Gesichtsausdrucks nur noch steigern. In meinem Alter ist das ganz normal. Und weiter existiert dieses »Problem« für mich nicht.

10. Juni
Zufällig fiel mein Blick heute nach der Morgentoilette auf meinen Kamm. Ich zählte 23 einzelne Haare. Aber ich mache mir keine Sorgen. Mein Friseur, den ich zufällig in seinem Laden antraf, bestätigte mir, daß ein täglicher Ausfall von 10–23 Haaren allgemein üblich sei.

»Hat nichts zu bedeuten«, sagte er, und er muß es wissen. »Kahlköpfigkeit ist erblich. Nur Männer, deren Vorfahren Glatzen hatten, sind in Gefahr.«

Zu Hause geriet mir zufällig ein Familienbild meines Großvaters und seiner acht Brüder in die Hand. Alle hatten Glatzen. Ich finde, daß mein Friseur sich um sein Geschäft kümmern sollte, statt Fragen der Vererbungstheorie zu diskutieren und dummes Zeug zu schwätzen.

3. September
Es ist doch merkwürdig. Seit ich meinen Haaren so viel Aufmerksamkeit schenke, fallen sie aus. Natürlich merkt das niemand außer mir, der ich ihnen so viel Aufmerksamkeit schenke. Immerhin belief sich in der letzten Woche der tägliche Durchschnitt bereits auf 30. Kein Grund zur Beunruhigung, nein, nur zur Wachsamkeit. Ich schrieb an meine Lieblingszeitung um Auskunft und fand in der Rubrik »Ratgeber für Verliebte« folgende Antwort:

»Wachsam, Tel Aviv. Das Haar ist ein zarter, fadenförmiger Auswuchs an bestimmten Körperpartien der Säugetiere. Erfahrungsgemäß kann an bestimmten Körperpartien mancher Säugetiere Haarausfall eintreten. Bei Menschen männlichen Geschlechts ist das

ein durchaus normaler Vorgang, der erst dann Beachtung verdient, wenn er auffällige Dimensionen annimmt. Konsultieren Sie einen Arzt.«

Ich konsultierte einen Arzt. Er untersuchte mich auf Herz und Nieren, ferner auf Lunge, Blinddarm und Milz, prüfte meinen Blutdruck, röntgenisierte mich, machte einen Grundumsatz-Test, nahm ein Elektrokardiogramm auf und erklärte mich für vollkommen gesund. In bezug auf meine Haare erklärte er, daß man da leider gar nichts tun könne. Wenn sie ausfallen, dann fallen sie aus.

11. Februar

Meine neue Frisur paßt ausgezeichnet zur verschmitzten Koboldhaftigkeit meiner Gesichtszüge. Das ganze Haar vereinigt sich in einem lustigen kleinen Knäuel und reicht bis zu einer imaginären Verbindungslinie zwischen meinen beiden Ohren, von wo es salopp und ein wenig genialisch nach hinten ausstrahlt, über den haarlosen Rest meiner Kopfhaut.

In einem bemerkenswerten Artikel, der sich auf historische Unterlagen stützt, lese ich, daß eine Menge bedeutender Männer teilweise oder zur Gänze kahl waren: Dschingis Khan, Yul Brynner, der Bürgermeister von Appenzell. Es gab sogar einen französischen König namens Karl der Kahle.

27. Mai

Mein Friseur sagt, daß glatzköpfige Männer zumeist begabter sind als die nicht glatzköpfigen, besonders auf gewissen Gebieten. Das ist eine wissenschaftlich erhärtete Tatsache. Aber ich hätte trotzdem nichts zu befürchten, sagt er. Er empfahl mir, meinen Kopf zu rasieren, damit das natürliche Sonnenlicht besseren Zutritt zu den Haarwurzeln fände. Dadurch wird der Haarwuchs angeregt und das Haar erhält wieder seine jugendliche Frische. Nicht als ob ich etwas dergleichen nötig hatte – ich ließ es ihn nur spaßeshalber versuchen. Als ich nachher in den Spiegel sah, wurde ich beinahe ohnmächtig: das jugendlich brutale Gesicht eines Gangsters starrte mir entgegen. Ich versteckte mich in einer dunklen Ecke des Ladens. Nach Einbruch der Dunkelheit schlich ich nach Hause. Samson, Samson, wie gut verstehe ich dich jetzt!

27. August
Heute habe ich mich zum erstenmal wieder bei Tageslicht aus dem Haus gewagt. In meiner Klausur las ich zahlreiche Literatur über Gorbatschow und seine Leistungen. Gorbatschow hat bereits in früher Jugend sein Haar verloren. Ich kann mir nicht helfen, aber der Kommunismus ist nicht so ohne.

Daß meine Haare mittlerweile zum großen Teil verschwunden sind, rührt wahrscheinlich daher, daß sie drei Monate lang keinem Sonnenlicht ausgesetzt waren. Mein Kopf gleicht einer Mondlandschaft, die nur von einem kleinen Streifen üppiger Vegetation am Äquator unterbrochen wird. Ich war am Rande der Verzweiflung, als ich in der Zeitung das folgende Inserat entdeckte.

Ich war am Rande der Verzweiflung!
Mein Kopf glich einer Mondlandschaft, die nur von einem kleinen Streifen üppiger Vegetation am Äquator unterbrochen wurde.
Ich verzweifelte nicht!
Ich behandelte mein Haar mit dem amerikanischen Wundermittel
Isotropium Superflex
und bin jetzt vollkommen geheilt sowie auch glücklicher Vater zweier Kinder.
Erhältlich in armselig kleinen Probetuben für Geizhälse zu 1 Pfund 20, in gigantischen Riesentuben für den ökonomisch denkenden Mann zu 9 Pfund 80.

Ich kaufte eine gigantische Riesentube, um den Prozeß zu beschleunigen.

17. November
Eines muß man diesem Isotropium Superflex lassen: es hat den Prozeß beschleunigt.

Die Zahl meiner Haare ist auf 27 gesunken, und ich beginne die Welt mit abgeklärten Augen zu sehen. Kein Zufall, liebe Leute, daß fast alle großen Industriemagnaten, Wirtschaftskapitäne, Wissenschaftler und Forscher glatzköpfig sind, besonders nach Überschreitung einer bestimmten Altersgrenze. Bei mir bemerkt man das allerdings noch nicht, weil ich mein Haar auf so raffinierte Weise von hinten nach vorn kämme, daß es den zwingenden Eindruck erweckt, als sei es von vorn nach hinten gekämmt. Dieser kleine Trick wird höch-

stens im Schwimmbad sichtbar, wenn meine Haare naß sind und an den Schultern kleben.

29. Januar

Ein häßlicher Zwischenfall vergällte mir heute die Laune. Ich hatte mich um eine Kinokarte angestellt, als ein Halbstarker an seine etliche Meter vor mir stehende Freundin die Frage richtete:

»Wo ist Pogo?«

Das Mädchen – ein primitives, taktloses Geschöpf – deutete auf mich und sagte:

»Er steht hinter dem Glatzkopf dort.«

Es war das erste Mal, daß ich eine solche Andeutung zu hören bekam. Vorausgesetzt, daß diese Ziege überhaupt mich gemeint hat. Angesichts meiner Frisur möchte ich das eher bezweifeln: acht Haare laufen wellenförmig von links nach rechts, drei andere – Gusti, Lili und Modche – streben in rechtem Winkel auf sie zu und überschneiden sie schräg. Für den Hinterkopf sorgt Jossi. Nein, je länger ich darüber nachdenke, desto sicherer bin ich, daß dieses dumme kleine Mädelchen einen andern gemeint haben muß. Irgendeinen Glatzkopf.

2. März

Ich werde immer abgeklärter und reifer. Mein wachsendes Interesse an religiösen Problemen hat ein neues Lebensgefühl in mir geweckt, und die großartige Strahlkraft der Tradition tut ein übriges. Ich entdecke den tiefen Sinn unserer Gebote und Gesetze. Zumal den Schabbat beobachte ich aufs strengste und halte meinen Kopf ständig bedeckt – wie man weiß, ein Zeichen geistiger Überlegenheit (Leviticus VIII, 9). Unter meiner Kopfbedeckung herrscht eiserne Disziplin.

Bei der heutigen Morgenparade fehlte Gusti. Ich führte eine nochmalige Aufrufkontrolle durch und mußte feststellen, daß die Gesamtzahl der Erschienenen sich auf 4 belief. Später fand ich Gusti leblos an meinem Hemdkragen. Es war das längste und stärkste von allen Haaren, die ich noch hatte. Unerforschlich sind die Wege des Schicksals. Ich warf Modche in die Bresche und bürstete ihn ein wenig auf, damit er nach mehr aussähe, als er ist.

Abigail wird grau.

13. April

Nun ist Jossi ganz allein. Der Friseur erging sich in Lobeshymnen über ihn und schlug mir vor, ihn im Interesse einer kräftigen Wiedergeburt abzurasieren. Ich ließ das nicht zu. Ich möchte kein zweites Mal wie ein Glatzkopf aussehen. Ich spendierte Jossi ein Chlorophyll-Shampoo gegen Schuppenbildung. Als er trokken war, legte ich ihn im Zickzack über meinen Kopf. Er soll Grund und Boden haben, soviel er will.

28. Juli

Das Unvermeidliche ist geschehen. Jossi ist nicht mehr. Er verfing sich im Innenleder meines Hutes und wurde mit der Wurzel ausgerissen. Mir fiel das tragische Ende der Eleonora Duncan ein. Selbstmord?

29. Juli
Ich werde mich damit abfinden müssen, daß ich eine gewisse Neigung zur Kahlköpfigkeit habe.

Ich wurde in Sofia Zweiter (das Gold ging an Erich Kästner). Aber von den Lieblingskindern, die ich einschickte, wurde keines gewählt. Den Preis gewann Dr. Shay-Sheinkrager. Die Jury entdeckte seine Geschichte zufällig in einer alten deutschen Zeitung, die wahrscheinlich als Einwickelpapier für Gurken gedient hatte.

Humor ist Geschmacksache.

Aber damit ist mein Balkan-Happening noch nicht zu Ende. Einen Monat später standen drei frischrasierte Männer vor meiner Tür, die sich als bulgarische Delegation entpuppten. Sie überreichten mir feierlich und in makellosem Bulgarisch eine echte Silbermedaille »für meine langjährigen Verdienste um das literarische und theatralische Leben Bulgariens«.

Erst dieser erhabene Augenblick enthüllte, was ich bereits seit Jahren, ohne es zu wissen, für das sympathische Land des Jogurths geleistet hatte. Da die guten Bulgaren dem internationalen Urheberrecht nicht angeschlossen sind, verlegen sie ohne zu fragen jedes Buch, das ihnen gefällt. Sie gehen von der logischen Annahme aus, daß man für etwas, das jemand anderer schon bezahlt hat – in diesem Fall der Verleger der Originalausgabe –, nichts mehr zu bezahlen braucht.

Eine revolutionäre Auslegung des Urheberrechts

»Wir sind jedoch absolut fair«, erklärte mir der Chef der Delegation. »Jedes andere Land hat auch das Recht, bulgarische Schriftsteller kostenlos zu verlegen.«

Ich blickte auf die kyrillischen Buchstaben meiner blankgeputzten Medaille und mußte mir eingestehen, daß die Bulgaren allem Anschein nach die besseren Geschäftsleute sind.

Übrigens sind die bulgarischen Verleger die einzigen in Europa mit dieser beneidenswerten Lässigkeit, alle anderen Staaten zahlen brav Honorare.

Nur die Türkei macht hier eine Ausnahme. Nach ihrem Urheberrecht darf jedes Buch, egal welcher Nationalität, zehn Jahre nach der Erstveröffentlichung honorarfrei nachgedruckt werden. Das ist mir sehr recht. Auf diese Weise muß ich kein Verzeichnis über die Erscheinungsdaten meiner Bücher führen. Jedesmal, wenn in der Türkei ein neues Buch von mir erscheint, weiß ich, daß es zehn Jahre und fünf Minuten zuvor das Licht der Buchwelt erblickt hat.

Mein türkischer Terminkalender

Im Ostblock jedoch läuft die Honorarzahlung wie am Schnürchen ab. Aus der DDR kann der glückliche Autor sein Geld sogar in westlicher Währung nach Hause tragen. Weitblickender sind da wieder die Jugoslawen. Sie verlangen, daß jeder ausländische Schriftsteller seine Tantiemen innerhalb der Landesgrenzen an den Mann bringt. Und da ich persönlich in Jugoslawien sogar noch häufiger gelesen werde als in den deutschsprachigen Ländern, schlagen die Kaufleute im Markt von Zagreb Jahr für Jahr die Freudentrommel: »Die-verrückte-Geldfrau-die-jeden-Krims-Krams-kauft-ist-wieder-in-der-Stadt.« Es ist ein offenes Geheimnis, daß die Kaufleute Ljubljanas ihre Existenz auf die orgiastischen Einkaufsbummel der besten Ehefrau von allen gründen...

Ein besonderes Glanzstück aber liefern die Rumänen. Sie entrichten die Honorare mit der Herablassung eines Lords. Eines Lords, der eben bankrott gegangen ist. Zwar überweisen sie das Geld mit der Pünktlichkeit einer japanischen Uhr und in westlicher Währung, aber der offizielle rumänische Wechselkurs läßt in meiner Tasche pro Bestseller knapp 16 Dollar vor Abzug der Steuern zurück.

Die Russen hingegen entrichten ihren Obolus ohne jeglichen Abzug, absolut termingerecht. Nur leider drucken sie mich nicht. Lediglich einige Laiengruppen haben in Kishiniew und ein paar anderen russischen Städten Theaterstücke von mir aufgeführt und Lesungen aus meinen eingeschmuggelten Büchern gehalten. Aber das ist vorläufig alles. Bis zu neuen Anweisungen von oben.

Der Stolz der Klasse aber sind die Ungarn. Sie verlegen dich und bezahlen dich dafür, wie du es nur willst. Sie sind die von allen Brüderstaaten glühend beneideten Neureichen des Ostblocks. Diese von Zigeunermusik begleitete Karriere verführte mich zu einer ideologischen Analyse des magyarischen Wirtschaftswunders.

Es ließe sich vieles über den Kommunismus sagen, unter anderem über den sporadischen Mangel an Streichhölzern, aber eines muß man zugeben: Es handelt sich um das mit weitem Abstand stabilste politische System auf unserem Erdball. Andere Regierungsformen kommen und gehen – wie zum Beispiel das unmenschliche pharaonische System, das sich nur knapp 5000 Jahre lang hielt, oder die parlamentarische Demokratie, die schon nach einem Jahrhundert ins Schleudern kam –, das Politbüro hingegen wird in alle Ewigkeit bestehen bleiben.

Die berechtigte Frage lautet – wieso?

Die Antwort ist einfach: Die Kommunisten sind mit dem dialektischen Materialismus gesegnet. Sie sind daher in der Lage, jedem beliebigen Problem frohen Mutes und offenen Blicks mit der materialistischen Dialektik entgegenzutreten.

Zum Beispiel ließen die sowjetischen Medien erst kürzlich verlauten, daß das neue Zentralkommitee einige grundlegende Änderungen erwäge, um die etwas dürftigen ökonomischen Zustände einer radikalen Besserung zuzuführen. Denn – wir wollen ehrlich sein, Genossen – das System der kollektiven Wirtschaft hat sich bisher nicht hundertprozentig bewährt.

Nehmen wir etwa die sowjetische Landwirtschaft, die nach dem siegreichen, marxistisch-leninistisch-gorbatschowistischen Prinzip funktioniert, welches den Bauern der staatlichen Kollektive sagt:

»Die Kolchose gehört Euch, Genossen, Ihr arbeitet für Euer eigenes Wohlergehen!«

Mit anderen Worten: Das Land und alles, was sich darauf befindet, gehört ausschließlich den Mitgliedern der Kolchose. Es gibt nur einige unwesentliche Einschränkungen. Sie können zum Beispiel ihren Kolchos momentan noch nicht verkaufen. Außerdem gehört die Ernte nicht ihnen, sondern der Regierung. Und sie können auch nicht von heute auf morgen weggehen.

Daraus folgt, daß der Kollektivismus vielleicht doch nicht ganz vollkommen ist. Nach den letzten 68 Jahren zu urteilen, funktioniert er eigentlich nur dann, wenn die krisengeschüttelten amerikanischen Geschäftemacher der UdSSR pro Jahr zehn Millionen Tonnen Getreide verkaufen.

Hin und wieder fragen sich leitende Sowjet-Ideologen, woran es wohl liegen mag, daß die russische Landwirtschaft heute nur die Hälfte dessen produzieren kann, was seinerzeit unter der Herrschaft der Zaren als selbstverständlich galt. Die Antwort der Experten ist eindeutig:

»Es liegt am Wetter.«

Klimatische Bedingungen haben also in den letzten 68 Jahren unvorhergesehene Schwierigkeiten hervorgerufen. Zwar gab es auch Experten, die andere Thesen vertraten, doch diese wurden aus dem Verkehr gezogen. Die Experten, nicht die Thesen.

Und was geschah dann?

Eines strahlenden Morgens wachte ein besonders führender Sowjetideologe mit einem Geistesblitz auf: Es liegt in der menschlichen Natur – so blitzte sein Geist –, daß die Leute besser arbeiten, wenn man ihnen die Früchte ihrer Arbeit nicht wegnimmt!

Das war dialektischer Materialismus in seiner revolutionären Höchstform. Wie, so fragen wir uns, wie mag dieser dogmatische Ideologe nur auf eine so brillante Idee gekommen sein?

Wie dem auch sei, diese kühne Theorie wurde alsogleich einem praktischen Test unterzogen. Man stellte den Mitgliedern der Kolchose frei, auf einem kleinen Areal ihres Hinterhofes anzupflanzen, was immer sie wollten, um das Gepflanzte am verwerflichen freien Markt zu veräußern. Bedingung war allerdings, daß das Areal des halblegalen Hinterhofes nicht mehr als ein Zehntel des kollektiv bewirtschafteten Landes betragen dürfe.

Das Experiment glückte.

Die kleinen Gemüsegärten im Hinterhof erwiesen sich als zehnmal so fruchtbar wie der gesamte Kollektiv-Boden.

Warum? Ja, warum nur?

Das weiß kein Mensch. Es wurden viele Theorien geäußert, unter anderem: purer Zufall, unverschämtes Glück, Heimvorteil. Manche sprachen sogar von einem religiösen Wunder, jedenfalls blieb die Lösung ein Geheimnis.

Und als ob das noch nicht genug wäre, begab sich neben diesem übernatürlichen Phänomen ein ebenso unerklärliches Wunder im benachbarten Ungarn.

Wenn man heute das Land der Magyaren besucht, sticht einem sofort ein gewisser, man könnte sagen, unverschämter Wohlstand ins Auge. Mehr noch, der ungarische Mann-auf-der-Straße strahlt eine klassenfremde, im Ostblock sonst kaum spürbare Zufriedenheit aus.

Das kann doch nicht mit rechten Dingen zugehen.

Die Erklärung ist jedoch einfach. Diese erstaunlichen Ungarn, die der Welt schon das Gulasch und einige ausgezeichnete Humoristen geschenkt haben, diese Ungarn entdeckten etwas, das alle Jünger des Kollektivismus in helles Erstaunen versetzte.

»Warum«, so fragten sich die Ungarn in ihrem unverständlichen Kauderwelschs, »warum geht das

nur in der Landwirtschaft? Wäre es nicht eine gute Idee, überhaupt allen Menschen die Chance zu geben, die Früchte ihrer Arbeit zu genießen?«

Das war eine ideologische Bombe. Es gibt kein anderes Wort dafür. Zunächst einmal wurde nur ganz kleinen Betrieben mit maximal 8 Angestellten erlaubt, auf privatwirtschaftlicher Basis zu sündigen. Es dauerte nicht lange, und man tolerierte 16 Angestellte. Zum Zeitpunkt, da sich herausstellte, daß diese Privatbetriebe bereits ein Drittel des Bruttonationalproduktes erwirtschafteten, wurde die Quote auf 32, dann auf 64, 128 und 256 Arbeitnehmer erhöht. Der nächste dialektische Schritt ist bereits vorgesehen: 512, wenn ich nicht irre.

Dieser Erneuerungsprozeß hat fürwahr grundsätzlich Revolutionäres an sich.

Was können wir also aus diesem tollkühnen ungarischen Experiment lernen? Glaubt es oder glaubt es nicht, Freunde, wir lernen, daß Bauernhöfe, Fabriken und Werkstätten um ein Erhebliches mehr produzieren, wenn sie nicht den proletarischen Massen in ihrer Gesamtheit gehören, sondern nur einem einzelnen Proletarier. Oder seiner Familie oder einigen Leuten, die an der Sache persönlich interessiert sind.

Wir müssen uns alle mühsam mit dem paradoxen Gedanken vertraut machen, daß diese Menschen plötzlich Initiative entwickeln, daß sie bereit sind, Zeit, Arbeit und Können zu investieren, wenn sie dadurch ihren persönlichen Lebensstandard verbessern.

Es handelt sich hier um die bedeutendste Erfindung seit dem Reißverschluß. Und wer oder was hat diese

Erfindung hervorgebracht? Es war, Genossen und Genossinnen, der dialektische Materialismus.

Das Zentralkommitee berät nun ernsthaft, ob das ungarische Modell auch in die übrigen Länder des Ostblocks zu übertragen wäre, oder ob es klüger wäre, noch eine Weile abzuwarten. Zur Zeit sieht es so aus, als ob die Privatwirtschaft demnächst auch in China und der Sowjetunion auf den Zehenspitzen Einzug halten könnte. Die Produktivität wird dann ins Uferlose steigen, Exportzahlen werden wachsen, der Weizen wird blühen, und es wird sogar Zündhölzer für die Staatsbürger über 18 Jahre zu kaufen geben.

Das, Freunde, ist die wahre ideologische Flexibilität.

Sicherlich gibt es da oder dort schon Parteidenker, die im stillen Kämmerlein noch einen Schritt weiterdenken, um dem Sozialismus zum raschen Endsieg zu verhelfen. So gibt es schon Überlegungen ein Dekret zu erlassen, welches den Leuten erlaubt, ihre Besitztümer an ihre Nachkommen zu vererben.

Der Grund? Ganz einfach! Eine geheime staatliche Umfrage hat ergeben, daß die Menschen ihr schwerverdientes Vermögen lieber ihren Kindern vermachen als der Partei. Überraschend, aber wahr. Das könnte sich auch als Ansporn zu gesteigerter Produktivität erweisen, wer weiß?

Man muß sich allen Ernstes fragen, woher die Kommunisten nur diese vielen brillanten Ideen nehmen?

Falls der neue »Fünf-Jahres-Plan zur dialektischen Entwicklung der materialistischen Privatwirtschaft«

lückenlos eingehalten wird, ist zu erwarten, daß die kollektive Ökonomie des Ostens einen unheimlichen Aufschwung verzeichnen wird. Man wird dabei sehr sorgsam vorgehen, Schritt für Schritt, mit aller gebotenen Vorsicht, und vor allem – immer dialektisch.

Und wenn einmal der Zeitpunkt kommen sollte, da die sowjetische Wirtschaft wirklich funktioniert, wenn einmal das Angebot von der Nachfrage bestimmt wird, wenn der russische Mann-auf-der-Straße mit sich und der Welt zufrieden ist – dann kommt der nächste logische Schritt: Man wird die Hinterhofeigentümer und die Privatunternehmer wieder in Arbeitslager schicken, ihre Besitztümer verstaatlichen und endgültig jenes kollektive Wirtschaftssystem einführen, das – wie schon Genosse Chruschtschow seinerzeit sagte – früher oder später den Kapitalismus begraben muß.

Sentimentale Reise ins Land, wo der Paprika wächst

Ich bin bereit zuzugeben, daß ich mit Wonne fliege. Nicht weil ich so gerne nach verlorenen Koffern suche, sondern weil ich grundsätzlich Abwechslung liebe. Von Japan bis Lappland ist mir bestimmt kein Fleckchen Erde entgangen, auf dem sich irgendwelche Verleger befinden. Ein besonderer Fall jedoch war mein Besuch in Ungarn, dem Land, in dem ich vor 36 Jahren meine Jugend zurückgelassen habe.

Ich zähle noch immer in ungarisch (meiner Meinung nach ist das in anderen Sprachen gar nicht möglich), bin imstande, auch während des Seilspringens »Elkelkáposztásitottalanitottátok« zu sagen, und wenn ich von der philosophischen Fakultät einer

Universität gefragt werde, was ich unter dem »Absolut Guten« von Schopenhauer verstehe, antworte ich in vollem Bewußtsein meiner Verantwortung für die nachfolgenden Generationen: Ungarische Salami, hauchdünn geschnitten.

Lebensphilosophie für Leute mit gutem Magen

In Budapest war ich zum ersten Mal verliebt (in eine mollige Friseurgehilfin, die mir meine Liebe und mein Taschengeld nicht zurückgab). Dort habe ich mein erstes Eis gelutscht (Mokka und Vanille), und an mir selbst die Premiere der langen Hose und des gelben Judensterns erlebt.

Die Frage nach den vaterländischen Wurzeln ist dennoch bei mir nicht ganz eindeutig zu beantworten. In Israel fühle ich mich zu Hause, weil es das einzige Land ist, wo ich kein Jude bin, aber Ungarn ist das einzige Land, in dem ich keinen ungarischen Akzent habe. Im Traum flirte ich mit Golda in meiner tatarischen Muttersprache, aber über meinen ersten Besuch in Ungarn nach 33 Jahren habe ich von rechts nach links in Hebräisch geschrieben.

Als wir die Stadt betraten, in der ich die erste Hälfte meines Lebens verbracht hatte und an die ich mich überhaupt nicht mehr erinnern konnte, erlebten meine orientalische Familie und ich den ersten Schock: Wir stellten nämlich fest, daß die ungarische Hauptstadt dermaßen voller Privatwagen ist, daß ihre Straßen chronisch verstopft sind. Sehr bald stellte sich heraus, daß jeder dritte Ungar einen Pkw besitzt und jeder zweite Ungar einen Antrag auf weitere drei gestellt hat. Um die Wahrheit zu sagen, waren wir ein wenig beleidigt: das entspricht nicht den Spielregeln.

»Das sollen Kommunisten sein?« fragte verächtlich die beste aller Ehefrauen. »Wo ist die Armut?«

Auch das Prachthotel »Hilton« wurde mitten im schönsten historischen Viertel Budapests errichtet. Als wir vor dem Portal des superamerikanischen Hotels aus unserem Taxi stiegen, schwebte ein unrasiertes Element an uns heran und fragte lauthals, ob wir vielleicht irgendwelche Devisen zu verkaufen hätten, zum Schwarzmarktpreis, versteht sich.

»Mein Herr«, antwortete ich ihm, »ich habe Angst.«

Der Taxifahrer lieferte uns eine Erklärung:

»Was dieser Mann da getan hat, ist heller Wahnsinn«, sagte der Fahrer, »wenn man hier jemanden im Besitz illegal erworbener Devisen erwischt, so landet er glatt für fünf Jahre hinter Gittern ...«

»Gesetz ist Gesetz«, stimmte ich zu und fragte, »was schulde ich Ihnen für die Fahrt?«

»Sechzig Forint«, antwortete der Taxifahrer, »aber wenn Sie mir den Fahrpreis in schwarzen Devisen zahlen, so berechne ich Ihnen einen phantastischen Wechselkurs von 21 Forint pro Mark ...«

Ich lehnte seinen gefährlichen Vorschlag ab, ebenso den des korpulenten Hotel-Gepäckträgers, der, meine Koffer schleppend, mir im Fahrstuhl glühenden Blikkes lässig zuwarf:

»Mein Herr, Sie könnten mir doch, aus Zerstreutheit natürlich, ein Trinkgeld in Devisen geben ...«

Innerhalb von zwei Tagen war mir diese neue sozialistische Realität völlig klar. Mein geliebter, junger Neffe Lacika lieferte mir einen internen Bericht darüber, nachdem wir uns im Foyer des Hotels um den Hals gefallen waren. Unsere Begegnung war herzergreifend, da wir uns seit 45 Jahren nicht mehr gesehen hatten, mein lieber Neffe und ich, die wir uns nie haben ausstehen können. Und jetzt heulten wir wie die Kinder. Zunächst dachte ich zwar, Lacika hätte sich verspätet, da ich etwa eine Viertelstunde lang durch die leere Hotelhalle hin und her lief, ohne ihn aufzuspüren. Schließlich wandte ich mich an einen alten Herrn, der am Stock durch die Gegend hüpfte, und fragte ihn, ob er nicht zufällig einen jungen Mann dort gesehen habe. Und da stellten wir fest, daß der alte Herr Lacika in Person war. »Mein Gott, ist er alt geworden!« hörte ich eine Stimme in meinem Inneren; »das ist ja furchtbar!« Aber weshalb, zum Teufel nochmal, hat er mich nicht erkannt, warum nur?

Ich dachte, du seiest größer und blonder«, murmelte der zahnlose Lacika vor sich hin, »aber jetzt sehe ich, daß sich deine Ohren überhaupt nicht verändert haben...«

Sehr bald hatte sich mein junger Neffe mit meiner Familie angefreundet, und darüber hinaus unterhielt er meine Kinder bis in die späten Abendstunden mit wundervollen Zauberstücken: Wir legten ihm Markstücke in die Hand, die dann blitzschnell zwischen seinen flinken Fingern verschwanden, als hätte es sie nie gegeben. Unsere Bewunderung ließ erst dann etwas nach, als wir erfuhren, daß sich die meisten meiner entfernten Verwandten und nahestehenden Freunde auf ihre alten Tage auf solche Zauberkünste als Hobby spezialisiert hatten.

Die Ursache hierfür ist im Grunde politisch: Ungarn ist, wie vorher schon gesagt, eine sehr volkstümliche Demokratie, jedoch mit etwas mehr Sinn für Humor und viel mehr Freiheit, als gemeinhin erwartet wird. So sehr es die Bürger der freien Welt auch enttäuschen mag, der Durchschnittsungar ist gar nicht ein so trauriger Mensch. Vielleicht deshalb, weil ein jeder sich heutzutage an die ungarische Regierung wenden und einfach erklären kann, er wolle Paris oder Neuseeland besuchen und – welch Wunder! – er erhält ohne Schwierigkeiten die Genehmigung für eine zweimonatige Reise ins Ausland. Ich frage Sie: Ist das ein eiserner Vorhang?

Genosse Stalin dürfte sich angesichts einer derartig bürgerlichen Laxheit in seinem Grab – bekanntlich außerhalb der Kremlmauern – umdrehen.

In Ungarn sind die Reisebeschränkungen ganz anderer Art. Das Problem lautet: Devisen. Denn das Finanzministerium in Budapest genehmigt dem westwärts strebenden Bürger nur einige hundert Dollar, und auch das nur alle drei Jahre einmal. Für einen kurzen, dreitägigen Auslandsaufenthalt wird jährlich eine Handvoll Dollar bewilligt, und ein nur dreistündiger Besuch jenseits der Grenze ist sogar monatlich möglich. Und wer mal kurz die Staatsgrenze überqueren will, um rund um die österreichische Zollstation eine Runde Jogging zu drehen, der kann es fast jede Woche tun.

Die Hauptsache sind die Devisen. Ja, die Devisen.

Als die Genossen Marx und Lenin seinerzeit die Fundamente für eine gleichberechtigte Gesellschaft legten, in der jeder nach seinen Kräften arbeitet und entsprechend der Druckausübung seitens seiner Gewerkschaft verdient, vergaßen sie die ideologische Motivation zu bezeichnen, die sich hinter dieser dialektischen Evolution abzeichnet, nämlich, die große Begierde des Proletariats nach Devisen. Dieser Erscheinung wurde ich mir bereits am dritten Tag unseres angenehmen Aufenthalts in Budapest bewußt. Wir wußten ganz genau, daß jedes Mal, wenn wir am Ende eines traumhaften Abendessens im Restaurant die Geldbörse öffnen und in einer kontrolliert lässigen Bewegung einen blanken Dollarschein auf den Tisch legen, die einheimischen Gäste auf ihren Stühlen erstarren, die Männer von pfeifender Atemnot befallen werden, die Frauen ihre Puderdosen öffnen und sich fieberhaft schönmachen, während den Kellnern die Tabletts aus den Händen entgleiten und mit ohrenbetäubendem Krach auf dem Boden der Realität zerschellen ...

»Sag mir die Wahrheit«, sagte ich an einem dieser Abende zu Gusti, dem einst flinksten Rechtsaußen der Fußballmannschaft der Universität, »warum wollt ihr ausgerechnet in den Westen reisen und nicht in die kommunistischen Nachbarländer, in die Touristen aus dem Westen strömen?«

Gusti betrachtete mich erstaunt durch seine dicken Brillengläser und fuhr mit der Hand, in Gedanken versunken, über seinen weißen Bart:

»Ich weiß es nicht«, murmelte er, »möglicherweise ist es das Ausbleiben von Komplikationen und Schwierigkeiten, das uns davon abhält. Für einen Besuch in Polen ist es nicht erforderlich, ein ganzes Jahr lang

Devisen zu horten, wo bleibt da der Reiz? Und im übrigen gibt es dort kein Strip-tease. Nein, im Westen ist es besser, es ist dort wahrhaftig wunderbar.«

»Wenn es so ist, warum kehrt ihr dann von dort zurück nach Hause?«

»Um zu verreisen. Wir lieben es zu verreisen.«

Er, Gusti, verreist alle drei Wochen. Zuletzt hat er in einem Tiroler Erholungsort eine unvergeßliche ganze Stunde verleben dürfen. Unter der Tischdecke schob ich ihm heimlich zwanzig Dollar zu. Gusti öffnete den an seiner Hüfte hängenden Walkman polnischer Herkunft und verbarg die heiligen Scheine unterhalb der Batterien. In diesen Tagen eröffnete sich uns der ungarische Genius in all seiner Entfaltungsweite. Der alte Zigeunergeiger beispielsweise, der eine Nacht lang in einem ganz mit Spiegeln ausgestatteten Kaffeehaus für uns spielte, schob unser saftiges Devisentrinkgeld in sein Instrument hinein, während er leise alte Gebete und neue Wechselkurse vor sich hin murmelte. Aus der Geige gingen fast keine Töne mehr hervor, aber der Geiger ging ins Ausland.

Ich sprach über die krankhafte Versessenheit der neuen ungarischen Gesellschaft auf Devisen mit einem jungen leitenden Funktionär des Regierungsapparats, der mit mir seinerzeit die Schulbank geteilt hatte, das heißt sein Vater war es gewesen, und er lachte laut und freimütig:

»Ja, ja, unsere Brüder sind total verrückt«, sagte mein Gesprächspartner mit einem verständnisvollen Lächeln, »man erzählt sich, daß jeder von ihnen

bereits ein geheimes ›Barversteck‹ für Devisen in seinem Haus hat, trotz der drakonischen Strafen für solche Vergehen ...«

Er kniete nieder, steckte meine fünfzig Mark von unten her zwischen die Federn seines Bürostuhls und fügte hinzu:

»Ich beabsichtige 1986 Mexiko zu bereisen.«

Wir verließen dieses schöne Land, in dem mir die Gesichter so fremd und die Worte und Aufschriften so bekannt vorkamen. Ich kehrte in mein Haus im Nahen Osten und zu meiner furchtbaren Aussprache zurück. Mein Leben geht weiter, als wäre nichts geschehen, aber in meinem Innersten wächst nun ein Neid auf das stolze ungarische Volk, das nach so vielen Jahren des Leidens und der Suche nach einem eigenen Weg endlich zu seiner wahren historischen Bestimmung gefunden hat: der Devisenjagd.

Meine ungarische Muttersprache ist eine unheilbare Krankheit. Mein Kehlkopf verweigert stur die Zusammenarbeit mit anderen Sprachen. Zwar schreibe ich Hebräisch wie der Prophet Jeremias in seiner besten Zeit, aber kaum öffne ich den Mund, ist alles vorbei. Gott sei Dank haben meine Bücher keinen Akzent.

Auf Reisen interessiere ich mich für Menschen und nicht für die Landschaft (die ist in Cinemascope weitaus attraktiver). So reise ich lieber in Länder, deren Sprache ich beherrsche oder deren Bewohner Verständnis dafür haben, daß ich es nicht tue. In Dänemark zum Beispiel ist keiner beleidigt, wenn man Englisch spricht. Auch in Istanbul wird es einem noch verziehen, wenn man nicht in perfektem Türkisch mit den Einheimischen plaudert.

Von den großen europäischen Völkern entschuldigen jedoch nur die Deutschen den radebrechenden Fremden. Sie finden ihn geradezu charmant –

was mich manchmal zum Charme-in-Person werden läßt.

Der sicherste Weg für einen Ausländer, »der-die-das«-Fehler zu vermeiden, ist – konsequent den Mund zu halten.

Die Franzosen verachten jeden Fremden und erkennen den allerkleinsten Akzent schon vor dem ersten »oui«. Die Italiener hingegen sind noch nicht einmal zur rein theoretischen Existenz anderer Sprachen vorgedrungen. Aber sie lieben Touristen. Insbesondere jene, die mit Restaurantrechnungen nicht klarkommen. Eine ernst zu nehmende Klippe in Bella Italia sind jedoch jene Hotelportiers, die dem Gast rund um die Uhr mit einem ausgesucht höflichen, aber extrem begrenzten Wortschatz zur Verfügung stehen.

Der Giuseppe, den ich meine, hatte nämlich eine neiderweckende schwarze Lockenpracht und stand in einer venezianischen Portiersloge, als ich mich kurz vor Mitternacht aufs sonnengerötete Ohr legen wollte.

»My friend«, ließ ich ihn wissen, »ich möchte morgen früh abreisen.«

Mit einer Verbeugung, die jeder Hotelfachschule zur Ehre gereichen würde, antwortet Giuseppe:

»Yes, Sir.«

»Ich bitte, mich punkt 7 Uhr 15 zu wecken.«

»Yes, Sir.«

»Bitte bestellen Sie mir für 7 Uhr 40 eine Gondel.«

»Yes, Sir.«

»Good night.«

»Yes, Sir.«

Erst wenn man am nächsten Tag um 11 Uhr 22 mit verquollenen Augen die Treppe hinuntertorkelt und in die Canal Grande fällt, wird einem klar, daß Giuseppe von dem gestern geführten lebhaften Zwiegespräch nicht eine Silbe verstanden hat. (»Warum um Gottes willen haben Sie mir denn nicht gesagt, Giuseppe, daß Sie kein Englisch verstehen?« »Yes, Sir.«)

In dieser Disziplin kann sich nur ein waschechter spanischer Kollege mit Giuseppe messen. Der spanische Hotelportier versteht zwar Englisch besser, dafür aber dich schlechter. Hier soll mein vielzitiertes Erlebnis aus dem zauberhaften Barcelona folgen.

Mit den besten Empfehlungen dem »Buch der Rekorde« gewidmet

Ich hatte von meinem Hotelzimmer in Barcelona aus den Portier angerufen. Das Gespräch nahm folgenden Verlauf:

»Ich fliege morgen nach Madrid«, begann ich. »Bitte bestellen Sie für mich ein Hotelzimmer mit Bad.«

»Sie warten, ich nachschau, Herr«, antwortete der Portier und legte den Hörer hin. Nach einer Weile meldete er sich wieder: »Es leidtut mir, Herr. Wir haben kein Zimmer frei. Sie versuchen nächste Woche.« Damit legte er den Hörer nicht hin, sondern auf.

Ich läutete aufs neue:

»Sie haben mich schlecht verstanden. Ich brauche ein Zimmer in Madrid, nicht hier.«

»Es leidtut mir, Herr, daß Sie sich Mühe machen und rufen noch einmal an von Madrid. Wir haben kein Zimmer. Sie bitte versuchen nächste Woche, Herr.«

»Uno momento!« rief ich in meinem besten Spanisch, ehe er auflegen konnte. »Ich bin nicht in Madrid. Ich möchte ein Zimmer in Madrid haben.«

»Gewiß, Herr. Aber dieses Hotel ist nicht in Madrid. Dieses Hotel in Barcelona.«

»Das weiß ich.«

»Warum?«

»Weil ich hier wohne.«

»Sie wohnen?«

»Ja. Hier. Bei Ihnen.«

»Und mit Ihrem Zimmer Sie sind nicht glücklich?«

»Ich bin sehr glücklich mit meinem Zimmer, aber ich muß morgen nach Madrid fliegen.«

»Sie wollen, ich nehme herunter Ihr Gepäck?«

»Ja. Morgen. Nicht jetzt.«

»Ist in Ordnung, Herr. Gute Nacht, Herr.«

Abermals legte er auf, abermals läutete ich an:

»Das bin wieder ich. Der Mann, der morgen nach Madrid fliegt. Ich habe Sie gebeten, mir ein Zimmer mit Bad zu reservieren.«

»Sie warten, ich nachschau, Herr.« Die Pause von vorhin wiederholte sich. »Ich nachgeschaut habe. Es tutet leid mir, Herr. Unsere alle Zimmer sind belegt. Sie versuchen nächste –«

»Ich will kein Zimmer in diesem Hotel! Ich habe schon eines! Ich wohne auf Nummer 206!«

»206? Moment, Herr ... Nein, tutet mir leid. Zimmer 206 ist besetzt.«

»Natürlich ist es besetzt. Von mir.«

»Und Sie wollen anderes Zimmer?«

»Nein. Ich fliege morgen nach Madrid und möchte von Ihnen ein Zimmer reserviert bekommen.«

»Für morgen?«

»Ja.«

»Sie warten, ich nachschau ... Mit Bad?«

»Ja.«

»Sie Glück haben, Herr. Ich für Sie Zimmer habe für morgen.«

»Gott sei Dank.«

»Zimmer 206 wird morgen frei.«

»Danke.«

»Bitte sehr, Herr. Sonst etwas noch, Herr?«

»Einen Schnaps.«

»Kommt sofort, Herr.«

Um die Südländer nicht zu kränken, muß ich gleich hinzufügen, daß der Dialog in Barcelona nicht ganz so stattgefunden hat. Den Schnaps am Ende habe ich dazu erfunden.

Der Ort, wo man mit Englisch mehr oder weniger problemlos durchkommt, ist allem Anschein nach London. Ich liebe diese aufregende Metropole, die einzige orientalische Großstadt, in der so viele Engländer leben. Gottseidank legen die Briten ihre traditionsreiche Zuvorkommenheit auch den bloody foreigners gegenüber an den Tag. Die Unterstellung, daß er alle Touristen für Barbaren hält, wird jeder Engländer empört zurückweisen:

»Not really.«

Man kann das Untertreiben auch übertreiben.

Ich habe in London meinen Film »Der Blaumilchkanal« (in englisch »The Big Dig«) abgedreht, und hatte währenddessen Gelegenheit, einen interessanten Durchschnittslondoner näher kennenzulernen. Er war ein saudiarabischer Prinz namens Chalil-Yussuf (Name vom Autor zur Hälfte geändert). Der Prinz wohnte im Hotel des Playboy-Magazins und hatte auf den ersten flüchtigen Blick keine nennenswerten finanziellen Probleme. Als er entdeckte, daß ich Israeli bin, fiel er mir um den Hals. Er bestand umgehend darauf, daß ich im Hotelkasino auf seine Kosten Blackjack spielen müsse. Spät nachts, an der Bar des Hotels (er trank nur Orangensaft, mit Wodka), wollte er das ganze Hotel für mich kaufen. Ich habe seine Aufmerksamkeit wegen zu erwartender Führungsschwierigkeiten höflich zurückgewiesen.

Freundschaftliche Beziehungen zwischen Arabern und Juden überraschen nur jene Nahostexperten, die ihre Sachkenntnis in langjähriger persönlicher Erfahrung in Frankfurt am Main erworben haben.

Unsere Freundschaft war kurz aber herzlich. Allerdings waren unsere politischen Meinungsverschiedenheiten nicht immer leicht zu überbrücken. Der Prinz war für meinen Geschmack ein zu blinder Anhänger Israels. Manchmal mußte uns der Barkeeper sogar zur Ruhe mahnen, wenn unsere Debatten zu lebhaft wurden: Chalil-Yussuf verteidigte jeden Schritt meiner Regierung und beschimpfte gleichzeitig die syrische und ägyptische Sauwirtschaft...

Aber im zwischenmenschlichen Bereich kamen wir recht gut miteinander aus.

Bis zu dem Tag, an dem die Londoner »Times« mich mit einer Satire über ein Tagesthema beauftragte. Die Kurzgeschichte, die ich mir erwartungsgemäß aus den Fingern gesogen hatte, spielte in Riad, und auch mein Freund tauchte darin auf.

Die erste zuverlässige Nachricht über die öffentliche Versteigerung des Zweiten Sekretärs der Kgl. Britischen Botschaft in Riad, Edwin McKinsley, kam von einer saudi-arabischen Presseagentur und erregte in London einiges Aufsehen. Im Besitz McKinsleys waren elf Flaschen einer After-Shave-Lotion entdeckt worden, die nicht weniger als 60% Alkohol enthielt. Der Botschaftssekretär wurde zu 470 Stockschlägen verurteilt und nach Vollzug der Strafe auf dem Hauptplatz von Riad als Sklave an Scheich Mahmud Abu-Buba verkauft, einen Onkel des Königs von mütterlicher Seite (von welcher, ließ sich nicht genau feststellen). Der Kaufpreis belief sich auf die geringe Summe von 15 Guineas.

Soweit die Tatsachen. Man sollte sie nicht emotionell beurteilen, sondern im Rahmen des globalen Zusammenhangs, in den sie gehören.

Aus einem internen Memorandum des Foreign Office geht eindeutig hervor, daß der Botschaftssekretär mit den Stockhieben auf sein entblößtes Gesäß und mit dem anschließenden Verkauf in die Sklaverei ausdrücklich einverstanden war. Obwohl man ihn in flagranti bei der Verwendung jener alkoholischen Flüssigkeit ertappt hatte, behandelte man ihn – zweifellos auf Grund der engen wirtschaftlichen Beziehungen zwischen Saudi-Arabien und Großbritannien – mit bemerkenswertem Entgegenkommen. Man überließ ihm die Wahl, ob er seine Augen ausgerissen und den Kopf vom Rumpf getrennt haben wollte oder ob er es vorzöge, als Sklave weiterzuleben. McKinsley entschied sich aus freien Stücken für die zweite Möglichkeit.

Weiter ist zu bedenken, daß die Bestrafung als solche unter strenger Beachtung der in der Genfer Konvention festgelegten Vorschriften erfolgte. Die englische Regierung hat das bereits in aller Form zur

Kenntnis genommen. »Ich bin in der angenehmen Lage«, erklärte der britische Außenminister auf eine diesbezügliche parlamentarische Anfrage, »der ehrenwerten Versammlung mitteilen zu können, daß während der gesamten Dauer des Strafvollzugs ein Amtsarzt anwesend war und daß die saudiarabischen Behörden zwei eigens herangezogene Muezzins beauftragt hatten, die Prozedur mit Versen aus dem Koran zu begleiten. Überdies verlor der Verurteilte nach dem 120. Stockschlag das Bewußtsein, so daß er die restlichen 350 Schläge ohne den geringsten Schmerzenslaut über sich ergehen ließ. Wir dürfen stolz auf ihn sein.«

Kunte-Kinsley, wie der Botschaftssekretär seit Beginn seiner neuen Karriere genannt wird, erholte sich bald und hat einen Teil der Verwendbarkeit seines Sitzfleisches, wenn auch nicht zum Sitzen, seither wiedergewonnen. Scheich Abu-Buba ist mit ihm zufrieden und hat ihm gestattet, seinen persönlichen Regenschirm zu behalten. Zur Zeit beaufsichtigt Kunte-Kinsley die 182 Kinder des Scheichs und verwaltet deren leichte Unterwäsche.

Während man sich in Kreisen der Europäischen Wirtschaftsgemeinschaft angesichts der bevorstehenden OPEC-Konferenz und der steigenden Schwierigkeiten in der Ölversorgung äußerst beunruhigt zeigte, ließ es ein Teil der englischen Presse bedauerlicherweise an der gebotenen Zurückhaltung fehlen. »15 Guineas für einen erfahrenen Diplomaten?« fragte der »Sunday Telegraph« in einer balkendicken Überschrift. »Ein junges Kamel kostet mehr!« Das Blatt stellte fest, daß der Botschaftssekretär auf Grund seiner männlichen Erscheinung und seines sportgestählten Körpers als erstklassiges Sklavenmaterial zu betrachten sei. »Die für ihn bezahlte Kaufsumme«, schloß der Artikel, »ist eine Beleidigung unserer nationalen Würde und läßt sich nur mit den Hungerlöhnen vergleichen, wie sie die israelischen Eroberer in den besetzten Gebieten ihren arabischen Arbeitskräften zahlen.«

Der gemäßigte »Observer« beschäftigte sich mit der völkerrechtlichen Seite des Falles: »Was wird aus Kunte-Kinsleys Kindern, wenn sein Herr ihn mit einer Sklavin verheiratet? Sind sie britische oder saudische Bürger? Der Generalstaatsanwalt, den wir darüber befragt haben, neigt der Meinung zu, daß ihnen die saudiarabische Staatsbürgerschaft aufgezwungen werden könnte, ohne daß die Regierung Ihrer Majestät eine juristisch abgesicherte Möglichkeit zum Eingreifen hätte. Wir möchten nicht verhehlen, daß uns diese Sachlage mit tiefer Besorgnis erfüllt.«

Es wurden allerdings auch schärfere Töne hörbar. So verlangte »The Jewish Chronicle« die Entsendung britischer Flotteneinheiten in die saudiarabischen Hoheitsgewässer, stieß jedoch auf den entschiedenen Widerstand des Oberhauses, wo man nach Rücksprache mit dem Handelsministerium den Beschluß faßte, von einer Flottendemonstration abzusehen und statt dessen einen illustrierten Katalog mit den neuesten Erzeugnissen der englischen Rüstungsindustrie nach Riad zu schicken. Ähnlich ergebnislos verlief eine Debatte über den möglichen Abbruch der diplomatischen Beziehungen zu Südafrika. Im übrigen wurde von mehreren Rednern darauf hingewiesen, daß es sich bei Kunte-Kinsley nicht um einen Einzelfall handelte. Laut Geheimberichten der englischen Gegenspionage teilte er sein Sklavenquartier mit zwei wegen Trunkenheit verkauften amerikanischen Ingenieuren. Ein anderer englischer Diplomat, Sir Tobias (»Toby«) Middleborough, sei auf einer halboffiziellen Reise mit seiner Sekretärin bereits vor drei Jahren in Saudi-Arabien verschwunden und befände sich angeblich als Haremswächter in den Diensten eines nicht näher bezeichneten Scheichs. Auch die Sekretärin wurde nicht näher bezeichnet.

»Es gibt ein altes arabisches Sprichwort«, bemerkte der Schatzkanzler aus keinem besonderen Anlaß, »welches besagt, daß ein einmal abgeschlossener Kauf nur von Allah rückgängig gemacht werden kann.« Kunte-Kinsleys Ehefrau war anderer Ansicht und brachte die Regierung in größte Verlegenheit, als sie sich erbötig machte, ihren Mann von Abu-Buba zurückzukaufen. Der Scheich antwortete nicht. Ein vom Roten Kreuz nach Riad entsandter Funktionär traf zwar an seinem Bestimmungsort ein, doch fehlt seither jede Nachricht von ihm; man vermutet eine saisonbedingte Materialknappheit auf dem saudiarabischen Sklavenmarkt.

Unter dem Druck der öffentlichen Meinung richtete das Außenamt die folgende, in energischer, wenn auch höflicher Form gehaltene Botschaft an König Chalid:

»Die Regierung Ihrer Majestät betrachtet das physische Wohlergehen des Sklaven Kunte-Kinsley als Angelegenheit von höchster Bedeutung und möchte der

zuversichtlichen Hoffnung Ausdruck geben, daß die disziplinären Maßnahmen, die gegen den Genannten etwa ergriffen werden sollten, sich streng im Rahmen der internationalen Vereinbarungen über die Behandlung von Anfängersklaven vollziehen werden.«

Darüber hinaus macht die Regierung von allen ihr zu Gebote stehenden Mitteln der Geheimdiplomatie Gebrauch (die ja immer bedeutend wirksamer sind als lärmende Proteste) und ist in jeder Weise bemüht, das Schicksal McKuntes zu erleichtern. Sie hat sich beispielsweise für seine Verwendung als Küchengehilfe eingesetzt, ohne zunächst darauf zu drängen, daß ihm die Ketten abgenommen werden; ein dadurch ermöglichter Fluchtversuch wäre geeignet, sich auf das gute Einvernehmen zwischen den beiden befreundeten Staaten nachteilig auszuwirken. Einige konservative Abgeordnete gaben zu bedenken, ob man die in London scharenweise zu Besuch weilenden saudischen Prinzen nicht durch Einschränkung ihres Whiskykonsums unter moralischen Druck setzen könnte. Die Anregung wurde nicht weiter verfolgt, da man feststellen mußte, daß sich nahezu sämtliche Whiskydestillerien längst in saudiarabischem Besitz befänden.

Die Minister der OPEC-Länder hatten mittlerweile ihre Konferenz begonnen. Führende englische Warenhäuser brachten Kataloge in arabischer Sprache heraus. Die arabischen Einlagen in den englischen Banken erreichten eine Höhe von 800 Milliarden Pfund. Die Handelsbilanz wies eine leichte Besserung auf.

Unter diesen erfreulichen Umständen machte sich ein hoher Beamter des Außenministeriums erbötig, an Stelle Kunte-Kinsleys in die Sklaverei zu gehen. Die öffentliche Meinung jubelte – aber, wie sich zeigte, zu früh: Der saudiarabische Botschafter suchte den Beamten auf, prüfte seine Zähne, gab sie ihm zurück und verließ ihn mit den Worten: »Kommt nicht in Frage.«

Dennoch blieb das Außenministerium nicht untätig. Unter dem Titel »Rechte und Pflichten des modernen Sklaven« erschien ein Handbuch für Diplomaten, aus dem wir einige Punkte zitieren:

»Bei körperlichen Züchtigungen ist die Oberlippe steif zu halten und die Muskulatur der unteren Rükkenpartie aufzulockern. Es empfiehlt sich, von Zeit zu Zeit kleine Schmerzensschreie auszustoßen, um dem züchtigenden Personal die von ihm erwünschte Genugtuung zu bereiten.«

»Verwendung von Vaseline oder einer gleichwertigen Salbe beschleunigt den Heilungsprozeß.«

»Dem Herrn, bei dem man als Sklave bedienstet ist, nähert man sich auf allen Vieren (oder auf dem Bauch kriechend).«

»Befleißigen Sie sich bei der Entgegennahme von Befehlen größtmöglicher Kürze und Präzision: Yes, Massa! Thank you, Ma'am! und dergleichen.«

»Wahren Sie in Ihrem Verhalten stets die Würde Englands, dessen verkaufter Repräsentant Sie sind.«

Insgesamt darf gesagt werden, daß die englische Öffentlichkeit den Fall als erledigt ansieht und sich nur noch dafür interessiert, wann im Nahen Osten endlich alle besetzten Gebiete geräumt werden.

Hier endete also meine kurze Romanze mit Chalil-Yussuf. Zutiefst betrübt teilte mir der Prinz mit, daß man am Hofe seines Onkels, des Königs, nie seine Freundschaft mit einem Mann dulden würde, der sich über das britische Außenministerium lustig macht.

Die innige Beziehung zwischen London und seinen ehemaligen arabischen Untertanen ist unerschütterlich. Sie wurde nicht einmal durch den Fund der englischen Ölfelder in der Nordsee gefährdet.

Die Geschichte selbst ist in der »Times« nie erschienen. Die Engländer sind schließlich berühmt für die seltene Tugend, über sich selbst lachen zu können. Sie lieben eben Satiren über »Great Britain«. Nur jene nicht, die wirklich zutreffen.

Aber um der Wahrheit die Ehre zu geben: Einer der »Times«-Redakteure ließ mich ein halbes Jahr später doch noch wissen: Die Redaktion hätte sich das Urteil nicht leicht gemacht, aber die Satire läge leider unter meinem üblichen Niveau.

Dieser diplomatische Winkelzug hat mich nachdenklich gemacht. Als das Nachrichtenmagazin »Der Spiegel« bei mir einen Leitartikel bestellte, sagte ich nur unter der Bedingung zu, daß die Satire auch dann veröffentlicht würde, »wenn sie leider unter meinem üblichen Niveau läge«.

Analyse eines Komplexes

Das war aber auch der einzige Kontakt, den ich mit der großen Wochenzeitung hatte. Ich zähle den »Spiegel« zu den besten seiner Art in der ganzen Welt, aber sein negatives Vorurteil dem jüdischen Staat gegenüber ist so fest zementiert, daß es mir gelegentlich auf die Nerven geht.

Manchmal habe ich den Eindruck, daß ich selbst unter diesen Bannstrahl geraten bin.

Jedes Kind wünscht sich insgeheim eine Tarnkappe, die es unsichtbar macht. Im »Spiegel« habe ich es ohne Tarnkappe geschafft. Auf jeden Fall wurde ich und mein bescheidener satirischer Beitrag im Laufe der letzten 25 Jahre im »Spiegel« mit keinem einzigen Wort erwähnt.

Manchmal greife ich nach mir, ob ich trotzdem existiere.

Bei einem Empfang auf der Frankfurter Buchmesse flehte ich, im Hinblick auf meinen 60. Geburtstag und anscheinend unter dem Einfluß von Importweinen, den Chefredakteur des »Spiegel« an:

»Ich möchte nicht von dieser Erde gehen, bevor ich meinen Namen ein einziges Mal in Ihrer Zeitung gelesen habe. Es ist mir gleichgültig, was Sie schreiben. Mein Kompromißvorschlag ist: ›Wie konnten die abgedroschenen Scherze dieses drittklassigen israelischen Witzboldes in Deutschland so hohe Auflagen erreichen?‹«

Da glomm ein gewisses Interesse in den Augen des Chefredakteurs auf, aber nicht einmal um dieser Pointe willen war er bereit, mich von meinem »Spiegel«-Komplex zu erlösen.

Meine Schlacht um England

Gegenüber der »Times«-Redaktion kamen mir aber diese trübsinnigen Gedanken nicht. Ich bin, wie viele andere vor mir, an der Eroberung der britischen Insel einfach gescheitert. Meine Bücher erschienen in den besten englischen Verlagen, meine Theaterstücke und Filme wurden in London gezeigt, ich habe Vortragsreisen und PR-Tourneen durch die ganze Insel hinter mich gebracht – ein echter Erfolg war mir nicht beschert. Ich habe keine überzeugende Erklärung dafür. In der Literatur wie im Showbusiness bleibt anscheinend ein Geheimnis, was oder wer die Massen in Bewegung bringt.

Ich persönlich erkläre mir mein britisches Fiasko mit dem ausschließlichen Interesse der Engländer an sich selbst. Der Rest der Welt bedeutet für sie nur gewesene Kolonien.

Auf der anderen Seite der angelsächsischen Welt habe ich mehr Glück – obwohl Amerika die noch härtere Aschenbahn für den Amoklauf zum Erfolg ist.

Im Land der unbegrenzten Möglichkeiten: zu scheitern

Wenn England nicht mehr zu Europa gehört, dann liegen die USA auf einem anderen Planeten. Der Durchschnittsamerikaner (gibt es auch einen anderen?) versteht unter Bismarck einen Hering, unter Frankfurt eine Würstchenfabrik und unter Napoleon einen der bedeutendsten Brandys der Weltgeschichte.

New York regiert Amerika, und New York selbst wäre nichts ohne die »New York Times«. Von den Sitzungen des Senats bis zur Premiere eines Lilliputanertheaters, alles wird erst wirklich, wenn es in dieser allmächtigen Tageszeitung steht. Die Wochenendausgabe wiegt mit Beilagen drei Kilo. Bei Regen vier.

Auf eine paradoxe Art ist sie aber auch eine sehr ehrliche Zeitung. Als die erste Mondrakete, Apollo 11, in das Weltall geschossen wurde, veranstaltete die Zeitung eine Umfrage unter den Schriftstellern aller Nationen: »Was halten Sie von Amerika?« Ich gab eine unerwartete Antwort: »Wenn die Götter eine Nation bestrafen wollen, machen sie sie zum Verbündeten der Vereinigten Staaten.«

Ein von Vietnamesen hochgeschätztes Bonmot

Genau so stand es in der »New York Times«.

»Drehen Sie sich um, Frau Lot«, mein erstes Buch, das ich ausländischen Verlegern anbot, erntete zunächst nur Absagen. Auch der S. Fischer-Verlag, Herausgeber meiner Theaterstücke, lehnte es mit höflichem Bedauern ab. »Keine Erfolgschancen beim deutschen Leserpublikum«, war das Urteil des Verlagslektors. Dann wurde Frau Lot von der »New York Times« zum »Book of the Month« gewählt. Noch am gleichen Tag erhielt ich telegraphische Angebote von Verlegern aus aller Welt. Auch der S. Fischer-Verlag war dabei.

Wie mich Herr Berman Fischer informierte, wurde der Lektor inzwischen aus gesundheitlichen Gründen umgeschult.

Glück? Ist alles nur Glück?

Ja, alles ist Glück.

Wie sonst sollte man den Haupttreffer in der Lotterie bezeichnen?

In Frankfurt werden auf der Buchmesse Jahr für Jahre eine halbe Million neue, schöne, gute, interessante Bücher ausgestellt. Aus diesen 500 000 wählt der Kritiker des »Literary Supplement of the New York Times« 12 Bücher jährlich aus (es gibt nämlich nicht mehr Monate pro Jahr). Habe ich Lotterie gesagt? Nein, dort stehen die Chancen für einen Schriftsteller weitaus besser...

Besonders für einen Schriftsteller, dessen Gesicht noch unbekannt ist. Denn besonders in den USA gilt: ohne Fernsehen keine Popularität. Für einen Auftritt im amerikanischen Fernsehen gibt es verschiedene Anlässe: künstlerischen Erfolg, Sexualmord oder Spionage. Der beste Weg aber ist immer noch ein schlagzeilenintensiver Scheidungsprozeß. Für diese Werbemethode gibt es auf der Madison Avenue bereits hartgesottene Spezialisten...

Eine todsichere PR-Methode ist, auf den Präsidenten zu schießen.

Ja, die Amerikaner sind von Natur aus »publicity minded«. Sie sind damit geboren wie die Fledermäuse mit ihrem berühmten Radar. Das reicht bis in den letzten Winkel der Privatsphäre. Ein hundertprozentiger Amerikaner zeigt auch zehn Minuten vor seinem Selbstmord noch das blendend weiße Gebiß und jauchzt: »I feel fine!« Filmstars und Bestsellerautoren engagieren Scharen von gescheiteren Leuten, die nichts anderes tun, als sich den Kopf zu zerbrechen, wie man in die Klatschspalten oder auf den allmächtigen Bildschirm kommt.

Man erzählt in Hollywood, daß die PR-Agentur von Frank Sinatra einmal im Monat einen Pressefotografen mietet, dessen Kamera der besoffene Frankie unter Tobsuchtsanfällen kurz und klein schlägt. Jeden zweiten Monat muß auch der Fotograf daran glauben. (Für K. o. gibt es einen Aufpreis.) Er ist ein Meister der Massenhypnose, dieser Frankieboy. Als ich ihm vorgestellt wurde, strahlte sein höhensonnengebräuntes Gesicht auf:

Wir Europäer wollen gern gesund sein. Die Amerikaner sind dazu verpflichtet. Ein blasses Gesicht ist in den USA verfassungswidrig.

»Oh, Mr. Kitchen, wie glücklich ich bin Sie kennenzulernen«, schwärmte er und umarmte mich. »Ihr letzter Artikel in der Jerusalem Post hat mir enormes Vergnügen bereitet, besonders – hahaha – Ihre hintergründige Bemerkung über den Neumond...«

Und so weiter. Um keine falschen Vorstellungen aufkommen zu lassen: Frankie hatte weder eine Ahnung, wer ich bin, noch was diese Post aus Jerusalem bedeutet, noch von welchem Neumond die Rede war. Mit all diesen Daten wurde er zehn Minuten vor unserem Treffen von seinem PR-Team gefüttert. Und er weiß, daß ich weiß, daß er weiß. Aber sein Lächeln war unwiderstehlich...

Natürlich spricht der Neid aus jedem meiner

Worte. Ich hätte mein letztes Hemd hergegeben, um in Amerika Travolta zu werden. Einmal war ich fast soweit. Kurz bevor ich aber auf der Talk-Couch eines der großen TV-Päpste saß, wurde ich gegen die Mätresse des Hochstaplers ausgetauscht, der Howard Hughes' Autobiographie gefälscht hat. An dem Tage habe ich das Vorhaben aufgegeben, Amerika im Sturm zu erobern. Statt dessen habe ich eine Geschichte geschrieben, die fast so komisch ist, wie ich mich fühlte.

Eine First-class-Talkshow in New York ist einer Heiligsprechung im Vatikan gleichzusetzen.

In Amerika«, sprach meine Tante Trude, als wir eines Abends den Stadtteil Brooklyn durchwanderten, »in Amerika kannst du ohne Publicity keine Karriere machen.«

»Ich weiß«, antwortete ich kleinlaut. »Aber wie soll ich das anfangen?«

»Du mußt irgendwo auftreten. Das wäre das beste. Oder etwas Ähnliches. Glücklicherweise habe ich ausgezeichnete persönliche Verbindungen sowohl zum Rundfunk wie zur Presse. Im Rundfunk wird es leichter sein, weil ich in der Presse niemanden kenne.«

Der Rest war ein Kinderspiel. Meine Tante trifft bei ihrem Friseur gelegentlich mit Frau Perl Traubman zusammen, die seit vierzig Jahren in einem jiddischen Radiosender New Yorks die beliebte »Fanny-Swing-Show« leitet, ja mehr als das: Frau Traubman ist mit Fanny Swing identisch und verfügt sowohl in Brooklyn wie in der Bronx über eine große Anhängerschaft besonders unter den Hausfrauen.

Schon wenige Tage später kam Tante Trude vom

Friseur nach Hause; ihr Gesicht unter den frisch gelegten Dauerwellen strahlte:

»Perl Traubman erwartet dich morgen um 7 Uhr 30 im Studio 203. Ich habe ihr gesagt, daß du Beat-Lyrik schreibst und ein Oberst bei den israelischen Fallschirmjägern bist, und sie war sehr beeindruckt. Du bist auf dem Weg zu einer amerikanischen Karriere.«

Wir fielen einander schluchzend in die Arme.

Frau Traubman-Swing ist eine freundliche Dame von Anfang Sechzig und sieht auch nicht viel älter aus, wenn man ihre knallblond gefärbten Haare und ihre grellrot geschminkten Lippen außer acht läßt. Ich mußte im Studio 203 eine halbe Stunde auf sie warten, denn sie erschien erst knappe zwei Minuten vor dem Beginn der Live-Sendung und begann sogleich die verschiedenen Meldungen vorzulesen, die man im Senderaum für sie vorbereitet hatte. Als sie fertig war, schüttelte sie mir zur Begrüßung die Hand und fragte:

»In welcher Synagoge singen Sie, Herr Friedmann?«

Ich berichtigte, daß ich meine liturgische Tätigkeit aufgegeben hätte, und stellte mich als der lyrische Oberst von Tante Trudes Friseursalon vor.

»Richtig, richtig.« Frau Traubman blätterte gedankenvoll in den vor ihr liegenden Papieren. »Kantor Friedmann kommt ja erst nächste Woche. Schön, wir können anfangen.«

Ein rotes Lämpchen flammte auf, ein mürrischer Glatzkopf kam in den Raum geschlurft, rief dreimal

»Fanny« ins Mikrophon und setzte sich zu uns an den Tisch. Frau Traubmans Stimme, die eben noch geschäftsmäßig zerstreut geklungen hatte, nahm das schwelgerische Timbre einer verliebten Nachtigall an:

»Guten Morgen, Freunde. Sie hören Ihre Freundin Fanny Swing aus New York. Draußen regnet es, aber wenigstens ist es nicht feucht, sondern kühl. Sollte der Winter gekommen sein? Und weil wir schon von ›gekommen‹ sprechen: in unser Studio ist heute ein sehr lieber Besuch gekommen, ein guter alter Freund, dessen Namen Ihnen allen bekannt ist, besonders den Besuchern der Or-Kabuki-Synagoge ...« (hier machte ich mich mit einer Handbewegung bemerkbar, die Frau Traubman sofort kapierte), »... aber auch alle anderen werden den großen israelischen Dichter kennen, der soeben eine kurze Inspektionsreise durch die Vereinigten Staaten unternimmt. Er ist aktiver Oberst in der israelischen Luftwaffe und Reserve-Astronaut. Wie geht es Ihnen, Herr Kitschen?«

»Danke«, antwortete ich in fließendem Englisch. »Sehr gut.«

»Das freut mich. Wie gefällt Ihnen New York?«

»Sehr gut, danke.«

»Waren Sie schon im Theater?«

»Noch nicht, aber ich habe für übermorgen eine Karte zu einem erfolgreichen Musical, und was mein eigenes Stück anlangt –«

»Jakobovskys Speiseöl kocht von allein«, bemerkte Frau Traubman freundlich. »Für eine leicht verdauliche und dennoch nahrhafte Mahlzeit – für Sirup und Salat – für Gebäck und Gemüse – nur Jakobovskys Speiseöl! Was meinst du, Max?«

Das war keine rhetorische Frage. Sie richtete sich vielmehr an den mürrischen Glatzkopf von vorhin, der seine Zeitungslektüre mit sichtlichem Widerwillen unterbrach und sich ein wenig zum Mikrophon vorbeugte. Er war, wie ich später erfuhr, der politische Kommentator und Theaterkritiker des Senders, half aber auch bei den Werbespots der Fanny-Swing-Show mit.

»Jakobovskys Speiseöl ist das beste koschere Öl der Welt«, bestätigte er. »Nichts schmeckt besser als Jakobovsky!«

Er schmatzte hörbar mit den Lippen und vertiefte sich wieder in die Lektüre seiner Zeitung.

»Jakobovskys Speiseöl enthält kein Nitroglyzerin«, resümierte Fanny Swing, und dann war wieder ich an der Reihe: »Sie schreiben Ihre Gedichte allein, Herr Kitschen?«

»Ja«, antwortete ich, »danke.«

»A schejn git'n Tug«, ließ Fanny sich daraufhin vernehmen. »Mein Großvater hat immer jiddisch gesprochen, wenn er wollte, daß wir Kinder ihn verstehen. Er hat auch Gedichte geschrieben. Nicht jiddisch, sondern russisch. Gott hab ihn selig.«

Ich könnte geradezu spüren, wie mein Ruhm von Minute zu Minute wuchs. Dank meiner Teilnahme an dieser grandiosen Sendung würde er demnächst Alaska erreicht haben. Es war ja auch wirklich keine Kleinigkeit, an der Fanny-Swing-Show mitzuwirken. Manch einer würde sich das etwas kosten lassen, und ich durfte es ganz umsonst tun. Tante Trude bezifferte den Höreranteil auf 55 Prozent im Schatten. So etwas will ausgenützt sein.

»Jiddisch und Russisch sind schöne Sprachen«, sagte ich. »Was mich betrifft, so schreibe ich hebräisch.«

»Wie schön!«

»Ja, danke.«

»Ich für meine Person habe keine Sorgen mit dem Essen«, tröstete mich Frau Traubman. »Jakobovskys Speiseöl kocht von allein. Ob Fleisch- oder Teigwaren, ob Braten oder Beilagen – es gibt nichts besseres als Jakobovskys Speiseöl, Nicht wahr, Liebling?«

»Ich koche nur selten«, antwortete ich, »aber –«

Fanny Swing machte eine nervöse Gebärde zum mürrischen Glatzkopf hin, der die Situation sofort erfaßte:

»Jakobovskys Öl ist koscher bis zum letzten Tropfen. Für mich gibt's nur mit Jakobovskys Öl zubereitete Speisen.«

»Schmackhaft und leicht verdaulich – kein Nitroglyzerin – wenn Öl, dann Jakobovsky!« bekräftigte Fanny, ehe sie sich aufs neue mir zuwandte: »Herr Friedmann, wo werden Sie zu den Feiertagen singen?«

»Ich habe mich noch nicht entschieden«, sagte ich wahrheitsgemäß.

»Wir alle kommen in Ihre Synagoge, um Sie zu hören.«

»Das freut mich.«

»Ich bin sicher, daß Sie großen Erfolg haben werden, Herr Friedmann.«

»Wie sollte ich nicht?« fragte ich. »Mit Jakobovskys Speiseöl gibt's keinen Fehlschlag.«

»Sehr richtig. Es kocht von allein.«

»Jakobovskys Speiseöl ist das beste«, ergänzte ich bereitwillig. »Hab ich nicht recht, Max?«

»Für mich gibt's nur Jakobovsky«, improvisierte Max. »Koscher, schmackhaft und leicht verdaulich.«

Ich schnalzte mit den Lippen ins Mikrophon.

Frau Traubman-Swing sah nach der Uhr:

»Vielen Dank, Herr Friedmann. Es war schön, Sie als Gast in unserem Studio zu haben und einmal aus wirklich kompetentem Mund etwas über den israelischen Synagogengesang zu hören. A git'n Tug und Schalom!«

»Schalom und Salat!« erwiderte ich. »Und Sirup!«

Meine amerikanische Karriere war nicht mehr aufzuhalten.

Diese Geschichte wurde in vielen Sprachen nachgedruckt (mit besonderem Vergnügen natürlich im Ostblock), aber in Amerika ist sie nie erschienen. Als der größte Taschenbuchverlag der Welt, Bantam Books in New York, eine Auswahl meiner besten Satiren herausbrachte, weigerten sich die Lektoren, diese Erzählung mitaufzunehmen:

Mein Buch hieß »New York isn't America«. In Wirklichkeit aber ist Amerika nur ein Vorort von New York.

»Was soll daran lustig sein?« fragten sie mich. »So verkauft man doch Speiseöl, oder?«

Ich kam also nicht durch die Massenmedien nach Hollywood, sondern durch einige Preise, die man meinen Filmen dort aus Versehen verliehen hat.

Monatelang war ich in dieser zauberhaften Stadt, und jeden Morgen, wenn ich mich von meinem vollautomatischen Bett erhob, prüfte ich als erstes im Spiegel, ob ich noch vorhanden wäre. In Hollywood ist man nämlich entweder ein Star oder gar nichts. Entweder klingelt das Telephon Tag und Nacht, oder es klingelt überhaupt nicht. Vom goldenen Mittelweg kennt man in dieser Stadt nur das Gold. Über den steinigen Weg dahin habe ich am Tatort selbst die folgende Geschichte geschrieben.

Nach jüngsten statistischen Erhebungen sind ein Drittel der Einwohner Hollywoods Alkoholiker, ein Drittel ist rauschgiftsüchtig und ein Drittel noch unentschieden.

Du stehst auf der Terrasse im 33. Stockwerk deines Hotels und meditierst über den berühmten Sunset Boulevard, der in seiner imposanten Breite und Länge vor dir läuft und läuft und läuft, um schließlich jenseits der Nr. 11395 im unendlichen Raum zu versickern.

Die längste Stadt der Welt, Los Angeles, ist immer noch Metropole und Nervenzentrum des Films. Und wenn die Studios schon keinen Profit zeigen, so zeigen sie immerhin die Fußabdrücke von Charlie Chaplin, Greta Garbo und Mickymaus. Du erschauerst, letzten Endes befindest du dich hier in der großen Traumfabrik, im Vatikan der Filmindustrie. Und du hast einen neuen, eben fertiggestellten Film hier zu verkaufen. Kaum daß dir dieser Gedanke in seiner ganzen Tragweite zu Bewußtsein kommt, klopft es für gewöhnlich an die Tür. Meistens steht ein sorgfältig geschniegelter Mann da, der dir einen kleinen Blumenstrauß entgegenhält:

»Gestatten Sie mir, Sie in Hollywood willkommen zu heißen, Mr. Kitchen«, sagt der Mann und überreicht dir eine eindrucksvoll gestaltete Visitenkarte, deren erhabene Goldbuchstaben verkünden: »Präsident, Cinemastro Corporation Ltd.«

»Es wurde mir hinterbracht, daß Sie unsere Stadt mit Ihrer Anwesenheit beehren«, flötet der Präsident. »Ich mußte schnell vorbeikommen, um Ihnen zu sagen, wie großartig ich Ihren Film finde. Leider habe ich ihn noch nicht gesehen. Herzliche Gratulation.«

»Nehmen Sie Platz«, erwiderst du freudig erregt. »Warum stehen Sie denn?«

»Sie kennen vermutlich ›Sintflut & Co‹, die bekannte Installationsfirma in Tel Aviv.« Der Gast setzt sich. »Sie gehört meinem Cousin. Daher, mein lieber Ephraim, hielt ich es für meine Pflicht und Schuldigkeit herzukommen, um dich zu warnen: Hüte dich vor den Gaunern dieser Stadt. Hier pflegt man unangemeldet in dein Hotelzimmer einzudringen, um dich zu belästigen. Hier wird man dir die niederträchtigsten Lügengeschichten über irgendwelche Verwandte in Israel erzählen. Aber in Wirklichkeit will jeder nur dein Exklusivagent werden, um eventuelle Provisionen zu kassieren. Und weil wir gerade dabei sind, was für einen Film hast du zu verkaufen?«

Nach kurzer, aber ausführlicher Verhandlung schlossen wir folgendes Abkommen: Der Präsident erklärte sich bereit, für eine eventuelle Provision mein Exklusivagent zu werden.

Ich war von dieser Idee begeistert, denn es hätte mir widerstrebt, meinen Film einem wildfremden Menschen auszuhändigen. Wir beschlossen, beim Frühstück unseren Pakt zu besiegeln. Aber kaum hatte mein Wohltäter den Raum verlassen, klopfte es an der Tür, und diesmal stand ich einem Gentleman gegenüber, der nicht nur durch seine elegante Kleidung, sondern auch durch einen zarten Silberblick auffiel.

»Ich hoffe, Sie haben noch nichts unterschrieben.« Der Mann stürzte in mein Zimmer. »Wie ich diesen Gauner kenne, hat er Ihnen erzählt, daß er israelische Verwandte hat und daß Sie sich vor den Verbrechern dieser Stadt vorsehen sollen. Das ist sein Trick. Dann bringt er Sie dazu, einen fadenscheinigen Kontrakt zu unterschreiben, schnappt Ihren Film, und das ist das letzte, was Sie von ihm sehen.«

Ich dankte ihm überschwenglich dafür, daß er mich fünf Minuten vor zwölf aus den Fängen dieser Hyäne befreit hatte. Mein Gast zog seinen sorgfältig gefalteten Vertrag aus der Tasche: »Ich biete Ihnen ein Drittel von den Bruttoeinnahmen«, sagte er, »unterschreiben Sie bitte hier.«

Mein Kugelschreiber befand sich schon auf der gestrichelten Linie, da erschien plötzlich ein schwarzer Domestike und überreichte mir ein Telegramm: »Sie sind in Gefahr«, *las ich,* »ich warte unten Buchbinder.«

»Verzeihen Sie«, sagte ich zum Drittel der Bruttoeinnahmen und stürzte hinunter. Buchbinder, hinter einer riesigen Zimmerpalme versteckt, wartete auf mich:

»Der Gangster in Ihrem Zimmer arbeitet mit dem Präsidenten zusammen. Vor Jahren, als sie einander im Zuchthaus für Triebverbrecher in Alabama trafen, beschlossen die beiden, Partner zu werden. Der Silberblick warnt Sie vor seinem Partner, um sich Ihr Vertrauen zu erschleichen. Aber bevor Sie wissen, wie Ihnen geschieht, ist Ihr Film in den Händen der Mafia. Die beiden Schurken haben schon einen ganzen Friedhof in Hollywood bevölkert. Ich

kann nur hoffen, daß Sie noch nichts unterschrieben haben.«

»Natürlich nicht«, lächelte ich herablassend. »Ich bin nicht so gutgläubig, wie ich aussehe.«

»Das sehe ich«, pflichtete mir Buchbinder bei. »Was Sie brauchen, ist eine anerkannte, respektable Filmgesellschaft, der Sie vertrauen können. Ich verbringe einen Teil meiner Freizeit als Vizepräsident von Metro Goldwyn Mayer. Wo ist die Kopie Ihres Filmes?«

»Ich hole sie sofort, Herr Vizepräsident«, sagte ich glücklich über dieses unerwartete Zusammentreffen. Doch in diesem Augenblick tauchte der Hotelportier auf der anderen Seite der Palme auf und flüsterte mir zu, daß ich dringend am Haustelephon verlangt werde. Silberblick, der, wie erinnerlich, noch in meinem Zimmer saß, rief mich von oben an.

»Hallo«, hauchte er, »ist er weg?«

»Wer?«

»Der Schweinehund. Er stellt sich immer als Vizepräsident vor, obwohl er ein heruntergekommener Taschendieb ist. Er hat Ihnen sicher erzählt, daß ich mit dem Präsidenten zusammenarbeite, daß wir ein berüchtigtes Gangsterpaar sind. Stimmt's?«

»Es ist durchaus denkbar«, stotterte ich, »daß Vizepräsident Buchbinder irgend etwas in dieser Richtung angedeutet hat.«

»Buchbinder ist sein Deckname, in Wirklichkeit heißt er Kraus. Er wird als Rückfalltäter wegen Vergewaltigung Minderjähriger von der Interpol gesucht.«

»Woher wissen Sie das?«

»Er ist mein bester Freund.«

Ich ging zurück zum Schweinehund und brach die

Verhandlungen unter dem Vorwand ab, daß die Kopie meines Films eben gewaschen und abgeschmiert werde. Dankerfüllten Herzens eilte ich zum Silberblick in mein Zimmer, aber während wir mit dem Lift am 22. Stockwerk vorbeifuhren, beugte sich der betagte Liftboy zu mir und wisperte in mein Ohr:

»Ich hoffe in Ihrem Interesse, daß Sie kein Geld oder sonstige Wertsachen in Ihrem Zimmer aufbewahren. Ihr Gast ist jener König der Geldschrankknacker, der erst heute morgen von der Teufelsinsel entsprungen ist, um sich hier in einem Freudenhaus zu verbergen. Außerdem lügt er.«

Der Greis reichte mir seine Visitenkarte: »Confidential Films, Movie Distribution Company. Schnell, gründlich, zuvorkommend.«

»Einigermaßen verwirrt betrat ich mein Zimmer im 33. Stockwerk.

»Hat Sie der Liftboy angesprochen?« Der Silberblick musterte mich mißtrauisch.

»Nein«, antwortete ich, »warum sollte er?«

»Hüten Sie sich vor ihm«, warnte mich der Silberblick. »Er ist ein stadtbekannter Bigamist, der seine Alimente durch Pferdediebstahl finanziert. Wissen Sie was? Nehmen Sie doch endlich den Kugelschreiber und finalisieren wir den Vertrag.«

Das Telephon läutete. Ich hob den Hörer ab und sagte: »Hallo, ich habe noch nicht unterschrieben.«

»Gott sei Dank«, am andern Ende seufzte jemand erleichtert. »Ist das Bob?«

»Nein, Kitchen. Sie sind falsch verbunden.«

»Bob ist eine Ratte, halten Sie ihn sich vom Leibe«, sagte der Mann.

Ich erwiderte ihm »Wem sagen Sie das?« und legte auf. Inzwischen war ich durch den Professionalismus, mit dem ich weichgeklopft werden sollte, etwas durcheinander geraten. Ich wandte mich vom Telephon ab und widmete mich wieder dem Silberblick, der eben hektisch meinen Kleiderschrank durchwühlte, in der Hoffnung, dort die Kopie meines Films zu finden.

»Das ist nur Routine.« Er durchsuchte die Taschen meiner Tennishose, ehe er sie mißmutig wieder in den Schrank hängte. »Sehr klug von Ihnen, den Film zu verstecken. In dieser Stadt wimmelt es von Ganoven, die sich nicht scheuen, Ihren Kleiderschrank zu durchwühlen. Erlauben Sie, daß ich mich vorstelle? Ich bin Colonel Westinghouse vom 17. Kavalleriekorps.«

Bei dieser Gelegenheit fiel mir erst auf, daß es nicht mehr der Silberblick war, sondern jemand ganz Neuer. Ein Mann mit einem roten Schnauzbart und einem riesigen Texashut. Die beiden müssen irgendwann Zimmer getauscht haben.

»Geben Sie den Film nicht aus den Händen«, warnte mich der Colonel. »Sie befinden sich hier in Sodom. Sie sitzen zum Beispiel in einem prviaten Vorführraum am anderen Ende der Stadt, gemeinsam mit einem hochangesehenen Agenten, er könnte Ex-Offizier sein oder ähnliches, und mitten in der Vorführung holt man hinter Ihrem Rücken die Filmrollen weg, bringt sie ins Fotolabor nebenan, wo sie skrupellos kopiert werden. Dann verkauft man die gestohlenen Kopien nach Kuweit an die Ölscheichs. Die zahlen fantastische Preise für einen weißen Film.«

Nackte Angst begann mich zu würgen. »Ich ver-

stehe nicht, sind das alles Verbrecher hier, Colonel Westinghouse?«

»Vergessen Sie Westinghouse. Der Kerl ist einer der ärgsten Unterweltler, ein diebischer Betrüger, ein betrügerischer Dieb ...«

»Verzeihen Sie«, unterbrach ich ihn, »sind Sie nicht selbst Westinghouse?«

Der Colonel verfiel in Schweigen und zwinkerte einige Male, während er an seinem roten Bart kaute. »Ich bin ein bißchen durcheinander«, gestand er schließlich. »Ich meinte jemand anderen. Diese Stadt wimmelt von elenden Zuhältern, die meisten sind auch Grabräuber. Sie kotzen mich an, alle. Also, wo ist Ihr Film, Mr. Kitchen? Ich möchte ihn gerne einmal ansehen.«

»Ansehen? Wo?«

»In einem privaten Vorführraum am andern Ende der Stadt.«

»Ich habe ihn nicht bei mir«, würgte ich hervor, »ich traue mir selbst nicht.«

»Was haben Sie über sich gehört?«

Ich zog ihn vertrauensvoll in die andere Ecke des Zimmers. Plötzlich fühlte ich mich leicht und beschwingt. Die Worte sprudelten nur so aus meinem Mund: »Ich bin der größte Gauner, den Sie je gesehen haben, ein notorischer Berufslügner ...«

»Großartig!« der Colonel klopfte mir auf die Schulter. »Willkommen in Hollywood!«

Wir schüttelten uns die Hände und beschlossen stehenden Fußes, eine Filmagentur zu gründen und uns gegenseitig so oft wie möglich nach Leibeskräften zu betrügen. Seitdem lebe ich in Hollywood und vertreibe Verleumdungen en gros. Die Geschäftsadresse lautet: »Westinghouse & Kitchen, Vereinigte Intrigenspinnerei, 10712 Sunset Boulevard. Eingang durch den Hof. Unterschreiben Sie nichts!«

Was wahr ist an dieser Geschichte? Die Existenz ihrer Helden? Die Ereignisse? Nein, das alles ist erfunden. Wahr ist nur das eine: die Weltanschauung. Also das Wesentliche.

Ja, die Amerikaner sind eben sehr – sehr – wie soll ich sagen – amerikanisch. Es ist kein Zufall, daß der einzige Schauspieler, mit dem ich in Hollywood eine gemeinsame Sprache fand, Karl Malden war, der ältere Polizist aus den »Straßen von San Francisco«. Als ich ihn fragte, wie er es angestellt habe, in diesem faszinierenden Sodom so natürlich und normal zu bleiben, antwortete mir der Mann mit der Knollennase: »Sehr einfach, ich bin Jugoslawe.« Er fühle sich bis heute fremd hier, ergänzte er mit behaglichem Grinsen...

Ein Gerechter in der Hochburg der Schlitzohren

Bei meinem letzten Hollywood-Besuch lernte ich noch jemanden kennen, der hier nie heimisch wurde.

Ich saß im Garten des Beverly Hills Hotels, als mich jemand anstieß:

»Drehn Sie sich nicht um! Wissen Sie wer dort sitzt?«

Begegnung mit einem Denkmal

Ich schielte hinter mich. Am entferntesten Gartenende saß ein einsamer Mann mit schlohweißen Haaren, regungslos vor sich hinblickend. Trotz des warmen Tages war er in einen dicken Wintermantel gehüllt.

Mit Riesensätzen erklomm ich die Hoteltreppe und holte aus meinem Zimmer die kleine Filmkamera.

Dann drehte ich mit zittrigen Händen meinen ersten Charlie-Chaplin-Film ...

Als Tarnung filmte ich zunächst den Oberkellner und schwenkte dann zur lebenden Legende. Das Teleobjektiv brachte mir das rosige, aufgedunsene Gesicht des Alten vors Auge, ein völlig ausdrucksloses, leeres Gesicht, einzig und allein von einer spürbaren Ängstlichkeit geprägt.

Im nächsten Augenblick stand der Hotelmanager hinter mir:

»Es ist ausdrücklich verboten, Mister Chaplin ohne Genehmigung seines Public Relations Managers zu filmen. Und es ist schon gar nicht gestattet, ihn anzusprechen.«

Ich bedauerte meine Vorwitzigkeit.

Die melancholische Geschichte, die danach entstand, war eigentlich eine einfache Reportage, vielleicht die erste und einzige, die ich in meinem Leben schrieb. Ich gab ihr den Titel »Die letzte Rolle«. Eigentlich wollte ich ja etwas Humoristisches über den größten Komödianten aller Zeiten schreiben, aber dazu war diese Begegnung nicht angetan.

Als ich am vereinbarten Treffpunkt, der Villa des Schauspielers Walter Matthau eintraf, sah ich, worum es hier ging. Zahlreiche Polizisten und Ordner sorgten für die organisierte Unordnung der Sensation. Im großen Garten der Villa saß Charlie Chaplin in seinen Wintermantel gehüllt, um ihn herum das seltsamste Museum, das Hollywood je gesehen hat. Als wären wir in einem Film-Panoptikum gelandet. Der hochgewachsene Gregory Peck bückte sich tief, um das Ohr des Greises zu erreichen, und seine sonore Stimme klang wie Londons Big Ben. Hinter ihm tauchte plötzlich das junge sonnengebräunte Gesicht des alten Cary Grant auf. Neben Chaplin saß Groucho Marx und versuchte vergeblich, gemeinsame Erinnerungen wieder zu beleben. Charlie selbst sah verlegen drein, und von Zeit zu Zeit entschuldigte er sich mit seiner hohen und leisen Stimme:

– Ja, ja ... das ist lange her ... es tut mir leid, ich erinnere mich nicht mehr ...

Seine Frau Oona, sechsunddreißig Jahre jünger, betrachtet ihn mit mütterlicher Liebe. Der Außenseiter kann sich des Gefühls nicht erwehren, daß Charlie nur mehr dank dieser Frau lebt. Walter Matthau, der Hausherr, ist besonders freundlich. Über Jahrzehnte war er ein unbekannter Schauspieler des Jiddischen Theaters, ehe ihm der Sprung ins Scheinwerferlicht gelang. Auch Jack Lemmon beugt sich über Chaplin. Er soll am Tag darauf, nach der Verleihung des Oscar-Filmpreises, ein Lied des Alten singen. Es ist jedoch praktisch unmöglich, dem Greis eine eindeutige Reaktion zu entlocken. Er schweigt, zuckt, richtet hin und wieder einen hilflosen Block auf Oona, und manchmal sieht es aus, als würde er gleich losweinen.

Danny Kaye hat den Versuch einer Unterhaltung mit ihm bereits aufgegeben und steht wie üblich schweigend, mit einem Glas in der Hand allein da. Ich sehe ihn an. Dieser traurige Mann, der die Welt zum Lachen bringt, hätte ein neuer Chaplin sein können. Danny Kaye schüttelt meine Hand:

– Hallo – sagt er – wie geht es, trauriger Mann?

Seine Frau, eine äußerst kluge Person, erklärt, daß es seit Bestehen der Filmmetropole nicht gelungen sei, alle diese Leinwandkönige an einem Ort zu versammeln, und daß dieses Wunder einzig dem großen Charlie zu verdanken sei.

Die Könige haben jedoch dafür gesorgt, daß allein die Vergangenheit anwesend ist, die Zukunft hat hier keinen Zutritt. Und in der Tat ist nirgendwo ein junger Schauspieler zu sehen, auch keine anderen jungen Leute, außer den Musikern und den minderjährigen, sechsten bis siebten Ehefrauen der alternden Stars. Die Ausnahme stellt die traumhaft schöne Candice Bergen, die im Auftrag der Wochenzeitschrift »Life« den Besuch Chaplins in den Vereinigten Staaten fotografieren soll. Sie war einmal Pressefotografin, und eilt, ihren berühmten Hintern in abgetragenen Hosen und mit drei Kameras um den Hals, hin und her. Ich gehe zu Groucho Marx und begrüße ihn. An seiner Seite sitzt eine äußerst hübsche junge Dame. »Meine Konkubine«, stellt er sie vor. Ich erinnere ihn daran, daß wir uns vor einigen Jahren bei den Wiener Filmfestspielen getroffen haben. Welche Filmfestspiele wundert er sich, was denn, Wien? Er kann sich an gar nichts erinnern. Das Alter. Die Kapelle spielt einen Walzer…

Ich werde Chaplin vorgestellt: »Israels Kandidat für den Oscar, Maestro.«

– Ja, ja – flüstert er – die Juden haben viel gelitten, ich weinte damals… Sie sind also ein Amerikaner… Ich bin zum erstenmal wieder hier…

Mein Herz blutet. Dieser Mann ist weltbekannt wie Jesus Christus oder Napoleon Bonaparte. Er hat in seinem langen und inhaltsvollen Leben alles erreicht. Und nun verengt sich ein kleines Blutgefäß in seinem Kopf immer mehr, und es gibt keine Rettung. Die Natur kennt keinen Adel, sie vollzieht die Gleichheit aller. Schon bei Chaplins erstem Auftritt im New Yorker Fernsehen war der Verfall unverkennbar. Der Greis erhielt vom Bürgermeister den Goldenen Schlüssel der Stadt und brach in Tränen aus. »Ich bin so gerührt«, murmelte er. Trotz des Verbots trat eine Journalistin an ihn heran und fragte, wie ihm wohl die Reise bekommen sei.

– Der Bürgermeister ist mein Freund – antwortete Chaplin. Die Journalistin entschuldigte sich bei ihren Zuhörern: »Er hat vermutlich meine Frage nicht verstanden ...«

– Gelegentlich kehrt wieder völlige Klarheit ein, und er ist brillant und scharfsinnig wie in den guten Zeiten – berichtet einer seiner Begleiter –, tragischerweise hat sich sein Zustand gerade in den letzten Tagen verschlechtert. Er wollte gar nicht kommen, und auch Oona widersetzte sich der Reise bis zum letzten Augenblick. Erstaunlicherweise fürchtet sich Chaplin vor den Menschen. Als ihm kürzlich in Paris der höchste Rang der Legion d'Honneur verliehen wurde und das zahlreiche Publikum stehend nicht endenwollenden Beifall spendete, konnte er es gar nicht fassen. »Erinnert man sich noch an mich?« staunte er aufrichtig, »ich glaubte, man hätte mich längst vergessen ...«

In selbstgewählter Einsamkeit lebt er in den schneebedeckten Bergen der Schweiz, weit weg von den lärmenden Massen. Die Menschen haben ihn nie verstanden. Charlie, mit seiner einfachen und genialen Komik, ließ die Welt in Tränen lachen, und die Menschen schämten sich dessen. »Es ist doch nicht möglich, daß wir, Intellektuelle, über einfache Witze lachen«, sagten die Kritiker und entdeckten, daß Charlie mit jedem Sturz, mit jedem Hinsetzen auf das heiße Bügeleisen, eine wichtige sozialpolitische Botschaft lieferte. Er war der kleine Mann im Kampf gegen die Institutionen, der Ritter der sozialen Gerechtigkeit. »Sie wissen nicht, was sie da reden«, meinte Chaplin offen, »ich wollte die Menschen einfach zum Lachen bringen.« Die Kritiker, die n i c h t wissen, daß es nichts Schwierigeres auf der Erde gibt, als »einfach zum Lachen zu bringen«, blieben bei ihrer Auffassung. Schließlich gelang es ihnen, Chaplin selbst anzustecken. In seinen letzten Filmen wurde er ernst und philosophisch. Plötzlich ein Amateur. Sein Kopfsprung ins flache Wasser in »Moderne Zeiten« ist in die Geschichte eingegangen, doch seine leere Predigt am Schluß des »Großen Diktators« sollte man schnell vergessen...

Jetzt erhielt er Millionen Dollar für die Wiederausstrahlung seiner Filme und den Besuch in Hollywood. Er wendet sich an Oona, bittet sie ihn zuzudecken, und klagt bei strahlend heißer Sonne über Zugluft. Er begibt sich in die Villa. Seine Frau legt einen Arm um ihn und stützt seinen zögernden Gang. Wir haben den Eindruck, einer Beerdigung beizuwohnen. Er hinterläßt eine beklemmende Leere. Die Könige von Hollywood sprechen nicht mehr miteinander. Das gehört zu den Spielregeln. Und morgen wird der Oscar verliehen...

Am meisten sorgt sich der Regisseur des Preisverleihungszeremoniells. Sein Gesicht läßt Angst und Schrecken erkennen: Wie soll er Charlie Chaplin auf die Bühne bekommen, um ihm den Ehren-Oscar zu überreichen?

– Heute morgen maßen wir die Entfernung zur Bühnenmitte – stöhnt der Regisseur – achtundzwanzig Schritte. Viel zu viel für ihn ...

Eine Lösung wurde dennoch gefunden. Während man Ausschnitte aus Chaplins Filmen zeigte, wurde der Vorhang gesenkt, und ehe er wieder hochging, war Chaplin in den Armen seiner Freunde auf die Bühnenmitte getragen worden. Das Fernsehpublikum bemerkte nichts. Der Beifall im Saal wollte kein Ende nehmen. Rührung überwältigte den Greis mit dem schneeweißen Haar, und er war dem Zusammenbruch nahe. Er faßte sich jedoch und überraschte mit einigen klaren Sätzen:

– Es erübrigen sich Worte ... Ihr seid wunderbare Menschen ... Ich danke euch sehr ...

Uns allen standen die Tränen in den Augen. Die unsterbliche Legende des Humors, der Mozart der Filmkomödie, erhielt schließlich die Würdigung, die ihm die grausame Filmmetropole zeitlebens verweigert hatte. Und wie vieles andere im Leben eines Menschen kam auch dieses zu spät.

Chaplin war die Bibel und der Koran der Leinwand. Auch mir fiel kein Gag mehr ein, den er nicht schon dreimal gedreht hätte.

Ja, auch Charlie Chaplin hat nie zu Hollywood gehört. Er verbrachte fast sein ganzes Leben in der Filmstadt, aber nicht eine Minute lang ließ er die Einheimischen vergessen, daß er sich als Gast fühlte. Man wollte seine Achtung dadurch erzwingen, daß man ihm längst fällige Preise vorenthielt. So wurde dieser Inbegriff des Films für keinen einzigen Filmpreis nominiert. Auch Hollywoods Mammon ließ ihn kalt, er hatte selbst genug davon. Was ihn ebenfalls nicht beliebter machte, da die Amerikaner bekanntlich inbrünstig daran glauben, für ihre Dollars alles kaufen zu können...

Und da haben sie durchaus recht.

In Hollywood sitzen ein paar fette Herren mit Zigarre im Mund und kaufen jeden, der ihnen gefällt. Sie kaufen ihn einfach.

»Hey, you«, sagt der fette Mann hinter der Rauchwolke, »ich brauche binnen einer Woche ein Drehbuch, das so komisch ist, daß man sich anpinkelt.«

»Zu meinem größten Bedauern«, lehnt man angeekelt ab, »so etwas schreibe ich nicht.«

Es ist ein weitverbreiteter Irrtum, daß die Filmproduzenten in Hollywood brutale Burschen sind. In Wirklichkeit sind sie auf der ganzen Welt so.

»Very well«, antwortet die Zigarre ganz ruhig, »25000 Dollar cash.«

»Ich bin auf Jahre hinaus ausgebucht.«

»50000 Dollar.«

»Mein Arzt hat mir ausdrücklich jede Anstrengung verboten.«

»75000.«

»Um ehrlich zu sein, ich habe auch gar keine Lust dazu...«

»100000.«

Hier bricht die nuancenreiche Argumentation endgültig den Widerstand des Dichters, und er liefert der Zigarre binnen einer Woche ein Drehbuch, das so komisch ist, daß man sich anpinkelt. Um dieser Verführung widerstehen zu können, muß man nämlich entweder eiserne Nerven oder eiserne Reserven in der Bank haben, oder beides zusammen.

Ich habe diese Prozedur einige Male am eigenen Leibe erfahren. Die größte Versuchung kam nach meinem Film »Sallah«, über einen arabisch-jüdischen Einwanderer namens Sallah Schabati. Der Film gewann den ersten Preis der Filmkritiker Hollywoods und wurde auch für den Oscar nominiert. Der Produzent einer der erfolgreichsten amerikanischen Fernseh-Serien, ein schüchterner Mann deutscher Herkunft, bestellte daraufhin bei mir eine Serie von 24 Einstundensendungen, in der die Hauptperson ein amerikanisierter Sallah sein sollte ...

Zweimal waren meine Filme unter den fünf besten des Jahres, die für den Oscar nominiert wurden. Zweimal habe ich ihn nicht bekommen. Ich war beide Male sehr traurig. Der große Regisseur William Wyler (»Ben Hur«) gab mir den richtigen Rat: »Wollen Sie sich in Zukunft die Enttäuschung ersparen? Drehen Sie schlechte Filme ...«

Ich rechnete: »24 Stunden, das bedeutet drei Jahre.«

Der Produzent konterte: »Nein, mein Freund, das bedeutet eine Million Dollar.«

Es dauerte ein paar Minuten, bis ich einen Entschluß gefaßt hatte. (Nicht ohne im Geiste meine Enkelkinder um Verzeihung zu bitten, die dereinst werden mehr arbeiten müssen ...)

»Seien Sie versichert«, ließ ich den Hollywood-Gewaltigen wissen, »daß ich nichts sehnlicher wünsche, als in Ihren prachtvollen Studios zu arbeiten. Es verlangt mich danach, mich in Hollywood niederzulassen und einer der Euren zu werden. Aber mein schwacher Charakter ist diesem Herzenswunsch im Wege: Es zieht mich nach Hause zurück, nach Israel. Da ist das Große Geld.«

Der Produzent sitzt heute noch mit offenem Mund da. Ich selbst kehrte heim nach Israel, ins Land der begrenzten Möglichkeiten, in dem Sallah kein Serienheld ist, sondern eine sehr lebendige Nervensäge.

Ich habe Sallah in meiner Pionierzeit kennengelernt, einige Wochen nach meiner Ankunft im erst wenige Monate jungen jüdischen Staat. Mit mir kam noch eine Million anderer Flüchtlinge, und es herrschte ein gewisses Gedränge. Wir wurden in einer eiligst improvisierten Barackensiedlung zusammengepfercht, fünfzehn Seelen pro Zimmer. Natürlich nur provisorisch, für allerhöchstens fünf bis sechs Jahre. Ich selbst landete in einem riesigen Lager bei Haifa, in einer vor Hitze glühenden Wellblechhütte. In einer Ecke des Stalls lagen meine Frau und ich auf Stroh gebettet, während in der anderen ein unrasierter Marokkaner mit seiner rundlichen Frau und zahllosen Nachkommen lagerte, darunter eine alte Frau, die pausenlos Wäsche wusch.

Auswandern ist schwer. Einwandern ist schwerer.

Anfangs herrschte eine gespannte, mißtrauische Atmosphäre zwischen Sallah und mir, aber nachdem wir einander besser kennengelernt hatten, wurde das Verhältnis ausgesprochen feindlich. Sallah war ein fettleibiger Mann, der sein Alter hinter einem sorgfältig ungepflegten Bart verbarg. Außer Arabisch sprach er noch ein aufreizend fließendes Französisch, aber abgesehen davon war er einer der primitivsten Kerle, die mir je begegnet sind. Und einer der intelligentesten.

Sallah war ein arabischer Jude. Seine Enkelkinder werden jüdische Araber sein.

Die wenigen Gespräche, die wir in der Hitze der Hütte miteinander geführt haben, lieferten mir das Material für die Bühnenfigur, die in der Darstellung des hervorragenden Schauspielers Topol (bekannt auch als Tevjeh in dem Film »Fiddler on the Roof«) nicht nur zahllose Filmpreise errang, sondern auch aus der israelischen Folklore nicht mehr wegzudenken ist. Sallah war Betrüger, Lügner und Charmeur in einem. Alles jedoch von sehr eigenartiger Prägung. Als ich mich zum Beispiel nach der Zahl seiner Kinder erkundigte, begann er sie zu zählen. Er wußte es nicht auswendig. Nach seinem Beruf gefragt, gab er Lokomotivführer an.

»Welche Strecke fahren Sie«, erkundigte ich mich.

»Bin noch nicht gefahren. Bin noch nicht dazu gekommen es zu lernen.«

Wie gesagt, er war ein wenig eigenartig. Auch über die ewig waschende Großmutter konnte er keine verläßliche Auskunft geben. Er wisse nicht, wer sie sei, meinte er. Ja, sie wäre immer dabei, das schon. Eine Verwandte? Möglich, woher sollte er das wissen?

Sallahs rundliche Frau hockte tagaus, tagein an der glühenden Hüttenwand und machte den Mund nicht auf. Man hätte ihre Stimme im Kindergeschrei ohnedies nicht gehört. Wenn ich Sallah suchte, um mit ihm einige Grundprinzipien der Hygiene zu diskutieren, trat Frau Sallah vor die Hütte und rief nach ihrem Mann:

Die Frauen im Nahen Osten dürfen erst dann sprechen, wenn ihr Mann es erlaubt hat. Bisher ist noch kein Fall bekannt geworden.

»Sallah! Die Regierung will mit dir sprechen!«

Die Armut der Lagerinsassen war unbeschreiblich. In jenen heroischen und schrecklichen Zeiten gab es Brot nur auf Lebensmittelkarten, wenn es überhaupt welches gab. Das Lager wimmelte von hungrigen Bettlern. Ein einziger aber hatte innerhalb von zwei Wochen herausgefunden, wie man Armut zu Geld macht.

Herr Salach Schabati?«

»Der bin ich.«

»Sprechen Sie französisch oder arabisch? Ja? Dann treten Sie ein, Herr, und nehmen Sie Platz. Ja, dort in der Ecke. Auf der zerbrochenen Kiste.«

»Vielen Dank.«

»Wenn Ihnen die Kinder im Weg sind, kann ich sie erwürgen.«

»Das wird nicht nötig sein.«

»Gut, dann sperre ich sie ins Badezimmer. Marsch hinein. So. Schreiben Sie für eine Tageszeitung oder für eine Zeitschrift?«

»Für eine Tageszeitung.«

»Wochenendbeilage?«

»Ja, Herr Schabati. Ich habe Ihr Inserat in unserem Blatt gelesen: ›Slum-Fam. m. 13 Kind. zur Verfüg. d. Massenmedien.‹ Haben Sie jetzt Zeit für mich?«

»Eine Stunde fünfzehn Minuten. Heute vormittag hatte ich ein Rundfunkinterview, und nach Ihnen kommt ein Forscherkommitee, aber jetzt können wir sprechen.«

»Danke, Herr Schabati. Meine erste Frage –«

»Nicht so schnell, nicht so schnell. Was zahlen Sie?«

»Wie bitte?«

»Ich will wissen, wie hoch mein Honorar ist. Oder glauben Sie, daß ich zum Vergnügen in dieser Bruchbude sitze oder daß ich mit meiner Familie von der staatlichen Unterstützung leben kann?«

»Das hatte ich nicht bedacht.«

»Aber ich. Die katastrophale Situation der primitiven orientalischen Einwanderer hat heute einen ziemlich hohen Marktwert. Daran müssen doch auch

diejenigen partizipieren, denen man diese Situation verdankt. Nehmen wir an, Sie schreiben eine schöne Geschichte mit viel Armeleute-Geruch und Mangel an Hygiene und so – das erregt Aufsehen, das ist gut für den Verkauf Ihrer Zeitung und gut für Ihr Honorar. Außerdem verschafft es Ihnen den Ruf eines gesellschaftskritisch engagierten Journalisten. Ich werde Ihnen in jeder Weise behilflich sein, Herr. Sie bekommen von mir eine herzerweichende Schilderung meines Jammers, meiner Enttäuschung, meiner Bitterkeit, meiner –«

»Wieviel verlangen Sie?«

»Mein üblicher Tarif ist 300 Pfund die Stunde zuzüglich Mehrwertsteuer. Mit Photos um 30 Prozent mehr. Barzahlung. Keine Schecks. Keine Empfangsbestätigung.«

»300 Pfund für eine Stunde?«

»Davon muß ich ja noch meinen Manager bezahlen. Es ist die Taxe, Herr. Im Jemenitenviertel finden Sie vielleicht schon für 150 Pfund Verzweiflung – aber wie sieht die aus. Höchstens elf Kinder, alle gut genährt und eine hohe Wohlfahrtsrente monatlich. Bei mir haben Sie eine neunzehnköpfige Familie auf einem Wohnraum von 55 Quadratmetern, mit drei Großmüttern und diesem unglücklichen Ehepaar in der Ecke ...«

»Wo ist Ihre Frau?«

»Wird oben auf dem Dach photographiert. Hängt gerade die Wäsche auf unsere Antenne. Schwanger ist sie auch.«

»Da müßten Sie ja eine Zulage zur staatlichen Unterstützung beziehen.«

»Ich habe auf beides verzichtet. Meine Position auf dem Elendsmarkt könnte darunter leiden. Interviews sind einträglicher. Demnächst übersiedeln wir in eine noch kleinere, baufällige Hütte. Wahrscheinlich nehme ich auch eine Ziege mit hinein. Wo bleibt Ihr Photograph?«

»Er wird gleich kommen.«

»Was die Aufmachung betrifft: Ich möchte ein Layout von zwei Seiten nebeneinander. Titel über beide Seiten.«

»Machen Sie sich keine Sorgen, Herr Schabati. Wir werden alle Ihre Forderungen berücksichtigen.«

»Gut. Jetzt können Sie anfangen, Herr.«

»Meine erste Frage: Fühlen Sie sich in Israel schlecht behandelt, Herr Schabati?«

»Warum sollte ich? Ich bin meinen Landsleuten aufrichtig dankbar. Sie haben ein goldenes Herz. Gewiß, sie machen keine besonderen Anstrengungen zur Bekämpfung der Armut, und niemand kümmert sich um die Slums in seiner eigenen Stadt. Andererseits bekundet uns die Öffentlichkeit lebhafte Anteilnahme und ist immer sehr gerührt, wenn in den Illustrierten eine Dokumentation unseres Elends gezeigt wird. Das bleibt auch keineswegs ohne Folgen. Man muß nur hören, wie sich dann alle diese Professoren und Soziologen aufregen. Ihre Reden sind ein wirklicher Genuß. Und der Bedarf der Massenmedien an Elendsgeschichten ist noch immer im Wachsen begriffen, so daß wir Unterprivilegierten eine ständige Besserung unseres Lebensstandards zu verzeichnen haben. Man kann ruhig sagen: Israel ist das erste Land der Welt, das seine sozialen Probleme durch Interviews löst...«

Der Sarkasmus stammt zwar von mir, aber das Patent von Sallah. Der faulste Fuchs Marokkos war ein geborener Lebenskünstler. Im Winter, wenn alle Bewohner des Lagers vor Kälte schlotterten, ging Sallah zur Arbeit auf den nächsten Markt und kam binnen zwei Stunden mit einem nagelneuen Ölofen zurück, den er gestohlen hatte. Er stellte ihn möglichst weit von uns weg, um die kostbare Wärme nicht an zwei europäische Nichtsnutze zu verschwenden. Meiner Frau und mir blieben nur unsere Wintermäntel als Schutz. Als ich mich eines Tages erkältet hatte, schenkte mir der fromme Lagerarzt jedoch eine Wärmflasche. (Er hielt mich für gläubig, da er zufällig gesehen hatte, wie ich Kerzen kaufte). Es war ein überdimensionaler Thermophor, made in Sudan, rosafarben mit grünen Tupfen. Innerhalb kürzester Zeit konnte ich ohne sie nicht mehr sein und schleppte sie immer mit mir herum.

Der Konflikt zwischen europäischen und östlichen Juden war von Anfang an vorprogrammiert. Die Lösung heißt Mischehe. Dann wird zwar weitergestritten, aber es bleibt in der Familie.

Das historische Gummizeug hat inzwischen eine kometenhafte Karriere gemacht. Die Wärmflasche wurde zunächst zur Heldin einer romantischen Kurzgeschichte (in der ich die Liebhaberrolle einem anderen in die Schuhe schob, weil ich mich selber genierte), danach betrat sie die größten Bühnen der Welt und wurde als Primadonna umjubelt.

Jüngst im Abenddämmer, als aus den Orangenhainen ringsum das heisere Lachen der Schakale ertönte und der Wind gelbe Wölkchen von Wüstensand herbeiblies, stand plötzlich Schultheiss in meinem Garten. Ich freute mich, ihn nach so langer Zeit wiederzusehen. Er hatte sich nicht verändert, er war ganz der alte, elegante Schultheiss, jeder Zoll ein Intellektueller von Distinktion. Nur in seinen Augen, ich merkte es sofort, lag etwas sonderbar Trauriges.

Ich bot ihm Platz und einen Becher bekömmlichen Jordanwassers an. Schultheiss nahm schweigsam einige Schlucke.

»Ich muß mit Ihnen sprechen«, sagte er dann.

»Tun Sie das getrost. Ich vermute, daß Sie deshalb hergekommen sind.«

»Es war nicht leicht für mich, diesen Entschluß zu fassen. Aber ich ertrage es nicht länger. Ich muß mich jemandem anvertrauen. Auch wenn ich ein höherer Regierungsbeamter bin, der seinen guten Ruf zu wahren hat.«

Ich goß ihm noch eine Portion Jordan nach und machte eine aufmunternde Geste.

»Wenn ich nur wüßte, wo ich beginnen soll«, begann er. »Sie kennen mich schon lange. Sie wissen, daß ich ein gesunder, ausgeglichener Mensch bin, der das volle Vertrauen seiner Vorgesetzten genießt.«

»Das sind Sie.«

»So scheint es jedenfalls dem oberflächlichen Betrachter. In Wahrheit jedoch, das dürfen Sie mir glauben, führe ich ein zutiefst einsames Leben. Ich bin Junggeselle, weil ich nie eine passende Gefährtin gefunden habe. Und dabei ging meine ganze Sehnsucht immer nach ein wenig Wärme. Aber ich habe sie nie gefunden – bis zu dem Augenblick, da Madeleine in mein Leben trat.«

Er starrte eine Weile in die Luft, ehe er fortfuhr:

»Der Mensch weiß ja nie, wann das Schicksal an

seine Türe pocht. An jenem Tag ließ ich mir nichts davon träumen. Es war der dritte November vorigen Jahres.«

»Die Liaison dauert also schon sechs Monate?«

»Ja. Ich wachte damals mit einem Schüttelfrost auf und rief den Arzt, der eine fiebrige Grippe konstatierte und mir irgend etwas verschrieb. Mein Wohnungsnachbar ging in die Apotheke, um es zu holen, und kam mit einer Schachtel zurück. Ich öffnete sie und fand einen größeren Gegenstand aus rosafarbenem Gummi.«

»Eine Wärmflasche?«

»Eine ganz gewöhnliche Wärmflasche. Mit Metallverschluß. Nichts besonderes ... mein Gott, wie ich mich schäme!«

»Aber warum?«

»Es fällt mir so schwer, über Angelegenheiten der Intimsphäre zu sprechen. Haben Sie Geduld mit mir.«

»Hab ich.«

»Ich erinnere mich genau. Als ich die Wärmflasche das erste Mal fühlte, regnete es draußen, und im Zimmer war's kalt. Ich legte mir die Flasche auf die Brust und ... und ... ob Sie's glauben oder nicht: zum erstenmal im Leben fühlte mein Herz etwas Wärme. Zum erstenmal im Leben war ich nicht allein. Können Sie mich verstehen?«

»Natürlich.«

»Da liegt dieses Ding neben Ihnen, dieses warme, weiche Ding, und seine einzige Aufgabe besteht darin, Ihnen das Leben zu erleichtern. Ich war ihr so dankbar, meiner Madeleine.«

»Wie bitte?«

»So nannte ich sie. Madeleine. Gleich von Anfang an. Warum Madeleine? Ich weiß es nicht. Vielleicht habe ich einmal in Paris ein Mädchen namens Madeleine geliebt. Vielleicht wollte ich sie nur lieben. Oder vielleicht wollte ich nur nach Paris fahren. Wie immer dem sei – von jetzt an konnten mir die Stürme des Lebens nichts mehr anhaben. Ich hatte meine Madeleine bei mir, unter der Decke. Finden Sie das absurd?«

»In keiner Weise. Sehr viele Menschen verwenden Wärmflaschen.«

»Sie schätzen das nicht ganz richtig ein. Bedenken Sie doch: Wenn ich kalte Füße habe, Madeleine wärmt sie. Schmerzen in der Hüfte – Madeleine vertreibt sie. Ich kann sie mir auch auf den Bauch legen, wenn ich will. Ihre Möglichkeiten sind unbegrenzt. Und Madeleine bleibt immer bescheiden, immer loyal, immer dienstbereit. Alles, was sie verlangt, ist ein wenig heißes Wasser. Ich wollte es mir lange nicht eingestehen, aber es läßt sich nun einmal nicht leugnen …«

»Sie haben sich in sie verliebt.«

»Ja, so könnte man's sagen. Ich muß immer an Pygmalion denken. Sie kennen doch die wunderschöne Geschichte von diesem englischen Sprachforscher, der sich in eine Statue der Aphrodite verliebt. So ähnlich liegt mein Fall. Manchmal frage ich mich: Wie ist es möglich, daß ein erwachsener, intelligenter Mensch nach einer nichtssagenden, unscheinbaren Wärmflasche verrückt ist. Es gibt weiß Gott viel schönere und größere. Aber ich will nur meine kleine Madeleine. Ich muß sogar gestehen, daß ich eifersüchtig auf sie bin.«

»Sie betrügt Sie?«

»Sie hat mich schon einmal betrogen.« Schultheiss zündete sich eine Zigarette an und begann nervös zu paffen. »Es war nicht ihre Schuld. Es lag an den Umständen. Vor ein paar Monaten war Madeleine undicht geworden. In meiner rasenden Verliebtheit wollte ich sie immer noch wärmer haben und hatte sie mit so heißem Wasser angefüllt, daß sie an der Seite eine Brandwunde erlitt und zu tropfen begann. Ich war verzweifelt. Ich ging mit ihr zum berühmtesten Wärmflaschenspezialisten, den wir haben – und dort geschah das Schreckliche. Als ich sie am Abend abholen wollte, drückte mir dieser Verbrecher eine vollkommen fremde in die Hand. Er hatte sie mit einer anderen verwechselt! Ich glaube nicht, daß er es absichtlich getan hat, aber das ist keine Entschuldigung. Ich ließ mir ein Verzeichnis seiner Kundschaften geben und suchte Madeleine in der ganzen Stadt, straßenauf, straßenab. Gegen Mitternacht fand ich sie endlich, im Bett eines dicken, ächzenden Gemischtwarenhändlers ... dort fand ich sie ...«

»In flagranti?«

Schultheiss konnte nur wortlos nicken:

»Seither habe ich sie nie mehr aus den Augen gelassen. Oft wache ich in der Nacht schweißgebadet auf, weil mir geträumt hatte, daß sie tropft. Meine Angstzustände wurden so schlimm, daß ich eine Eheberatungsstelle aufsuchte. Man untersuchte mich und fand, daß es für mich nur eine einzige Lösung gäbe: eine neue Wärmflasche zu kaufen, um den zerstörerischen Einfluß, den Madeleine auf mich ausübte, endlich auszuschalten.«

»Haben Sie eine gekauft?«

»Ja. Sie liegt ungebraucht in der Schublade. Ich weiß sehr wohl, daß ich nach dem Gesetz berechtigt bin, mir zwei Wärmflaschen zu halten. Aber man kann mich doch nicht zwingen, beide zu verwenden?«

»Gewiß nicht.«

»Madeleine und ich sind fürs Leben verbunden. So ist es nun einmal, und dagegen kann man nichts tun.«

»Lassen Sie sich gratulieren. Es geschieht nur selten, daß eine so tiefe menschliche Beziehung zustande kommt.«

»Warten Sie. Sie wissen noch nicht alles. Ich habe Ihnen den Anlaß meines Besuchs noch nicht erzählt. So schwer es mir fällt, ich muß zugeben, daß es einen ganz bestimmten Umstand gibt, der unser glückliches Zusammenleben trübt. Sehen Sie, diese Wärmflaschen haben nur eine begrenzte Wirkungsdauer, und selbst Madeleine bleibt nicht länger als vier oder fünf Stunden heiß. Und dann ... ich weiß nicht, wie ich mich ausdrücken soll ...«

»Sie wird frigid?«

»Danke. Ich danke Ihnen, daß Sie mir das abgenommen haben. Denn bei all meiner Liebe zu Madeleine muß ich gestehen, daß es kaum etwas Unangenehmeres gibt, als mit einer erkalteten Wärmflasche in Berührung zu kommen. Und wenn das geschieht, wenn ich beispielsweise kurz vor dem Einschlafen dieses kalte Gummizeug an meinen Füßen spüre, dann befördere ich Madeleine mit einem Fußtritt aus dem Bett hinaus.«

»Nein.«

»Barbarisch, nicht wahr. Und am Morgen, wenn ich aufwache und das arme Ding auf dem Fußboden liegen sehe, schlaff und erschöpft...« Schultheiss begann zu weinen. »Ich schäme mich vor mir selbst. Ich hätte nie gedacht, daß ich so grausam sein kann. Solange sie heiß ist, halte ich sie in meinen Armen, herze und kose sie – und kaum wird sie kalt, behandle ich sie wie einen Fetzen, schleudere sie zu Boden, trete nach ihr. Was hilft es mir, daß ich am Morgen vor ihr niederknie und ihr schwöre, es nie wieder zu tun. Ich tu's ja doch...« Verzweifelt barg Schultheiss das Gesicht in den Händen. Er war dem Zusammenbruch nahe. »Helfen Sie mir!« wimmerte er. »Erlösen Sie mich von dieser Misere! Geben Sie mir einen Rat!«

Ich dachte lange und angestrengt nach.

»Schultheiss«, sagte ich endlich. »Ich glaube, daß ich die Lösung gefunden habe. Ob's auch wirklich funktionieren wird, weiß ich nicht, aber man kann es jedenfalls versuchen.«

»Was?« fragte Schultheiss begierig. »Was?«

»Wenn Sie merken, daß die Flasche kalt wird, dann stehen Sie auf und füllen Sie heißes Wasser nach!«

Ein Leuchten ging über Schultheissens gramzerfurchtes Gesicht. Er stand auf, drückte mir wortlos die Hand und entfernte sich, torkelnd vor Dankbarkeit. Eine Ehe wurde gerettet.

Lyrik war nie meine Stärke. Kein Wunder: Der Dichter schwebt in höheren Sphären, wohingegen der Satiriker mit beiden Beinen auf dem Erdboden steht. Wie kam dieses Lied dann über mich? Lisa hat auch mich beflügelt...

Die merkwürdige Liebesgeschichte machte Furore, und Madeleine wurde fast so bekannt wie Jonathan, unsere wandernde Waschmaschine. Als ich eine lustige Tragikomödie über den Scheidungsprozeß des Ehepaares Romeo und Julia schrieb (in meiner Fassung bleiben sie am Leben), konnte ich der Versuchung nicht widerstehen und ließ den alternden Romeo sich in sexy Madeleine verlieben. Das Stück heißt »Es war die Lerche«, und ich habe für Romeo ein ergreifendes Liebeslied an seine Gummiflasche hineingedichtet. Dafür mußte ich die Flasche jedoch in »Lisa« umtaufen, da sich auf »Madeleine« kein Reim finden ließ...

Der Song selbst ist der Höhepunkt jeder Vorstellung, besonders wenn Romeo auf Schultheiss' Spuren seine ganze Innigkeit hineinlegt.

Lisa's Lied

Mein Liebeslied, geliebte Lisa,
mein Liebeslied gilt dir allein.
Bis Parma, Padua und Pisa
will ich es singen, winseln, schrei'n.
Der ganzen Welt soll es erklingen
und soll durch Steiermark und
Bein
zu Sonne, Mond und Sternen
dringen,
denn ich bin dein und du bist
mein.

Liebe Lisa, liebste Lisa,
nur wer deine Nähe kennt,
liebe Lisa, liebste Lisa,
weiß wie heiß die Liebe brennt.
Immer will ich bei dir bleiben
ohne Ring und Sakrament,
liebe Lisa, liebste Lisa,
bis der kühle Tod uns trennt.

Liebe Lisa, liebste Lisa,
nichts und niemand kommt dir
gleich.
Liebe Lisa, liebste Lisa,
du bist sanft und gummiweich.

Liebe Lisa, liebste Lisa,
du machst keine Nacht zur Fron,
liebe Lisa, liebste Lisa,
niemals fragst du: schläfst Du
schon.
Alle Welt soll es erfahren,
daß noch nirgendwann und wo
zweie je so glücklich waren
wie Lisa und ihr Romeo.

Eifersucht ist eine Krankheit. Aber ohne Zweifel die natürlichste von allen.

In der »Lerche« macht Julia Romeo eine Eifersuchtsszene, wenn sie den ihr Angetrauten mit einer 40 Jahre jüngeren Wärmflasche erwischt. Die beste Ehefrau von allen hingegen stellte lediglich fest, daß ich auch als Theaterautor übergeschnappt wäre.

Psychiatrie hat uns übrigens während der ganzen

fünfundzwanzig Jahre unserer Ehe begleitet. Meine Frau ist zwar eine Klaviervirtuosin (während ich – sieh an! – nur ein einfacher Lehrer für Metallskulptur bin), aber die Psychologie ist ihr Hobby, und mit den Jahren wurde sie eine halbblinde Anhängerin des Gurus aus Wien.

Auch ich unterschätze die Freudsche Lehre keineswegs. Träume sind eine großartige Erfindung: das ideale Heimkino sozusagen. Mit dem kleinen Unterschied, daß man im Kino zuerst den Film sieht und dann einschläft, während man nach der Freudschen Methode erst einschläft und dann den Film sieht...

Einmal jedoch habe ich einen echten, lebendigen Psychiater aufgesucht.

Mein Psychodrama erlebt hier seine Weltpremiere. Ich bin in einem Alter, in dem man Jugendsünden gestehen sollte, bevor man sie vergißt.

Es war Ende der fünfziger Jahre, ich steckte in einer persönlichen Krise und ließ mich von meiner Familie überzeugen, daß ein Psychiater mir nur guttun könne. Mein Klapsdoktor war einer der Ureinwanderer aus Deutschland mit grenzenloser Geduld, aber stark begrenztem Hörvermögen. Vor dreißig Jahren gab es die heute üblichen Mikrowunder an Hörgeräten noch nicht, und deshalb hatte mein alter Psychiater eine große batteriegesteuerte Schachtel um den Hals baumeln, der ich die Bekenntnisse aus meiner schweren Jugend anvertrauen sollte...

Um es kurz zu machen: Die Batterie war schwach.

Dementsprechend bekam mein greiser Erlöser kein Wort von der ergreifenden Lebensgeschichte mit, die ich eigens für ihn auf der Couch erdichtet hatte. (Ich bin doch nicht auf den Kopf gefallen und erzähle jemandem, den ich gerade erst kennengelernt habe, meine intimsten Geheimnisse!)

Meine Heilungschancen schienen zu schwinden. Der Klapsdoktor drehte den Knopf seiner Schachtel bis an den Anschlag und kam noch immer nicht in den Genuß der Früchte meiner Phantasie ...

Erst ließ er mich auf der Couch sitzen statt liegen, dann bat er mich immer lauter zu sprechen, bis meine pubertären Komplexe die Fensterscheiben klirren ließen:

»... in meinen frühen Jahren, Professor«, schrie ich, »habe ich mich des Onanierens völlig enthalten, da ich schreckliche Angst vor meinem Glied hatte ...«

Nein, nein, die Pantomime wäre keine Lösung gewesen ...

Und ähnlich Intimes – mit Löwengebrüll.

Aber dann geschah etwas ganz Natürliches: Inmitten einer Bekenntnisarie (über meine Mutter, die ich nie, wie es sich für einen liebenden Sohn gehört, gehaßt habe), erwachte in mir plötzlich mein schlummernder Sinn für Humor. Ich brach in ein Gewieher aus, wie ich mich an keines seit der letzten modernen Kunstausstellung in Venedig erinnern kann. Ich rannte der schwachen Batterie davon, ins Freie, die Straße entlang und konnte nicht aufhören zu lachen und zu lachen ...

Vielleicht rührt daher mein tiefes Mißtrauen gegen unseren Hofguru. Meine Kleingläubigkeit hat aber die beste Ehefrau von allen bis heute nicht daran gehindert, für jedes Lebensereignis die richtige psychologische Erklärung zu finden.

Schlußfolgerung aus meiner Selbstanalyse: Ich beginne unterbewußt daran zu zweifeln, daß ein Unterbewußtsein überhaupt existiert.

Wenn ich, nehmen wir einmal an, im Winter meine Handschuhe anziehe, prüft sie mich mit Kennerblick und sagt sarkastisch lächelnd nur das eine:

»Freud!«

Das heißt, für jeden Analytiker liegt auf der Hand,

daß ich in meinem Unterbewußtsein mit der Idee einer finsteren Handlung flirte und die Fingerabdrücke verwischen will...

Nehmen wir nun an, daß ich im Winter keine Handschuhe anziehe. In diesem Fall geschieht folgendes: Meine Gattin prüft mich mit Kennerblick und sagt sarkastisch lächelnd nur das eine:

»Freud!«

Es liegt nämlich für jeden Psychologen auf der Hand, daß ich in meinem Unterbewußtsein den Eindruck vermeiden möchte, daß ich eine finstere Handlung plane und meine Fingerabdrücke verwischen will...

Gegen solch analytischen Scharfsinn ist natürlich nicht anzukommen. Was tue ich also? Ich schreibe im Untergrund eine Schlüsselgeschichte über die Allerbeste und ihren Guru.

Wo nehme ich die Handlung her? Aus meinem Traum, Professor, natürlich aus meinem Traum...

Dies ist eine der Geschichten, die in der Wirklichkeit noch nicht stattgefunden haben. Es kann aber nicht mehr lange dauern...

Der Morgen begann mit dem falschen Fuß. Kaum daß er graute, kroch die beste Ehefrau von allen aus dem Bett wie ein Tausendfüßler, dem alle Füße eingeschlafen waren. Sie ertastete ihren Weg mit schlafverklebten Augen mühsam bis zur Kaffeekanne. Ihr Rücken war gebeugt, ihre Augen verschwollen, ich hielt es also für notwendig, mich höflich nach ihrem Wohlbefinden zu erkundigen. Aus Pflichtgefühl und aus meinem Bett.

»Ephraim«, murmelte sie, »laß mich in Ruhe, bitte. Bitte, *laß mich in* Ruhe*!«*

Bei näherem Hinhören fiel mir auf, daß sie gar nicht murmelte. Genau genommen brüllte sie sogar.

»Warum«, fragte ich, »was ist passiert?«

Die beste Ehefrau von allen füllte sich eine Tasse mit unglaublich schwarzem Kaffee und kam in ebensolcher Stimmung zurück ins Bett.

»Ich bitte dich, zur Kenntnis zu nehmen«, teilte sie mir zwischen Schlucken und Schluchzen mit, »daß ich dir niemals verzeihen werde, was du mir heute nacht angetan hast.«

Ich war zerknirscht. Soweit ich mich an die Ereignisse der letzten zwölf Stunden erinnern konnte, tat ich nichts Ungehöriges. Im Gegenteil, ich führte gestern abend die beste Ehefrau von allen in ein standesgemäßes Restaurant, wo wir ein nach ungarischem Rezept gefülltes Kraut zu uns nahmen. Anschließend gingen wir im Vollmond heimwärts, suchten unser Ehebett auf und schliefen ein. Und nun am Morgen diese Bescherung ...

Ich war, wie gesagt, zerknirscht.

»Was habe ich dir angetan?« fragte ich. »Sag's mir doch.«

»Du hast dich benommen wie ein Berserker, Ephraim. Wie eine Bestie – nein, wie ein Schwein!«

»Aber wo?«

»In meinem Traum.«

Zögernd erzählte sie mir, was geschehen war. Die beste Ehefrau von allen hatte geträumt, sie wäre die Königin von Saba. Vermutlich war die Ursache eine Überdosis TV ...

»Ich wurde hingerichtet«, sie erschauderte unter der Erinnerung, »geköpft mit einer Guillotine.«

»Einen Moment«, unterbrach ich sie, »am Hof der Königin von Saba gab es noch keine Guillotinen.«

»Erzähl mir nichts! Mein Kopf wurde von einer Guillotine abgehackt. Und weißt du, wer diese Guillotine betätigt hat?«

»Du willst doch nicht etwa sagen ...«

»Du! Du warst es, Ephraim, du! Und zwar mit einem widerwärtigen Grinsen über das ganze Gesicht.«

Von ihren Anschuldigungen zum Schweigen gebracht, überlegte ich mir den Fall. Ich mußte zugeben, daß es unschicklich war, die Mutter der eigenen Kinder zu köpfen. Noch dazu grinsend. Langsam konnte ich ihre schlechte Laune verstehen.

»Vielleicht war ich das gar nicht.« Ich versuchte Zeit zu gewinnen. »Diese Scharfrichter pflegten doch eine Maske vorm Gesicht zu tragen, soviel ich weiß, oder?«

»Ephraim! Die Maske ist noch nicht erfunden worden, die deinen Akzent verbergen kann!«

Natürlich, mein Akzent. Ich hätte schon vor Jahren etwas in der Sache unternehmen sollen. Jetzt war es zu spät, die Königin von Saba hätte meine seltsamen Betonungen immer und überall identifiziert. Mit oder ohne Maske.

»Als sie mich zum Schafott schleppten«, sie nahm den Faden wieder auf, »hast du mich noch gezwickt, du weißt schon wohin, und dann sagtest du ... dann sagtest du ...«

Ihre Stimme versagte.

»Sprich weiter«, stieß ich hervor, das Ärgste befürchtend, »was sagte ich?«

»Nein, Ephraim, diese Worte kann ich nicht wiederholen. Niemals, Ephraim, niemals...«

Jetzt war ich ernsthaft beunruhigt. Zweimal »Ephraim« in einem Satz! Ich zermarterte mir den Kopf, was in aller Welt ich gesagt haben könnte, aber es fiel mir nichts Nennenswertes ein. Schließlich war es ihr Traum und nicht der meine.

Nur eine winzige Ewigkeit mußte ich warten, bis ich die schreckliche Wahrheit erfuhr. Schon nach dem zweiten Kaffee kam mein schändliches Verhalten zutage.

»Adieu, du Froschmaul«, soll ich gesagt haben, »bald spielen wir Fußball mit deinem Kopf.«

Das war's, was ich gesagt hatte, ich Schuft!

Was tun?

»Nun gut«, ich versuchte die Schuld von mir abzuwälzen, »aber was war mit deinem Gemahl? Ich meine König Salomon, kam er dir nicht zu Hilfe?«

»Der?« Die Beste verbarg sich hinter einer Zornesfalte. »Nicht einen Finger hat er gerührt, das Schwein! Weißt du, was er während meiner Hinrichtung getan hat? Tischtennis gespielt hat er mit Yves Saint-Laurent!«

Damit eskalierte das Drama in die modepolitische Sphäre. Nichtsdestotrotz blieb ich in ihren Augen der Oberbösewicht.

»Also nein«, resümierte die beste Ehefrau von allen, »das hätte ich niemals von dir erwartet. Fünfundzwanzig Jahre lang spielst du den Mustergatten und dann, bei der ersten Gelegenheit, sagst du Froschmaul zu mir! Zu mir *sagst du Froschmaul?«*

»Unverzeihlich«, pflichtete ich ihr bei, während ich

sicherheitshalber an das äußerste Bettende rollte, »aber wenn wir objektiv und leidenschaftslos Bilanz ziehen wollen, so war es ja doch nur ein Traum...«

»Nur ein Traum?« *zischte meine Beste. »Weißt du, was du da sagst, Ephraim? Denk doch an Freud und an die Elementarstufe der Psychoanalyse! Die Träume enthüllen den wahren Menschen, Träume zeigen dir, wie du wirklich bist, mit all deinen unterbewußten dunklen Trieben. Mir ist es wie Schuppen von den Augen gefallen. Tief in deinem finstersten Innern, Ephraim, schlummert längst schon der Drang, mit meinem Kopf Fußball zu spielen...«*

Fußballspielen mit ihrem Kopf? Ohne Zweifel, der Gedanke hat etwas. Ich meine, Freud ist *Freud, das kann niemand leugnen. Obwohl ich persönlich kein Anhänger der Guillotine bin. Ich bin mehr ein Mann des elektrischen Stuhls. Auch eine langsame Steinigung hat gewisse Meriten. Andererseits, seit wann spielt Gromyko Tennis? Und überhaupt, was will sie von mir, dieses Froschmaul?*

»Und weißt du, was die Krönung des Ganzen war?« Sie entfachte die Glut von neuem. »Nachdem du meinen Kopf abgehackt hast und die ganzen Sägespäne aus mir herausgequollen sind, was glaubst du, sehe ich?«

»Keine Ahnung.«

»Stell dich nicht unwissend! Ich mußte mit eigenen Augen ansehen, wie mein Gemahl unter die Röcke von Erna Selig griff...«

»Du meinst König Salomon?«

»Ich meine dich, Ephraim! Die Rede ist von dir und von Erna Selig! Ihr seid aneinandergeklebt wie zwei läufige Magneten ...«

Unglaublich, was ich alles in ihrem Unterbewußtsein vollbringe. Bei Gelegenheit sollte ich mich mit dem alten Freud darüber unterhalten. Was tun?

»Nun, geschehen ist geschehen«, sagte ich, »schlafen wir noch eine Stunde, ja? Du weißt, daß ich in Wahrheit nicht so bin. Erstens spiele ich nicht Fußball, und das mit dem Froschmaul ist mir nur so herausgerutscht ...«

»Laß mich in Ruhe, Ephraim!«

Fünf Minuten später, ich bitte mir das zu glauben, schlief die beste Ehefrau trotz schwarzem Kaffee wie ein Sack voller Sägespäne, wohingegen ich hellwach blieb. Ich wollte nicht mehr in Schwierigkeiten geraten. Wer weiß, wozu ich imstande bin, wenn mir Yves Saint-Laurent im Traum wieder über den Weg läuft ...

Irgendwann muß ich aber doch eingedöst sein, denn kurz bevor der Wecker läutete, stand an meinem Bett ein bärtiger Professor, der mir irgendwie bekannt vorkam.

»Jetzt hör mir gut zu, mein Junge«, sagte Sigmund Freud. »Vergiß nie wieder das Alpha und Omega der Psychoanalyse: vor dem Schlafengehen ißt man kein gefülltes Kraut.«

Jetzt *sagt er mir das!*

Abgesehen davon gibt es nicht viele Meinungsverschiedenheiten zwischen der besten Ehefrau von allen und mir. Sie ist klug, einfach so klug, daß eine Spur Minderwertigkeitsgefühl ihr wirklich nicht schaden würde. Was ich ihr aber unbedingt zugute halten muß – ist ihre große Toleranz.

Bezüglich des Versagens der Ehe als solche teilt sie zum Beispiel voll und ganz meine Meinung, daß diese Institution vor allem für Frauen erfunden wurde und deswegen nur die Frauen heiraten sollten (mit dem kleinen Vorbehalt, daß Ehen zwischen Ex-Pianistinnen und Satirikern aus dem Nahen Osten unter Umständen doch zum wahren Glück führen).

Die endgültige Lösung für die Krise des heiligen Lebensbundes

Was die Praxis betrifft, ist sie kein eifersüchtiger Typ, die Allerbeste. Sie würde mich nie überwachen, nein, sie gibt mir, einem echten Macho-Mann, uneingeschränkte Freiheit. Solange sie keinen Verdacht hegt. Dann allerdings bricht die Hölle los. Dann droht mir die beste und toleranteste Ehefrau von allen im heiligen Zorn, sich einen so teuren Pelzmantel zu kaufen, daß ich bis an mein Lebensende ruiniert wäre. Aber wie gesagt, das geschieht nur, wenn sie Verdacht hegt. Tut sie es nicht, ist sie wieder die Toleranz in Person.

Manche sagen ihre Meinung durch die Blume, ich sage sie durch meine Geschichten. Und da in meinen Augen ein diensthabender Ehemann wie ein erobertes Land ist, dessen Schriftsteller wegen der strengen Zensur ihre Sehnsucht nach Freiheit und Unabhängigkeit nur allegorisch ausdrücken können – nehmen auch meine unterdrückten Wünsche häufig dichterische Gestalt an. Wie in dem folgenden Drama, welches erfolgreich durch die Zensur meiner Besten geschlüpft ist.

Fingerübungen in Polygamie

Ein uralter Herr sitzt allein auf der Veranda, auf seinen Stock gestützt, einen warmen Schal um den Hals. Er döst vor sich hin. Abends.

Seine uralte Frau kommt mit einer Tasse Tee heraus. Ihre Pantoffeln schlurfen über den Boden.

Sie: Du solltest deinen Tee trinken, solange er heiß ist.

Er: Hast du Zucker hineingetan?

Sie: (setzt sich neben ihn) *Zwei Löffel.*

Er: Gut. Ein Mann braucht ein bißchen Wärme. Hast du Zucker hineingetan?

Sie: Zwei Löffel.

Er: (trinkt seinen Tee. Die Schlürfgeräusche verraten, daß er ihn genießt.) *Hoppla.*

Sie: Was ist denn?

Er: Hoppla.

Sie: Was hast du?

Er: Mir fiel eben etwas ein. Ich hab's in irgendeiner Zeitung gelesen. Ein Jude aus dem Jemen hat um die Erlaubnis angesucht, sich eine zweite Frau zu nehmen. Angeblich hat das Rabbinat in Jerusalem zugestimmt.

Sie: Ich hab' davon gehört.

Er: Er hat keine Zeit vergeudet und gleich noch einmal geheiratet, schon am nächsten Tag.

Sie: Ich hab' auch davon gehört.

Er: Das ist doch etwas recht Außergewöhnliches, oder nicht? Ein Mann, der zwei Frauen hat?

Sie: Hältst du es für besser, eine Geliebte zu haben?

Er: Hab' ich eine Geliebte?

Sie: Nicht du. Die Männer im allgemeinen.

Er: Geliebte? Wer kann sich schon so was leisten heutzutage, hoppla.

Sie: Wieso schon wieder hoppla?

Er: Sie dürfen alles, diese orientalischen Juden. Aber wir, wir mußten unter den Bannfluch von diesem Rabbi Gershom geraten. Für uns europäische Juden ist es strengstens verboten, eine zweite Frau zu haben.

Sie: Wann hat er denn gelebt?

Er: Wer?

Sie: Gershom.

Er: Im elften Jahrhundert.

Sie: Warum berufst du dich dann auf ihn? Was geht dich das Mittelalter an? Willst du dahin zurück?

Er: Damit, meine Liebe, triffst du den Nagel auf den Kopf. Nach uraltem jüdischem Gesetz waren mehrere Frauen nicht nur gestattet, sie waren sogar eine Gottespflicht.

Sie: Siehst du! Warum hast du dann hoppla gesagt?

Er: Ich hatte ganz einfach nicht erwartet, daß du mit soviel Intelligenz gesegnet bist. Ich nahm an, du würdest ein wenig protestieren. (Schlürft seinen Tee.) *Hör zu, meine Gute, ich hätte nichts dagegen, wenn du mir den Tee stärker brauen würdest, viel stärker…*

Sie: Schon gut, schon gut.

Er: Du hast ja hundertprozentig recht, unsere Vorfahren hatten drei oder vier Frauen. Was sage ich, drei oder vier? Acht.

Sie: Sechzehn!

Er: Und mehr! Hoppla... Ein Mann kann sich von vielen Frauen sexuell angezogen fühlen, von vielen gleichzeitig. Das behaupten alle Anthropologen.

Sie: Wenn die das behaupten, bin ich sicher, daß es stimmt.

Er: Meine Liebe, ab morgen tust du mir etwas Zitrone in meinen Tee. Ich brauche Vitamine, viel Vitamine. Eines kann ich dir sagen: Wenn die beiden Frauen sich bemühen, miteinander auszukommen, ist das die ideale Lösung.

Sie: Warum sollten sie das nicht?

Er: Das hängt von ihrem guten Willen ab.

Sie: Versteht sich von selbst. Du würdest mir doch nicht so eine geschwätzige Ziege ins Haus bringen.

Er: Eine Ziege, wieso eine geschwätzige Ziege?

Sie: Die redet mir zuviel.

Er: Nicht alle. Das kannst du nicht so verallgemeinern. Aber wenn du sagst, du willst keine geschwätzige Ziege, dann bringe ich dir auch keine ins Haus.

Sie: Abgesehen davon bietet diese Situation auch viele Möglichkeiten.

Er: Hoppla. (Schlürft seinen Tee.) *Du glaubst also, daß es funktionieren kann?*

Sie: Was kann funktionieren?

Er: Dieses Arrangement.

Sie: Ich finde es sehr praktisch. Zwei Frauen könnten sich die ganze Hausarbeit teilen.

Er: Genau. Darum bin ich auch dafür. Es ist so praktisch.

Sie: Wir stehen beide am Morgen auf. Sie bringt dir den Kaffee ans Bett, und ich räume auf und spüle ab.

Er: Sehr richtig. Ihr teilt euch die Arbeit.

Sie: Später gibt sie dir dann deine Tropfen ...

Er: Tropfen, hoppla, die Tropfen.

Sie: Inzwischen bügle ich deine Unterwäsche, trage den Dreck hinaus und lasse ein heißes Bad für dich ein.

Er: Ein lauwarmes. Im Sommer nur ein lauwarmes.

Sie: Hauptsache, daß Abigail glücklich ist.

Er: Abigail?

Sie: Ich hätte so gern, daß du sie Abigail nennst. Meiner Meinung nach paßt dieser Name zu ihr.

Er: Meine Liebe, du kannst mir nicht solche Vorschriften machen. Was ist, wenn ich keine Abigail finde? Willst du etwa, daß ich die ganze Stadt nach Abigails absuche?

Sie: Ich hoffe, daß sie ein umgängliches Wesen hat. Wir könnten zusammen zur Schneiderin gehen, zum Supermarkt, in den Kosmetiksalon ...

Er: In was für einen Kosmetiksalon willst du?

Sie: Ich doch nicht. Abigail.

Er: Natürlich. Sie muß sich ja schön machen. Das ist sehr wichtig. Cremes, Parfüms und dieser ganze Firlefanz ...

Sie: Danach machen wir uns über dich her. Zu gleichen Teilen, gleiches Recht für beide.

Er: Hoppla! ... Morgen, meine Beste, tust du auch einen Schuß Brandy in den Tee, ja? Das wird ihm das gewisse Etwas geben.

Sie: Schon gut, ich hab' verstanden.

Er: Das muß ich dir lassen, meine Liebe, du bist die wunderbarste Frau in meinem Leben. Zumindest bis jetzt. Ich schwöre dir: Ganz gleich, was auch geschieht,

kleinen Größen anfertigen, aber schau, diese blauen da drüben, die wären genau das Richtige, das ist genau die Farbe von meinem neuen Kaschmirkostüm, aber ich kann diese hohe Verschnürung nicht leiden, das rutscht beim Gehen immer herunter, darum werde ich mich für diese lila Schuhe mit der Kreppsohle entscheiden, obwohl Kreppsohlen in der Hitze nicht angenehm zu tragen sind, schade, diese braunen dort in der linken Ecke dürften aus Lack sein, wenn man damit in den Regen kommt, bleiben scheußliche Flecken und die silbernen da oben sind besonders lieb, aber die haben so Löcher auf der Seite und da bekommt man immer Sand in die Schuhe und kleine Kieselsteine und diese türkisen da drüben sind auch nicht gut, weil sie zu flache Absätze haben, überhaupt mag ich mehr Schuhe, die weniger auffällig sind wie diese kanariengelben dort, die wären bezaubernd, aber die Masche hier stört mich, ich versteh nicht warum die Schuherzeuger nicht ein bißchen mehr Geschmack entwickeln können, das einzige, was sie interessiert, ist Geld und diese weißen da wären auch nicht schlecht, nur ist weiß furchtbar empfindlich und schwer sauber zu halten und dieses kreidige Zeug, das man darüber schmiert, das färbt immer auf die Strümpfe ab, und diese giftgrünen da wären wunderbar, aber ich habe gehört, daß die spitzen Modelle nicht mehr ›in‹ sind und überhaupt trägt man demnächst Schuhe ganz ohne Verzierungen und hinten kommt irgendein Gummiband hinein, damit man sie beim Gehen nicht verliert, so wie diese hellblauen dort drüben, aber ich vertrage den Gummi nicht und die da mit dem orangefarbenen

Knopf sehen ja ganz gut aus, aber die werden nicht einmal einen Monat lang halten, weil die Stöckel zu hoch sind und überhaupt das einzige, wofür ihr Männer euch interessiert ist, daß man gut ausschaut darin, wie man damit geht, ist euch ganz egal und jetzt komm auf die andere Straßenseite, weil ich habe drüben bei Rothmann ein unwiderstehliches Modell gesehen und zwar in hahnenkammrot mit einem kleinen Rosenmuster rundherum, was ist mit dir, warum kommst du nicht, um Gottes willen, was ist passiert, Hilfe, mein Mann fühlt sich nicht gut, das muß gewiß die Hitze sein, würden Sie ihn bitte rübertragen zu Rothmann, danke sehr.«

Kurz, nicht wahr? Die beste Ehefrau hat sich auch dafür erkenntlich gezeigt, indem sie die Geschichte von Anfang bis fast zu Ende persönlich gelesen hat. Sie hat einmal, wenn ich recht gehört habe, auch ein kurzes »Ha« von sich gegeben, entweder als Ausdruck ungewöhnlichen Langmuts oder des Gelüstes nach neuen Krokodillederprodukten.

Der liebe Gott hat die Handtaschen erschaffen, um Mann und Frau in ewiger Spannung zu halten.

»Siehst du«, ließ sie mich wissen, »die kurzen Geschichten gelingen immer.«

Ich war vom »Ha« noch so eingenommen, daß ich nicht widersprach. Wenn auch, unter uns gesagt, kein Zusammenhang besteht zwischen Länge und Qualität des Humors. Es gibt keine langen Geschichten, nur ungeduldige Ehefrauen. Es gibt Geschichten (zumindest für mich, aber ich bin ja schließlich auch jemand), die gerade wegen ihrer

Länge ausgesprochen komisch sind. Je mehr sie sich hinziehen, je monotoner sie werden, desto amüsanter sind sie.

Prüfen Sie selber!

Vor einigen Tagen suchte ich das Büro einer großen Fluggesellschaft auf, bei der ich einen Flug buchen wollte, und sprach mit einer der Damen am Buchungsschalter. Sie hatte ein sehr junges Gesicht, das einen reizvollen Kontrast zu ihrem grauen, in einen Pferdeschwanz gebundenen Haar ergab. Zum Abschluß unseres Gesprächs bat sie mich, meine Adresse zurückzulassen, worauf ich meiner Brieftasche eine Visitenkarte entnahm und sie ihr übergab. Am nächsten Tag mußte ich feststellen, daß bei dieser Gelegenheit die Notizblätter mit den Telefonnummern herausgefallen waren, kleine, rechteckig geschnittene Blätter, blau liniert, mit einem roten Querstreifen, sehr übersichtlich. Und sehr wichtig. Ich rief sofort im Büro der Fluggesellschaft an. Eine weibliche Stimme sagte: »Guten Morgen.«

»Guten Morgen«, antwortete ich. »Ich war gestern bei Ihnen und habe mit einer Ihrer Beamtinnen gesprochen, ihren Namen weiß ich nicht mehr, sie hat ein sehr junges Gesicht und trägt ihr graues Haar in einem Pferdeschwanz. Sie bat mich, meine Adresse zurückzulassen, und als ich meiner Brieftasche eine Visitenkarte entnahm, müssen einige Papiere herausgefallen sein mit Telephonnummern, die ich dringend brauche. Bitte würden Sie –«

»Einen Augenblick, mein Herr. Ich bin nur die Telephonistin. Ich verbinde Sie mit dem Sekretariat.«

»Danke.«

»Hallo.« Das war jetzt eine männliche Stimme. »Hier das Sekretariat.«

»Es handelt sich um folgendes«, begann ich. »Ich war gestern bei Ihnen und habe mit einer Ihrer Beamtinnen gesprochen, ihren Namen weiß ich nicht mehr, sie hat ein sehr junges Gesicht und trägt ihr graues Haar in einem Pferdeschwanz. Sie bat mich, meine Adresse zurückzulassen, und ich erinnere mich sehr deutlich, daß ich meine Brieftasche herauszog und ihr eine Visitenkarte entnahm. Zu Hause habe ich festgestellt, daß bei dieser Gelegenheit auch einige Blätter mit wichtigen Notizen herausgefallen waren, und –«

»Bitte warten Sie«, unterbrach mich die männliche Stimme. »Ich gebe Sie zum Buchungsschalter durch.«

Es vergingen nur wenige Minuten, bis eine weibliche Stimme sich am Buchungsschalter meldete.

»Ich weiß nicht, ob Sie es waren, mit der ich gestern vormittag gesprochen habe«, begann ich. »Es war jedenfalls eine Ihrer Beamtinnen, eine Dame mit sehr jungem Gesicht und grauen Haaren in einem Pferdeschwanz. Sind Sie das?«

»Leider nicht. Aber vielleicht kann ich Ihnen trotzdem helfen?«

»Danke vielmals. Also die Dame, mit der ich zu tun hatte, bat mich, meine Adresse zurückzulassen, und ich erinnere mich deutlich, daß ich meine Brieftasche herausgezogen habe, um ihr eine Visitenkarte

zu entnehmen. Bei dieser Gelegenheit sind einige wichtige Notizblätter –«

»Wann ist das passiert?«

»Gestern vormittag. Am frühen Vormittag, Fräulein.«

»Ich bedaure. Gestern hatte ich keinen Dienst. Sie müssen mit Alissa sprechen. Bitte bleiben Sie am Apparat.«

Nach einer Pause meldete sich eine neue Frauenstimme:

»Guten Morgen.«

»Guten Morgen, Fräulein. Ich war gestern in Ihrem Büro und sprach mit einer Ihrer Buchungsbeamtinnen, an ihren Namen erinnere ich mich nicht mehr, aber sie hat ein junges Gesicht mit einem grauen Ponyschwanz und bat mich, meine Adresse –«

»Verzeihen Sie, daß ich unterbreche. Hier ist wieder die Telephonistin. Sie haben heute schon einmal angerufen, nicht wahr? Mit wem wollen Sie jetzt verbunden werden?«

»Mit Fräulein Alissa.«

»Sofort ... Alissa! Du wirst am Telephon verlangt ... Bitte sprechen Sie.«

»Guten Tag, Fräulein Alissa. Man hat mich wegen dieser herausgefallenen Notizblätter an Sie gewiesen. Ich war gestern in Ihrem Büro und habe am Buchungsschalter mit einer Ihrer Damen gesprochen, ihren Namen weiß ich nicht mehr, ich erinnere mich nur, daß sie ein junges Gesicht und graue Haare in einem Pferdeschwanz hatte und daß ich meine Brieftasche herausnahm, um ihr eine Visitenkarte zu geben, weil sie meine Adresse haben wollte, und –«

»Welche Alissa meinen Sie? Alissa von der Luftfracht oder Alissa von der Buchung?«

»Von der Buchung.«

»Das bin nicht ich. Ich gebe Sie an die Zentrale zurück.«

»Hallo?« flötete die Zentrale. »Was wünschen Sie?«

»Alissa von der Buchung.«

Ein kurzes Geräusch, ein kurzes Knacken, ein abgehobener Hörer.

»Fräulein Alissa von der Buchung?« fragte ich.

»Ja.«

»Endlich. Ich habe eine Anfrage, weiß aber nicht, ob ich mit der richtigen Abteilung verbunden bin.«

»Sagen Sie mir bitte, um was es sich handelt. Dann werden wir's wissen.«

»Ich war gestern bei Ihnen. Gestern vormittag. Eine Ihrer Beamtinnen, ich erinnere mich nicht mehr an ihren Namen, sie hat ein sehr junges Gesicht und trägt ihr graues Haar in einem Pferdeschwanz, also diese Dame bat mich, meine Adresse zurückzulassen –«

»Nein, nein«, unterbrach mich Alissa. »Das war nicht meine Abteilung. Haben Sie schon mit dem Sekretariat gesprochen?«

»Ja. Mit einem Herrn.«

»Mit Stern?«

»Möglich. Ich konnte das durchs Telephon nicht erkennen.«

»Sicherlich war es Stern. Ich verbinde.«

»Guten Abend«, sagte Stern. »Hier Stern.«

»Habe ich vor einigen Stunden mit Ihnen gesprochen, Herr Stern?«

»Worüber?«

»Über die Visitenkarte aus meiner Brieftasche, gestern vormittag, und über die verlorenen Notizblätter mit den Telephonnummern.«

»Nein, das muß jemand anderes gewesen sein. Um was handelt es sich?«

»Es handelt sich um folgendes. Gestern vormittag war ich bei Ihnen, das heißt am Buchungsschalter, wegen einer Buchung. Die Beamtin, eine Dame mit sehr jungem Gesicht und grauem Haar in einem Pferdeschwanz, wollte meine Adresse haben –«

»Entschuldigen Sie, hier herrscht ein solcher Lärm, daß ich Sie nicht hören kann. Bitte bleiben Sie am Apparat. Ich melde mich aus einem anderen Zimmer.«

Tatsächlich meldete er sich etwas später aus einem anderen Zimmer:

»Hallo? Ja, jetzt ist es besser. Also wenn ich richtig verstanden habe, dann waren Sie gestern bei uns ...«

»Stimmt. Gestern vormittag. Und ich habe mit einer Ihrer Beamtinnen gesprochen, ihren Namen weiß ich nicht mehr, sie hat ein sehr junges Gesicht und trägt ihr graues Haar in einem Pferdeschwanz. Sie bat mich, meine Adresse zurückzulassen, und als ich meiner Brieftasche eine Visitenkarte entnahm, müssen einige sehr wichtige Notizblätter herausgefallen sein –«

»Das kann vorkommen«, tröstete mich Stern. »Ich nehme an, daß diese Blätter irgendwo bei uns liegen. Lassen Sie mich doch einmal herumfragen ...«

Ich hörte seine gedämpfte Stimme, die der Belegschaft im Nebenraum bekanntgab, daß gestern vormittag jemand hier gewesen sei und mit einem der

Mädchen gesprochen hätte, einem Mädchen mit jungem Gesicht und grauem Ponyschwanz, wahrscheinlich Stella, er wollte ihr seine Adresse geben und hatte sein Taschenbuch herausgenommen und bei dieser Gelegenheit sein Notizbuch verloren oder die Blätter mit den wichtigen Telephonnummern …

»Augenblick«, hörte ich eine andere Stimme rufen. »Ich glaube, der Portier hat etwas davon gesagt, daß er ein Notizbuch gefunden hat.«

Es dauerte nicht lange, und ich war mit dem Portier verbunden.

»Waren es rechteckige Blätter, blau liniert?« fragte er.

»Richtig. Und es standen Telephonnummern drauf.«

»Ich habe die Blätter heute an Ihre Adresse geschickt. Sie müßten morgen in der Post sein.«

»Danke. Danke vielmals.«

»Was war denn eigentlich los?«

»Nichts besonderes. Ich hatte vorgestern in Ihrem Büro mit einer Ihrer Damen gesprochen, ihren Namen weiß ich nicht mehr, sie hat ein sehr junges Gesicht und trägt ihr graues Haar in einem Pferdeschwanz. Sie bat mich, meine Adresse zurückzulassen, und als ich meiner Brieftasche eine Visitenkarte entnahm, müssen diese Papiere herausgefallen sein, mit Telephonnummern, die ich sehr dringend brauche –«

»Na, Hauptsache, daß sich die Blätter gefunden haben«, sagte der Portier.

»Ja, wirklich. Das ist die Hauptsache. Gute Nacht.«

»Gute Nacht«, sagte der Portier.

Als mein unvergeßlicher Freund und Übersetzer Professor Friedrich Torberg dieses Perpetuum mobile ins Deutsche übertrug, warnte er mich, daß es eine ganz ähnliche Geschichte bereits gäbe. Ich schlug vor, den Text nicht in mein neues Buch aufzunehmen, aber er war anderer Meinung:

Erinnerung an einen Schriftsteller, dessen Bild auf meinem Schreibtisch steht

»Mein Sohn (so nannte er mich, obwohl unser Altersunterschied diesen Verwandtschaftsgrad gar nicht rechtfertigte, und ich zahlte es ihm mit der Anrede ›Papi‹ heim). Mein Sohn«, so sagte also Torberg, »wenn du nur veröffentlichen willst, was zum erstenmal geschrieben wurde, dann kannst du deinen Beruf an den Nagel hängen.«

Torberg war ein lebendes Absurdum. Er war ein wunderbarer Übersetzer und es gibt keine wunderbaren Übersetzer. Um das Niveau des Originals zu halten, muß nämlich der Übersetzer das gleiche schriftstellerische Talent haben. Wenn man aber so talentiert ist, warum sollte man seine Zeit mit lästigen Übersetzungen vergeuden?

Überhaupt sind meine zahllosen Übersetzer eines meiner Hauptprobleme, um nicht zu sagen ein Trauma. Sie machen mein Leben zwar interessanter und farbiger, aber gewiß auch kürzer. Um ehrlich zu sein, meine glücklichsten Augenblicke als Schriftsteller erlebe ich, wenn ich ein frisch übersetztes Buch in der Hand halte – das ich nicht lesen kann. Dann muß ich mich nämlich nicht ärgern.

Das Vergnügen, einige Sprachen nicht zu verstehen

Die Probleme beginnen erst mit den Büchern, deren Sprache ich verstehe, da die meisten meiner Übersetzer mir zeigen wollen, wie ich eigentlich hätte schreiben müssen. Nur Torberg war auch da wieder eine Ausnahme. Taktvoll wie er war, sagte er mir nie, wie ich schreiben müsse, sondern gab vor, meine Bücher so zu übersetzen, wie ich sie »ursprünglich schreiben wollte«.

»Ja, mein Sohn«, pflegte er zu sagen, »du hast dafür einfach nicht die dichterische Erfindungsgabe.«

Ich habe ihm auch das nachgesehen.

Als Torberg in einem schwachen Moment den Entschluß faßte, meinen hebräischen Zeilen die entgegengesetzte Richtung zu geben, konnte er nicht ahnen, daß er sich mit diesem leichtsinnigen Akt in lebenslange Gefangenschaft begeben sollte. Bis zu seinem frühen Tod hat er fast 20 Bücher, mehrere Komödien, Hörspiele und weiß Gott noch was, von mir übersetzt. Er hat mit seiner einzigartigen Sprachvirtuosität aus meinen Werken einen Teil der deutschen Literatur gemacht, und ich kann ihm dafür nicht dankbar genug sein.

Es kam also nicht von ungefähr, daß ich nach fünfundzwanzigjähriger enger Zusammenarbeit, die von allen Kritikern als sehr gelungen bezeichnet wurde, unser Verhältnis an einem schönen Maitag doch legalisieren wollte:

Mein erster Heiratsantrag, der abgelehnt wurde

»Papi«, schlug ich ihm vor, »ich will dich heiraten.«

»Es tut mir leid«, antwortete Torberg nach kurzem Nachdenken, »du bist zu alt für mich.«

Ich weiß auch, daß er es oft bereut hat, so viele Jahre an meine Werke verschwendet zu haben, statt eigene zu schreiben. »Sogar der beste Übersetzer spielt nur Ping-Pong und kein Tennis«, schrieb er mir in einem seiner letzten Briefe. Zu seinem Trost schrieb ich eine Kurzgeschichte darüber, wie wirksam eine wortgetreue Übersetzung ist. Ich widmete sie ihm, dem besten Übersetzer von allen.

Dieser Tage stellte meine Frau so nebenbei fest, daß kein Joghurt mehr im Hause sei – nicht nur ein wesentlicher Bestandteil meines Frühstücks, sondern auch ihrer Schönheitspflege –, also begab ich mich eilends zu unserem Lebensmittelhändler um die Ecke, wo ich mitten in eine erregte Streiterei hineinplatzte.

Mein Nachbar Jechskel brüllte mit hochrotem Kopf den Lebensmittelhändler an, worauf jener in einer Lautstärke zurückbrüllte, die sogar einem Abgeordneten der Opposition zur Ehre gereicht hätte. Eine zusätzliche Komplikation ergab sich daraus, daß der Lebensmittelhändler in gutem Hebräisch fluchte, während Jechskel seine Verwünschungen ungarisch hervorstieß, die einzige Sprache, die er einigermaßen beherrscht.

»Ich habe ein Dutzend Eier von ihm verlangt«, erklärte mir Jechskel in unserer tatarischen Muttersprache, »und der debile Vollidiot ließ eines seiner miesen Eier auf den dreckigen Ladentisch fallen. Jetzt behauptet dieser unverschämte Kerl auch noch, daß ich das faule Ei zerbrochen habe, und will, daß ich es bezahle. Ich denke nicht daran! Sie können ihm in seinem haarsträubenden Kauderwelsch sagen, daß er ein hinterfotziger Schweinehund ist, und wenn er noch ein Wort von sich gibt, dann zerbreche ich jedes einzelne seiner stinkenden Eier auf seinem verblödeten Kopf!«

Ich war in Eile.

»Also gut«, sagte ich zu Jechskel und wandte mich an den Ladeninhaber. »Der Herr läßt Ihnen sagen«, übersetzte ich, »daß es ihm aufrichtig leid tut, wenn er seine Beherrschung verloren haben sollte. Aber er ist der ehrlichen Überzeugung, daß dieses Ei ohne sein schuldhaftes Dazutun zerbrochen sei.«

»Ach ja?« fauchte der Mann hinter der Theke. »Dann bestellen Sie ihm von mir, daß er ein unverschämter Lügner ist. Sie können ihm außerdem mitteilen, daß ich schon einmal wegen Totschlags verurteilt wurde und jederzeit bereit bin, mich für das außerordentliche Vergnügen, ihm seinen dreckigen Hals umzudrehen, noch einmal ins Zuchthaus zu setzen, wenn er mir nicht auf der Stelle dieses unschuldige Ei bezahlt!«

»Gerne«, erwiderte ich und wandte mich in fließendem Ungarisch an Jechskel: »Er sagt, daß es ihm außerordentlich leid tut. Bei näherer Betrachtung wäre es durchaus möglich, daß er das Ei zerbrochen hat, und er denkt nicht daran, auch nur einen halben Piaster von Ihnen zu verlangen.«

»Also gut«, sagte Jechskel befriedigt, »solange er nicht Geld aus mir herausquetschen will ...«

»Mein Freund sagt«, übersetzte ich ohne zu zögern, »daß er natürlich gerne bereit ist das Ei zu bezahlen, denn nichts auf der Welt liegt ihm ferner, als einen ehrsamen Handelsmann um sein kärgliches Einkommen zu bringen.«

»Vergessen Sie's«, der Händler lächelte uns beide an. »Glauben Sie, daß ich wegen eines lausigen Eis einen guten Kunden verlieren will? Mir kam es nur so vor, als wollte er Schwierigkeiten machen ...«

Er streckte seine Hand aus, tauschte einen warmen Händedruck mit Jechskel, und wäre nicht die Theke zwischen den beiden gewesen, so wären sie sich wie längst verlorengeglaubte Brüder in die Arme gefallen.

An diese Begebenheit mußte ich denken, als ich vor kurzem in der Zeitung las, für die nächsten Abrüstungsgespräche zwischen den beiden Supermächten würde ein verläßlicher Dolmetscher gesucht.

Nehmt mich.

Natürliche Ursachen für ein übernatürliches Phänomen

Torberg war ein Experte in Sachen Humor auch ohne mich. Auch seine Erkenntnis über die zwingende Ähnlichkeit humoristischer Werke traf zu. Wenn man zwei Berufshumoristen in zwei nebeneinander liegende Zimmer sperrt und ihnen befiehlt, je hundert Satiren zu schreiben (das ist übrigens ganz genau das, was manche Verleger tun), würden die zweihundert fertigen Satiren einander in Inhalt und Stil so ähneln, daß man an Telepathie glauben müßte.

Der Humorist lebt eben nicht für sich allein. In seinem Kopf sitzt ein kleiner Sekretär (oder, neuen Zeiten angepaßt, ein Chip), der alles, was unter dem Stichwort Humor fällt, auf der Gehirnrinde aufzeichnet. Er sammelt pausenlos Ideen und Pointen. Auch im Schlaf, 24 Stunden im Tag, rund um die Uhr.

Aber er, der kleine Sekretär, ist nicht des Humoristen Diener, er ist sein Herr. Der Schriftsteller kann ihn niemals ausschalten, er ist autonom wie Südtirol oder Bauchweh. Dieser Mini-Programmierer bricht sogar während einer Beerdigung in röhrendes

Gelächter aus und kritzelt pikante Limericks auf die Innenwände meines Kopfes...

Humoristen unterscheiden sich wohl voneinander, aber der kleine Maschinist in ihrem Kopf, das winzige Schlitzohr, ist immer derselbe. Das Resultat: dasselbe Thema, derselbe Blickwinkel, dieselbe Pointe, dasselbe Plagiat und dieselbe Schande...

Auch ich kann auf einige skandalöse Fälle zurückblicken.

So hat man mich wiederholt darauf aufmerksam gemacht, daß meine Geschichte über Kreuzworträtsel fünfzig Jahre zuvor schon Kurt Tucholsky niedergeschrieben hat. Und mein Einakter über den magenkranken Einbrecher ist identisch mit einer Erzählung von O. Henry. Dagegen ist man also machtlos. Wir haben eben den gleichen Vogel im Kopf...

Ist das Selbstplagiat strafbar?

Viel ärgerlicher ist es, wenn dem Schriftsteller skrupelloses Abschreiben vorgeworfen wird – und er hat nur bei sich selber geborgt. Das ist bei mir fast schon eine liebe Gewohnheit geworden. Ich schreibe etwas, die Leute lesen es und merken sich die Pointe, nicht aber mich. Wenn ich mich dann nach Jahren einmal selbst zitiere, werfen mir die Leser empört vor, das sei ein Witz mit sooo langem Bart. Ich kann nicht jedem einzeln erklären, daß es schließlich *mein* Bart ist...

Außerdem, ganz unter uns gesagt, irgendwann, irgendwo und irgendwie wurde alles schon einmal geschrieben. Es ist sehr schwer, etwas Neues zu erdichten, seit Aristophanes (der übrigens damit angefangen hat, meine Ideen zu stehlen...).

Was wir, die vom Aussterben bedrohte Gattung

Humorist in unseren benachbarten Zimmern erfinden, sind nichts anderes als Variationen in D-Dur, das Hauptmotiv wiederholt sich.

Nach einer freundlichen Plauderei mit einem Verleger über dieses Thema entwarf ich eine Satire, die eines Wiedersehens vielleicht wert ist.

Ich muß Sie auf etwas aufmerksam machen«, sagte mein Verleger und seufzte. »Bevor Sie ein neues Buch anfangen, sollten Sie sich darüber klar sein, daß in unserem Land kein Mensch mehr liest.«

»Übertreiben Sie nicht«, antwortete ich. »Zufällig weiß ich von einem alten Ehepaar in Georgmarienhütte, das jedes Jahr mindestens zwei Bücher kauft.«

»Ja, von denen habe ich auch schon gehört. Aber für ein einziges Ehepaar kann man keine Buchproduktion aufziehen. Ich würde Ihnen deshalb empfehlen, sich auf Kinderbücher umzustellen. Dank unserem veralteten Erziehungssystem werden Kinder in der Schule noch zum Ankauf von Büchern gezwungen.«

»Dann schreibe ich also ein Kinderbuch. Was für Stoffe verkaufen sich denn jetzt am besten?«

»Tiere.«

»Also ein Kinderbuch über ein Tier.«

»Ja. Was schwebt Ihnen vor?«

»Lassen Sie mich nachdenken. Sagen wir: ›Mecki, der Sohn des Ziegenbocks.‹ Wie wäre das?«

»Schlecht. Hatten wir schon. Es hieß ›Mecki-Mecks Abenteuer‹. Acht Auflagen. Mecki-Meck brennt von zu Hause durch, fährt mit einem Jeep in die Stadt, erlebt

verschiedene Abenteuer, entdeckt, daß es zu Hause doch am besten ist, und kehrt zu Mecki-Mami zurück. Sie müssen sich ein wenig anstrengen, Herr Kishon. Fast alle für Kinder geeigneten Tiere sind bereits aufgebraucht.«

»Auch die Bären?«

»Das will ich meinen. Vor einem Monat begann unsere neue Serie ›Tommy, der Eisbär‹. Tommy brennt von zu Hause durch, erklettert einen Fahnenmast, erlebt alle möglichen Abenteuer, kommt dahinter, daß es zu Hause doch am besten ist, und kehrt in einem Jeep zu Brummi-Papi zurück. Alles schon dagewesen. Hunde, Katzen, Kühe, Schmetterlinge, Zebras, Antilopen ...«

»Auch Hyänen?«

»Auch Hyänen. ›Helga das Hyänenkind im Untergrund.‹ Sieben Auflagen.«

»Helga brennt durch?«

»Sie erklettert in der Wüste heimlich einen Jeep und macht sich aus dem Sand. Fällt Ihnen denn gar nichts Neues ein?«

»Ameisen!«

»Das ist gerade jetzt unser Bestseller. ›Amos Ameis in Tel Aviv.‹ Er brennt von zu Hause durch ...«

»Fledermäuse?«

»›Fifi Fledermaus und ihre vierzig Verehrer.‹ Die Abenteuer einer kleinen Fledermaus, die ihre Eltern verläßt und –«

»Und zurückkehrt?«

»Natürlich. Auf einem Jeep.«

Der Verleger erhob sich und begann sein Lager zu durchstöbern.

»Es gibt kaum noch ein freies Tier«, murmelte er. »Hier bitte: ›Felix der Falke bei den Olympischen Spielen‹ ... ›Schnurrdiburr die Hummel, die sich für eine Biene hielt‹ ... ›Koko die Klapperschlange‹ ...«

»Ich hab's! Regenwurm!«

»Siebzehn Auflagen. ›Rainer der Regenwurm auf hoher See.‹ Er geht an Bord eines Frachters –«

»Wie macht er das?«

»Er versteckt sich in einer Ladung von Jeeps.«

»Hm. Dann bleiben nur noch die Flöhe.«

»›Balduin der Bettfloh auf Wanderschaft.‹ Unsere nächste Neuerscheinung. Balduin entspringt seinen Eltern –«

»Auf einem Jeep.«

»Ja! Wieso wissen Sie das? Dort freundet er sich mit Mizzi der Moskitodame an, die von zu Hause durchgebrannt ist. Aber das geht dann schon in eine andere Serie über.«

»Karpfen?«

»›Karl der Karpfen bei den Fallschirmjägern.‹«

»Austern?«

»›Aurelia die Auster und ihr Zwillingsbruder August.‹ Sie verlassen ihre Schale, aber nach einiger Zeit kehren sie zurück, weil sie –«

»Schon gut. Wie wär's mit einem Tiefseeschwamm?«

»Tiefseeschwamm ... warten Sie ... nein, das hatten wir noch nicht.« Das Antlitz meines Verlegers erhellte sich hoffnungsfroh. »Gut, machen Sie's. Aber Sie müssen sich beeilen, sonst schnappt's uns jemand weg.«

»Keine Sorge«, beruhigte ich ihn. »Ich fange sofort

an. Lassen Sie den Schutzumschlag entwerfen: ›Theobald der Tiefseeschwamm geht in die Stadt.‹«

Ich eilte nach Hause, die wilden Anfeuerungsrufe meines Verlegers im Rücken.

Heute habe ich den ersten Band der neuen Serie beendet. Eine großartige Handlung, voll von Überraschungen. Theobald reißt sich vom Elternhaus los, um in Jerusalem die Laufbahn eines Badeschwamms zu ergreifen. Im nächsten Band wird er nach Hause zurückkehren. Vielleicht auf einem Jeep.

Familiäre Beziehungen zur Tierwelt

Diese Geschichte hat aber nicht nur einen verlagspolitischen Hintergrund. Ich schrieb sie für ein liebes kleines Kind, dessen Tierliebe seine Umwelt bis zu Tränen rührte. Der Bub heißt Rafi und ist zufällig mein Sohn. Viele Geschichten habe ich über den kleinen Kerl geschrieben, in letzter Zeit jedoch kam er seltener vor. Er promovierte nämlich inzwischen an der Universität Gießen zum Tierarzt.

Kaum zu glauben. Erst gestern, so kommt es mir vor, schrieb ich die Geschichte über Rafis Geburt. Heute sehe ich in den Spiegel und sage zu mir selbst: So also sieht der Vater eines Tierarztes aus …

Das ist nicht so ohne weiteres zu verkraften.

Irgendwo in unserem Herzen bleiben wir ja ewig Kinder. Humoristen noch etwas länger. Deshalb ist es so unglaublich, daß der kleine Lausbub heute »Med.Vet.« vor seinen Namen schreibt. Unter vier Augen gibt Rafi auch zu, er ist gar nicht so glücklich darüber, daß aus ihm so schnell ein Rafael wurde …

Seinen Beruf haben wir in völliger Übereinstimmung entschieden, weil Rafi Tiere so liebt. Inzwischen hat sich aber ein neuer unschätzbarer Vorteil herauskristallisiert: Daß die Tiere ihre Arztrechnung nicht von der Einkommensteuer absetzen können.

Und noch eine Vergünstigung in der Definition meines sendungsbewußten Sohnes:

»Papageien telefonieren in der Nacht nicht.«

Allem Anschein nach hat das Kind seinen ungewöhnlichen Sinn für Humor von seiner Mutter geerbt. Trotzdem ist es ein Problemkind: im Leben wohl erwachsen, nicht aber auf den Seiten meiner Bücher. In meinen Familiengeschichten zum Beispiel, die in vielen Sprachen verbreitet sind, kräht der promovierte Veterinär noch immer in seiner Wiege – und das tut der Glaubwürdigkeit seines Vaters natürlich einen Abbruch.

Warum die Gestalten meiner Bücher keine Frischzellenkur brauchen.

Die Gefahr besteht vor allem in Ländern, in denen man mich mit vieljähriger Verspätung verlegt hat, wie zum Beispiel in Finnland. Es muß wohl in Helsinki (ehemals Helsingfors) gewesen sein, als eine reizende Großmutter mich auf der Straße erkannt hat. Unser Dialog entbehrte nicht der Originalität:

Muß es immer Helsinki sein?

»Maestro«, schwärmte die bejahrte Finnin, »ich habe Ihr Buch gelesen. Die Geschichte im Supermarkt, als man dieses bezaubernde Baby irrtümlich in Ihre Tragetasche steckte, dieses, wie hieß es doch gleich, ja, Rafi, einfach zum Fressen! Das Kind ist wohl zu Hause bei seiner Mutter?«

»Nein, Madam, er ist in Chicago und operiert Nilpferde.«

Gut, gut, also Pferde, ohne Nil. Vielleicht auch nur Katzen. Oder Hühner. Jedenfalls hat mein romantischer Sohn, Tierarzt seit fünf Minuten, in seiner Promotionsrede zum Entsetzen seiner Professoren erklärt:

»Schließlich ist es das einzige Gebiet in der Medizin, das dem Arzt erlaubt, seine Patienten zu verspeisen...«

Ja, der Bub war immer schon ein bißchen vorlaut. Aber es ist nicht seine Schuld. Rafi ist ein Produkt der fortschrittlichen Erziehungsmethoden, die die westliche Welt im Sturm, oder besser gesagt schlagartig eroberten. Meine persönliche Meinung zu diesem pädagogischen Komplex schrieb ich aus einem professionellen Blickwinkel – dem Hohenpriester im Erziehungswesen.

13. September. *Heute begann ich meine pädagogische Karriere an einer Elementarschule, wo ich einen flüchtig gewordenen Lehrer ersetze. Es ist ein wunderbares Gefühl für einen Jugenderzieher, wenn eine Schar von jungen, süßen Sabres an seinen Lippen hängt.*

Die in Israel geborenen Kinder, von denen ich mit Gottes Hilfe drei habe, werden nach der südländischen Kaktusfrucht »Sabre« genannt. Diese Frucht ist außen zwar stachelig, aber dafür innen völlig ungenießbar.

Die erste Stunde begann schön und verheißungsvoll. Etwas später jedoch – es mochten zwei oder drei Minuten vergangen sein – drehte ein in der ersten Reihe sitzender Schüler namens Taussig seinen Transistor an. Nachdem ich ihn mehrmals vergebens darauf aufmerksam gemacht hatte, daß ich in meiner Klasse keine Schlagermelodien dulden könnte, ging mein Temperament mit mir durch, und ich verwies ihn des Raumes. »Marsch hinaus«, sagte ich. Taussig schaltete auf Kurzwelle um, die bekanntlich von Beat-

Musik beherrscht wird, und sagte: »Marsch selber hinaus!«

Ich nahm seine Anregung auf, ging zum Anstaltsleiter und berichtete ihm den Vorfall. Der Anstaltsleiter gab mir zu verstehen, daß ich unter gar keinen Umständen das Klassenzimmer hätte verlassen dürfen. »Wenn jemand hinauszugehen hatte, dann ganz entschieden Taussig«, erklärte er wörtlich. »Sie dürfen niemals Anzeichen von Schwäche zeigen!« Ich kehrte zur Klasse zurück und begann demonstrativ einen Vortrag über das Siegeslied Deborahs. Aber ich glaube nicht, daß Taussig mir verziehen hat.

27. September. *Ein unangenehmer Zwischenfall. Es steht noch nicht ganz fest, wer daran schuld ist. Soviel ich weiß, begann die Auseinandersetzung damit, daß ich in Taussigs Schularbeit einen orthographischen Fehler entdeckte. In dem Satz: »Am liebsten von allen Büchern lesen wir die Bibel« hatte er »wir« mit ie geschrieben, »wier«. Ich stand hinter ihm, während er schrieb, und zeigte ihm den kleinen Irrtum an. Taussig ergriff sein Lineal und schlug es mir auf die Finger. Es tat weh. Da ich kein Anhänger blinder Disziplin bin, lehne ich die körperliche Züchtigung als pädagogisches Mittel ab. Ich ersuchte den irregeleiteten Knaben, seine Eltern zu mir zu schicken, und beschwerte mich beim Anstaltsleiter.*

Nach ottomanischem Gesetz – das auf manchen Gebieten unseres öffentlichen Lebens noch in Geltung ist, wie Sie wissen – darf der Schüler seinen

Lehrer schlagen, aber der Lehrer darf nicht zurückschlagen«, erklärte mir der gewiegte Fachmann. »Kommen Sie den Kindern nicht zu nahe.«

29. September. *Heute hatte ich Besuch von Taussigs Eltern: eine Mutter, zwei Väter und mehrere Onkel. »Also mein Junge ist ein Idiot?« brüllte der eine Vater, und: »Mein Sohn kann nicht schreiben, he?« brüllte der andere. Nach einem kurzen, heftigen Schlagwechsel versuchte man, mich gegen die Wand zu drücken, aber ich war von diesem primitiven Vorgehen nicht weiter beeindruckt, schlüpfte durch eine Lücke, die im Kreis der mich Umzingelnden entstanden war, und flüchtete zitternd ins Zimmer des Anstaltsleiters, das ich rasch versperrte. Die vielen Eltern hämmerten gegen die Tür. »Sie werden sie noch einschlagen«, flüsterte der verschreckte Schulmeister. »Ergeben Sie sich.« Ich versuchte ihm begreiflich zu machen, daß dies meiner Vater-Imago in den Augen der Schüler abträglich wäre. Die Schüler hatten unterdessen allerlei Bücher und Aktenstöße vor den Fenstern aufgeschichtet, um bessere Sicht zu haben, und feuerten die Taussigs mit erstaunlich rhythmischen Zurufen an.*

Einem Beamten des Unterrichtsministeriums, der zufällig auf der Szene erschien, gelang es schließlich, einen Waffenstillstand herbeizuführen. Die durch seine Vermittlung zustande gekommene Abmachung sah vor, daß Taussigs Eltern das Gebäude evakuieren sollten; wier hingegen würden in Hinkunft gegen die individuellen Schreibarten der Schüler keine kleinlichen Einwände mehr erheben.

9. Oktober. *Die heutigen Demonstrationen nahmen ungewöhnliche Ausmaße an. Etwa ein Dutzend Angehörige des VII. Jahrgangs rotteten sich vor dem Drahtverhau zusammen, der unser Schulgebäude umgibt, und verbrannten mich in effigie. Es ließ sich nicht leugnen, daß die Ereignisse meiner Kontrolle entglitten. Ich beriet mich mit dem Anstaltsleiter.*

»Tja«, meinte der abgeklärte Veteran des Erziehungswesens. »Das ist eben unsere vitale, kampflustige Pionierjugend. Wetterharte Wüstensöhne, in einem freien Land geboren. Keine Spur von Minderwertigkeitsgefühlen. Da helfen keine konventionellen Methoden wie Vorwürfe oder gar Strafen. Denen imponiert höchstens ein Bulle wie Blumenfeld ...«

Blumenfeld gehört zu unseren jüngeren Lehrkräften. Er ist ein netter, umgänglicher Mann von massivem Äußeren und beachtlichem Gewicht. Seltsamerweise herrscht in seinen Unterrichtsstunden immer Ruhe und Ordnung. Auch von elterlicher Seite sind noch keine Beschwerden gegen ihn eingelaufen. Ich fragte den Anstaltsleiter nach Blumenfelds Geheimnis.

»Ganz einfach: er ist ein Pädagoge«, lautete die Antwort. »Er hebt nie eine Hand gegen seine Schüler. Er tritt sie mit Füßen.«

Ich habe mich in einen Judo-Kurs einschreiben lassen. Alle zwölf Teilnehmer sind Lehrer. Außerdem habe ich mir vorgenommen, von jetzt an zurückzuschlagen, ottomanisches Gesetz hin oder her. Der Anstaltsleiter weiß noch nichts davon.

21. Oktober. *Von unserer Gewerkschaft kam die Nachricht, daß das Finanzministerium nicht bereit ist,* *dem Gesetzentwurf betreffend eine »Körperliche Gefahrenzulage für Lehrer« zuzustimmen, da an der Erziehungsfront noch keine offenen Kampfhandlungen stattgefunden hätten. Schade. Ich bin allen möglichen Leuten Geld schuldig: dem Lebensmittelhändler, dem Versicherungsagenten und dem Notar, der mein Testament aufgesetzt hat. Ich habe mich nämlich entschlossen, Taussig bei den morgen beginnenden Abschlußprüfungen in Grammatik durchfallen zu lassen. Mein halbes Vermögen, 25 Pfund in bar, habe ich dem Erholungsheim für schwerbeschädigte Lehrer vermacht, die andere Hälfte den Witwen jener, die in Erfüllung ihrer Pflicht einen vorzeitigen Tod fanden.*

Gestern informierte ich den Anstaltsleiter, daß vom Dach des Schulgebäudes mehrere Schüsse auf mich abgegeben wurden. Er legte mir nahe, das Gebäude durch einen andern Ausgang zu verlassen.

22. Oktober. *Taussig ist durchgefallen. Aber ich hatte vergessen, daß sein Bruder Sergeant in einem Artillerieregiment ist. Das Bombardement begann am Morgen, während wir das Thema »Herzls Vision vom Judenstaat« behandelten. Zum Glück hatten wir schon vor einigen Jahren einen Bunker angelegt, als der Sohn eines Luftwaffenmajors beim Abitur durchgefallen war. In diesen Bunker flüchteten wir. Die Granaten schlugen in bedrohlicher Nähe ein.*

Gegen Mittag verließ der Anstaltsleiter mit einer weißen Flagge das Schulgebäude. Nach einer bangen Wartezeit brachte er die Bedingungen der Rebellen: »Befriedigend« für Taussig und eine Entschuldigung an die ganze Klasse. Ich erklärte mich einverstanden, aber die Rebellen wiesen meine Entschuldigung als »nicht aufrichtig gemeint« zurück und nahmen den Anstaltsleiter als Geisel gefangen.

Erst einige Stunden später – denn mittlerweile war der rechte Flügel des Schulgebäudes, wo sich die Telephonzentrale befand, durch Granateinschläge beschädigt worden – konnte ich die Verbindung mit dem Unterrichtsminister herstellen und protestierte gegen die Erniedrigungen, die der Lehrkörper zu erdulden hatte. Wie sollen wir den Schülern als Muster dienen, wenn wir die Anstalt immer nur paarweise verlassen können, um gegen Anschläge aus dem Hinterhalt gesichert zu sein? Es ist – so gab ich dem Minister zu bedenken – eine Frage der beruflichen Würde. Ein Lehrer, der von seinen Schülern jeden Tag geohrfeigt wird, verliert allmählich das Gesicht.

Der Minister versprach, meine Beschwerde zu prüfen, warnte mich aber vor weiteren Erpressungsversuchen. Damit war die Angelegenheit bis auf weiteres erledigt.

15. November. *Was ich die ganze Zeit befürchtet hatte, ist eingetreten. Taussig hat sich erkältet. Eine Polizeistreife erschien in der Schule und verhaftete mich, da Taussig mich als den Schuldigen bezeichnet hatte. Die Anklage lautete auf »sträfliche Vernachlässigung der pflichtgemäßen Obsorge«. Meine Beteuerungen, daß nicht ich es gewesen sei, der das Fenster offengelassen hatte, waren vergebens. Alle Eltern Taussigs sagten übereinstimmend gegen mich aus. Ein Vertreter des Roten Kreuzes fragte mich, ob ich vor* *der Urteilsvollstreckung noch einen Wunsch hätte. Ich bat um eine Zigarette und äußerte den Wunsch, daß der Schüler Taussig der Hinrichtung fernbleiben möge.*

Alles hat seine Grenzen.

Satiren sind lebensgefährlich.

Die Tür meines Arbeitszimmers öffnete sich einen Spalt, und herein lugte ein roter Haarschopf:

»Vater«, teilte mir das Kind darunter mit, »der Lehrer läßt dich bitten, dich morgen früh bei ihm zu stellen.«

Vater? Mich stellen?

Der Marschbefehl des Klassenlehrers traf mich jedoch nicht unvorbereitet. Schließlich sind Lehrer überempfindliche Wesen, sowohl wegen ihres erbärmlichen Gehaltes, als auch wegen der gelegentlichen Ohrfeigen – aber das habe ich bereits erzählt...

Am nächsten Morgen band ich mir eine dunkle Krawatte um. Während ich die Treppe zur Schule hochstieg, studierte ich meine Verteidigungsrede ein, die auf satirische Freiheit und freie Satire gegründet war. Die mitleidigen Blicke der Schulkinder verfolgten mich bis zur Tür des Lehrerzimmers...

Eine niedrige Stirn ist noch lange kein Beweis für Humorlosigkeit. Aber auch nicht für das Gegenteil.

Dort erwarteten mich zwei Herren: besagter Klassenlehrer und ein gedrungener Familienvater mit auffallend niedriger Stirn.

»Danke, daß Sie gekommen sind. Herr Taussig hat mit Ihnen zu reden«, stieß der Klassenlehrer hervor und verließ fluchtartig das Lehrerzimmer.

Ich blieb mit Herrn Taussig zurück. Er rückte an mich heran:

»Das werden Sie mir büßen, Sie Schmierant!«

Ich stand vor einer neuen Situation.

Das Schicksal wollte es, daß zwei Klassen höher ein lebendiger Taussig die Schulbank drückte, und er und seine Familie hatten nach diesem niederträchtigen persönlichen Angriff meinen Untergang beschlossen.

Diese Folgen sind Teil meines Berufsrisikos und mir seit Beginn meiner Laufbahn wohlvertraut: oftmals treffe ich den Falschen. Der Jäger schießt auf einen Tiger und es fällt ihm ein Affe ins Genick...

In einem brillanten zweistündigen Plädoyer versuchte ich den wutschnaubenden Vater davon zu überzeugen, daß ich den Namen Taussig rein willkürlich gewählt hatte. »Um ehrlich zu sein«, ich erlaubte mir ein beschwichtigendes Schmunzeln, »weil es so komisch klingt.« Als die Taussigsche Stirnader neuerlich anschwoll, fügte ich rasch hinzu, schließlich hätte ich den Lausbuben ebensogut anders, sagen wir Schmullewitz, nennen können...

»So heißt mein Schwiegervater, Avraham Schmullewitz«, röchelte Taussig und subsumierte die zwischen uns erreichte Verständigung: »Wenn Sie noch einmal die guten Namen unserer Familie beschmutzen, hole ich meinen Schwager!«

Taussigs kommen selten allein!

Das saß. Seit meinen Schultagen fürchte ich mich vor gutgebauten Schwagern. Dieser ganz normale Zwischenfall lehrt jedoch Grundsätzliches über die Publikumsreaktion:

* erstens, daß Finanzminister schwerer zu beleidigen sind als Taussigs,

* zweitens, daß den Leuten nichts so sehr das Blut in Wallung bringt, wie ihren eigenen Namen gedruckt zu sehen.

Mit diesem latenten Risiko muß man leben.

Ich mußte während der vergangenen Jahre und Bücher ebenfalls erfahren, daß es auch den raffiniertest ausgeklügelten Namen schon irgendwo gibt. Wenn meine Phantasie einen so unmöglichen Namen wie, sagen wir, Jakob-Maria Dingsbums ausspuckt, bin ich bereit, den Wagen meiner Frau gegen jenen des Lesers zu verwetten, daß binnen 72 Stunden auf meiner Türschwelle ein muskelstrotzender junger Mann im schwarzen Trikot steht und sich vorstellt:

»Ich bin der Schwager von Jakob-Maria Dingsbums ...«

Dringende Eingabe bei Lloyds

Auf meinen Vorschlag bei Versicherungsgesellschaften, dafür eine Police einzuführen, habe ich bisher noch keine brauchbare Antwort bekommen.

Das Namensproblem ist jedoch beileibe nicht die einzige Chance, mit Schwagern auf Nahkampfebene zu verkehren. Manchmal schreibt man eine zehn Seiten lange Satire, und plötzlich ist ein Komma zu Tode beleidigt. Um das zu erklären, muß ich neuerlich von der unbeabsichtigten Folge einer Lieblingsgeschichte von mir erzählen.

Mein Sohn Amir steht am Rand des Schwimmbekkens und heult.

»Komm ins Wasser!« rufe ich.

»Ich habe Angst!« ruft er zurück.

Seit einer Stunde versuche ich, den zweiten Rotschopf in der Familie ins Wasser zu locken, damit ihn Papi im Schwimmen unterweisen kann. Aber er hat Angst. Er heult vor lauter Angst. Auch wenn sein Heulen noch nicht die höchste Lautstärke erreicht hat – bald wird es soweit sein, ich kenne ihn.

Ich kenne ihn und bin ihm nicht böse. Nur allzu gut erinnere ich mich, wie mein eigener Papi versucht hat, mir das Schwimmen beizubringen, und wie ich heulend vor Angst am Rand des Schwimmbeckens stand. Mein Papi ist damals recht unsanft mir mir umgegangen.

Seither haben sich die Methoden der Kindererziehung grundlegend geändert und verfeinert. Nichts liegt mir ferner, als meinem Sohn etwas aufzuzwingen, wozu er keine Lust hat. Er soll den entscheidenden Schritt aus eigenem Antrieb tun. Wie ein junger Adler, der zum erstenmal den elterlichen Horst verläßt und in majestätischem Flug durch die Lüfte zu schweben beginnt. Es braucht nur einen kleinen Stoß, den Rest besorgt dann schon die Natur. Verständnis für die kindliche Seele: darauf kommt es an. Verständnis, Güte und Liebe, sher viel Liebe.

»Komm her, mein Kleiner«, flöte ich. »Komm her und sieh selbst. Das Wasser reicht dir kaum bis zum Nabel, und Papi wird dich festhalten. Es kann dir nichts geschehen.«

»Ich hab Angst.«

»Alle anderen Kinder sind im Wasser und spielen und schwimmen und lachen. Nur du stehst draußen und weinst. Warum weinst du?«

»Weil ich Angst hab.«

»Bist du denn schwächer oder dümmer als die anderen Kinder?«

»Ja.«

Daß er das so freimütig zugibt, spricht einerseits für seinen Charakter, anderseits nicht. Vor meinem geistigen Auge erscheint ein Schiff auf hoher See, das im Begriffe ist zu sinken. Die Passagiere haben sich auf Deck versammelt und warten ruhig und diszipliniert auf die Anweisungen des Kapitäns. Nur ein untersetzter rothaariger Mann boxt sich durch die Reihen der Kinder und Frauen, um als erster ins Rettungsboot zu gelangen. Es ist Amir Kishon, der sich geweigert hat, von seinem Papi das Schwimmen zu erlernen.

»Wovor hast du Angst, Amirlein?«

»Vor dem Ertrinken.«

»Wie kann man in diesem seichten Wasser ertrinken?«

»Wenn man Angst hat, kann man.«

»Nein, nicht einmal dann.« Ich versuche von Psychologie auf Intellekt umzuschalten. »Der menschliche Körper hat ein spezifisches Gewicht, weißt du, und schwimmt auf dem Wasser. Ich zeig's dir.«

Papi legt sich auf den Rücken und bleibt gemächlich liegen. Das Wasser trägt ihn.

Mitten in dieses lehrreiche und überzeugende Experiment springt irgendein Idiot dicht neben mir ins Wasser. Die aufspritzenden Wellen überschwemmen mich, ich schlucke Wasser, mein spezifisches Gewicht zieht mich abwärts, und mein Sohn heult jetzt bereits im dritten Gang.

Nachdem ich nicht ohne Mühe wieder hochgekommen bin, wende ich mich an den Badewärter, der den Vorgang gleichmütig beobachtet hat.

»Bademeister, bitte sagen Sie meinem kleinen Jungen, ob hier im Kinderschwimmbecken jemand ertrinken kann.«

»Selbstverständlich«, antwortet der Bademeister. »Und wie!«

So sieht die Unterstützung aus, die man von unserer Regierung bekommt. Ich bin wieder einmal ganz auf mich selbst angewiesen.

Jeder andere Vater hätte jetzt seinen Sohn mit Gewalt ins Wasser gezerrt. Nicht so ich. Ich liebe meinen Sohn trotz allen seinen Fehlern und Defekten, trotz dem mörderischen Geheul, das er jetzt aufs neue anstimmt, ich liebe ihn jetzt sogar mehr als je zuvor, weil er so zittert, weil er solche Angst hat, weil er so hilflos dasteht, so armselig, so dumm, so vertrottelt.

»Ich mach dir einen Vorschlag, Amir. Du gehst ins Wasser, ohne daß ich dich anrühre. Du gehst so lange, bis dir das Wasser an die Knie reicht. Wenn du willst, gehst du weiter. Wenn du nicht weitergehen willst, bleibst du stehen. Wenn du nicht stehen bleiben willst, steigst du aus dem Wasser. Gut?«

Amir nickt, heult und macht ein paar zögernde Schritte ins Wasser hinein. Noch ehe es ihm bis an die Knie reicht, dreht er sich um und steigt aus dem Wasser, um sein Geheul am Land wieder aufzunehmen. Dort heult sich's ja auch leichter.

»Mami!« heult er. »Mami!«

Das macht er immer. Wenn er sich meinen erzieherischen Maßnahmen widersetzen will, heult er nach Mami. Gleichgültig, ob sie ihn hören kann oder nicht.

Ich zwinge mich zu souveräner Gelassenheit und väterlicher Autorität.

»Wenn du nicht sofort ins Wasser kommst, Amir, gibt's heute kein Fernsehen.«

Sollte ich meine väterliche Autorität überzogen haben? War ich zu streng mit dem Kleinen? Er heult und rührt sich nicht. Er rührt sich nicht und heult.

Ich mache einen weiteren, diesmal praktischen Versuch.

»Es ist doch ganz einfach, Amir. Du streckst die Arme aus und zählst. Eins-zwei-drei. Schau, ich zeig's dir. Eins-zwei-dr-...«

Es ist klar, daß man nicht gleichzeitig schwimmen und zählen kann. Niemand hat mich das gelehrt. Außerdem bin ich kein Schwimmer, sondern ein Schriftsteller. Ich kann ja auch nicht gleichzeitig schwimmen und schreiben. Kein Mensch kann das.

Mittlerweile hat sich Amir in den höchsten Diskant gesteigert und röhrt drauflos, umringt von einer schaulustigen Menge, die mit Fingern auf seinen Vater weist. Ich springe aus dem Wasser und verfolge ihn rund um das Schwimmbecken. Endlich erwische ich ihn und zerre ihn ins Wasser. Dem Balg werde ich noch beibringen, wie man freiwillig schwimmen lernt!

»Mami!« brüllt er. »Mami, ich hab Angst!«

Das alles kommt mir irgendwie bekannt vor. Der Franzose spricht in solchen Fällen von »déjà vu«. Hat mich nicht auch mein eigener Vater ins Wasser gezerrt? Hab nicht auch ich verzweifelt nach meiner Mami gerufen? So ist das Leben. Alles wiederholt sich. Der Zusammenstoß der Generationen läßt sich nicht vermeiden. Die Väter essen saure Trauben und die Söhne heulen.

»Will nicht ins Wasser!« heult mein Sohn. »Will Mami!«

Ich halte ihn auf beiden Armen, etwa einen halben Meter über dem Wasserspiegel, und schenke seiner Behauptung, daß er ertrinkt, keinen Glauben.

»Eins-zwei-drei«, kommandiere ich. »Schwimm!«

Er folgt meinen Anweisungen, wenn auch heulend. Ein Anfang ist gemacht. Aber da ich ihn nicht das Fliegen lehren will, sondern das Schwimmen, muß ich ihn wohl oder übel mit dem Wasser in Berührung bringen. Vorsichtig senke ich meine Arme abwärts. Amir beginnt zu strampeln und schlägt wild um sich. Von Schwimmbewegungen keine Spur.

»Schwimm!« höre ich mich brüllen. »Eins-zwei-drei!«

Jetzt hat er mich gebissen. Er beißt die Hand, die ihn nährt. Er beißt den eigenen Vater, der für ihn sorgt und ihm nichts als Liebe entgegenbringt.

Zum Glück bin ich noch immer stärker als er. Ich zwänge seine Hüften in die eiserne Umklammerung meiner athletischen Schenkel, so daß sein Oberkörper auf der Wasserfläche liegt, und vollführe mit seinen Armen die vorgeschriebene Eins-zwei-drei-Bewegung.

Eines Tags wird er's mir danken. Eines Tags wird er wissen, daß er ohne meine Fürsorge und meine engelsgleiche Geduld niemals die Wasser beherrscht hätte. Eines Tags wird er mich dafür lieben.

Vorläufig tut er nichts dergleichen. Im Gegenteil, er schlägt seine verhältnismäßig freien Fersen unablässig in meinen Rücken. Vorne heult er, hinten tritt er. Der junge Adler will das elterliche Nest ganz offenkundig nicht verlassen. Aber es muß sein. Trink, Vogel, oder schwimm! Einst war auch mein Vater zwischen den muskulösen Schenkeln meines Großvaters eingeklemmt und hat es überstanden. Auch du wirst es überstehen, mein Sohn, das garantiere ich dir.

Durch das Megaphon schallt die Stimme des Bademeisters:

»Sie dort! Ja, Sie! Lassen Sie den Kleinen in Ruh! Sie bringen das Kind ja in Lebensgefahr!«

Das ist typisch für die israelischen Verhältnisse. Statt einem Vater in seinen erzieherischen Bemühungen zu helfen, statt dafür zu sorgen, daß eine starke junge Generation heranwächst, schlagen sich die Behörden auf die Seite einer lärmenden Minorität. Bitte sehr. Mir kann's recht sein.

Ich steige mit dem jungen Adler ans Ufer, lasse ihn brüllen und springe mit elegantem Schwung in die kühlen Wogen zurück, mit einem ganz besonders eleganten Schwung, der mich kühn über die aus dem Wasser herausragenden Köpfe hinwegträgt ... weit hinaus in das Schwimmbecken ... dorthin, wo es am seichtesten ist ... H-i-l-f-e!

Die Wiederbelebungsversuche des Schwimmlehrers waren von Erfolg gekrönt.

Nach allen Spielregeln meiner Profession habe ich seinerzeit eine ganz schlichte Vater-Amir-Satire geschrieben.

Und wer war beleidigt?

Der Bademeister.

Einen Tag nach Erscheinen der Satire spürte ich in unserem Stammschwimmbad sofort eine feindliche Stimmung, die mich von den Trampolinen her anwehte:

»Hören Sie, Herr«, begann Mussa, der Bademeister, »einen solchen Blödsinn habe ich schon lange nicht mehr gelesen!«

Seine Nase berührte fast die meine:

»Im Kinderschwimmbecken ertrinken? In meinem Schwimmbecken sollen Kinder ertrinken?«

Amir klammerte sich an meine nicht besonders muskulösen Beine, ängstlich wie in der Originalgeschichte. (Er ist heute übrigens Kernphysiker.) Ich vergrößerte den Abstand zwischen unseren Nasen und richtete mich auf:

Der Satiriker probt den Aufstand ...

»Und ob!« brüllte ich. »Ohne weiteres kann man im Kinderschwimmbecken ertrinken! Und ob! Jedes Kind kann das! Jedes Kind kann jeden Tag in Ihrem verdammten Kinderschwimmbecken ertrinken! ...«

Warum ich das getan habe? Ich weiß es nicht. Vielleicht wollte ich ein einziges Mal gegen den Strom schwimmen und mich nicht für den Irrtum eines Lesers entschuldigen. Es ist ohnedies unmöglich, jemanden zu beschwichtigen, den eine Satire öffentlich beleidigt hat. Dann soll man mich wenigstens in Ruhe toben lassen ...

Oder waren vielleicht noch andere unterschwellige Emotionen im Spiel, wie Sigmund Freud es immer vorschlägt? Vielleicht war die Aggression gegen den Bademeister auch eine Sublimation meiner angeborenen Grundhaltung dem Sport gegenüber?

Was Schwimmen und Schreiben gemeinsam haben

Das kann schon sein. Bitte sagen Sie es nicht weiter, aber schwimmen langweilt mich fast so sehr wie schreiben. Noch eine Runde, und noch eine Runde, und noch eine Runde. Zum Einschlafen. Wenn schon Sport, wenn schon diese tägliche Fron, dann wenigstens professionell, für Geld oder gar nicht. Der folgende Dialog zwischen zwei Profis verdeutlicht, wie ernst diese meine Überzeugung ist.

Also paß gut auf, Weißberger. Du steigst nicht in den Ring wie jeder andere, sondern du springst mit einem Panthersatz über die Seile.«

»Warum?«

»Weil du der ›Schrecken von Tanger‹ bist, Weißberger. Wie oft soll ich dir das noch sagen? Weiter. Die Zuschauer werden dich natürlich auspfeifen. Daraufhin machst du eine obszöne Geste ins Publikum und trittst einen Herrn mit Brille, der dicht am Ring sitzt, in die Nase. Und zwar so stark, daß er blutet.«

»Muß das sein?«

»Frag nicht so dumm. Dafür wird er ja bezahlt. Als der Rowdy, der du bist, packst du auch noch den Schiedsrichter und wirfst ihn aus dem Ring.«

»Armer Kerl.«

»Arm? Er bekommt drei Prozent von den Bruttoeinnahmen. Wenn er wieder im Ring ist, wird er dich

verwarnen, aber du lachst ihm nur ins Gesicht und schüttelst die Fäuste. Im nächsten Augenblick bekommst du von einem empörten Zuschauer eine Bierflasche an den Kopf geworfen.«

»Oiweh.«

»Keine Angst, Weißberger. Er verfehlt dich. Es ist nicht das erste Mal, daß er für mich wirft. Und die Polizisten werden ihn sofort abführen.«

»Kann man sich auf sie verlassen?«

»Wir haben die Szene gestern zweimal mit der Polizei geprobt. Das ist in Ordnung. Und jetzt sprechen wir über unsern brutalen Kampf. Du darfst von Anfang an keinen Zweifel daran lassen, daß die Regeln der Fairneß für dich nicht existieren.«

»Warum?«

»Weißberger, es ist zum Verzweifeln mit dir. Willst du ein echter Profiringer werden, oder willst du ewig ein Bettler bleiben? Also. Du reißt mir die Ohren aus, schleuderst mich zu Boden, trampelst auf mir herum und verfluchst mich auf arabisch.«

»Jiddisch wäre mir lieber.«

»Geht nicht. Du vergißt, Weißberger, daß du der ›Schrecken von Tanger‹ bist. Wenn du mich lang genug mißhandelt hast, wird eine Frau in der zweiten Reihe aufspringen und schreien: ›Ich kann das nicht länger mit ansehen! Pfui! Ringrichter hinaus! Der Schrecken von Tanger hat den Ringrichter bestochen!‹«

»Sie lügt!«

»Sei nicht albern. Sie ist die Frau des Ringrichters. Man muß das alles im voraus organisieren. Der Ringrichter wird versuchen uns zu trennen, aber du

drückst seinen Kopf zwischen die Seile, und wenn er nur noch röchelt, ziehst du ihm die Hosen herunter. Er wird vor Scham ohnmächtig. Der anwesende Arzt stellt eine Herzattacke fest.«

»Großer Gott!«

»Hör endlich auf zu jammern, Weißberger. Auch der Arzt ist organisiert. Während ein neuer Ringrichter herbeigeschafft wird, bricht von allen Seiten ein Pfeifkonzert über dich herein. Du machst wieder eine obszöne Gebärde und streckst die Zunge heraus.«

»Ist das notwendig?«

»Es ist üblich. Mittlerweile hat die Polizei Verstärkung bekommen und umstellt den Ring.«

»Ist auch die Polizei –«

»Selbstverständlich. Unser Kampf geht weiter und wird bestialisch. Du steckst die Finger in meine Augenhöhlen und drückst mir die Augenbälle heraus.«

»Mir ist übel ... Könnte nicht ein anderer ...«

»Weißberger, sei ein Mann. Catch-as-chatch-can ist hart. Arbeitslosigkeit ist härter.«

»Aber ich bin kein brutaler Mensch. Ich bin nur dick.«

»Wie kannst du hoffen, ohne Brutalität zu gewinnen?«

»Heißt das, daß ich den Kampf gewinne?«

»Ich sagte ›hoffen‹. Von Gewinnen ist keine Rede. Samson ben Jehuda, der Stolz des Negev, kann gegen den ›Schrecken von Tanger‹ unmöglich verlieren, das muß dir doch klar sein. Ja, schön, du wirst eine Weile auf mir sitzen und meinen Fuß so fürchterlich verdrehen, daß ich mich vor Schmerz krümme. Plötzlich liege ich auf beiden Schultern. Der Ringrichter

beginnt mich auszuzählen. Aber gerade wenn er bei Neun hält, trete ich dich mit dem anderen Fuß so wuchtig in den Bauch, daß du –«

»Nein! Nein!«

»Der Tritt ist vorgesehen, Weißberger. Er schleudert dich ungefähr drei Meter weit, du taumelst gegen die Seile, ich springe dich an, reiße dich nieder und mache dich unter dem begeisterten Jubel der Zuschauer fertig. Während mich der Ringrichter zum Sieger erklärt, schleuderst du einen Stuhl nach ihm.«

»Einen Stuhl?«

»Ja. Er steht eigens zu diesem Zweck in der Ecke. Du triffst aber nicht den Ringrichter, sondern einen alten Herrn in der dritten Reihe, der wimmernd zu Boden sinkt. Die erboste Menge stürmt in den Ring und will dich lynchen.«

»Um Himmels willen!«

»Es wird dir nichts geschehen, Weißberger, das verspreche ich dir. Hast du noch immer nicht kapiert? Auch die Zuschauer sind eingeweiht. Sie wissen, daß sie dich lynchen sollen, wenn der alte Herr zusammensinkt.«

»Ja, aber ... vielleicht könnte dann jemand entdecken, daß alles geschoben ist ...«

»Was heißt hier ›vielleicht‹? Soll ich warten, bis ein Uneingeweihter dahinterkommt? Ich habe Vorsorge getroffen, daß die Polizei ein Verfahren gegen mich einleitet. Wegen Betrugs am Publikum. Wir brauchen einen Wirbel in der Presse. Auf Wunder kann man sich nicht verlassen. Noch eine Frage?«

»Eine einzige. Wenn die Leute ohnehin wissen,

daß sie betrogen werden – warum kommen sie dann überhaupt?«

»Weil sie Sportliebhaber sind, Weißberger. Begeisterte Sportliebhaber.«

Nach dieser Ausführung wird es ein wenig Wunder nehmen, daß ich dennoch jeden Tag Sport treibe. Ich schwimme. Noch eine Runde und noch eine Runde und noch eine Runde …

Hier muß endlich einmal der wahren Wohltäter der Menschheit gedacht werden. Ihnen gebührt der Dank für die schwindelerregende Entwicklung der medizinischen Wissenschaft. Rükkenkranke, die noch vor wenigen Jahren von der Krankenschwester geschoben werden mußten, haben heute einen motorisierten Rollstuhl.

Und das kam so:

Es ist ungefähr acht Jahre her, als ich mich eines Morgens von meinem Lager erhob und meinen Kopf nicht mehr nach links drehen konnte. Das heißt ich konnte, aber es knirschte. Die Diagnose des nächsterreichbaren Arztes lautete: »Der Nacken ist hin. Natürliche Degeneration des Rückgrates. Sie brauchen dringend therapeutische Behandlung.« Ich ging zu einer Orthopädin. Sie behandelte mich therapeutisch, und ich konnte meinen Kopf auch nicht mehr nach rechts drehen. Daraufhin suchte ich einen renommierten Arzt auf, und er schickte mich zu einer gesuchten Orthopädin. Nach drei Wochen Wartezeit behandelte sie mich therapeutisch, und danach konnte ich auch meine Arme nicht mehr bewegen. Schließlich ging ich zu einem Spezialisten, und der schickte mich zur allerbesten Orthopädin. S. b. m. th. Anschließend wurde ich im Rettungswagen nach Hause gebracht …

Ich lag in meinem Matratzengrab, als eine strahlende, blonde Fee neben meinem Bett erschien, ihren Zauberstab hob und sagte:

»Idiot.«

Und sich in Luft auflöste. Ich jedoch hatte ihren feinen Wink verstanden. Schon am Morgen ließ ich mich auf einer Bahre zu der berühmtesten Kapazität, Professor Dr. Dr. Dr., tragen:

»Mein Retter«, flehte ich ihn an, »ich weiß, was ich tun soll, um gesund zu werden. Sagen Sie mir jetzt, was ich meiden muß.«

»Anstrengung!« antwortete der Professor. »Jede Art von Sport ist Gift für Sie!«

Der richtige Arzt zur richtigen Zeit

»Eine Minute«, ich hielt ihn zurück, »ist Schwimmen auch verboten?«

»Mehr als alles andere!«

Jetzt wußte ich Bescheid. Ich ließ mich samt Bahre zum nächsten Schwimmbad tragen und ins Wasser werfen. Ich begann zu schwimmen. Was blieb mir übrig. Vier Tage später war ich gesund. Und daraus ist die naheliegende Konsequenz zu ziehen, daß man sich nur an Kapazitäten wenden soll.

Seither schwimme ich täglich zusammen mit ein paar Leidensgenossen, die auch den richtigen Arzt gefunden haben.

Wer suchet, der findet unter Umständen die seltsamsten Dinge, vor allem in Tel Aviv. Da gibt es zum Beispiel ein Hallenbad, das im hinteren Teil eines großen Hotels untergebracht ist. Das Wasser ist lauwarm, und es tummeln sich darin Scharen von sportlichen, rheumakranken Männern aller Altersklassen. Es ist 15 Uhr 30 im Schatten. Bis etwa 14

Uhr ist das Schwimmbecken so überfüllt, daß es aus allen Nähten zu platzen droht, denn jedermann in der Stadt weiß, daß um die Mittagszeit niemand schwimmen geht, daher gehen alle nur mittags schwimmen.

Wenn die Bürostunden wieder beginnen, pflegt sich die Halle zu leeren, so daß um 15 Uhr 30 nur noch der junge Bademeister Zwika allein und verlassen die Schwimmhalle bevölkert.

Nur heute nicht.

Wodurch unterscheidet sich der heutige Tag von den übrigen Tagen? Zunächst einmal durch gar nichts. Wie an jedem anderen Tag fanden wir uns am Rande des Schwimmbeckens zusammen. Wir, das ist eine kleine Gruppe von Stammgästen: der stellvertretende Präsidialchef im Finanzministerium, dessen Kugelgelenke irgendwann laut zu knirschen begannen, der Chirurg Professor Zloczower, dessen Rückgrat neuerdings eine leichte Linkstendenz hat, Tibi, der Tennisspieler, der zu viele Bandscheiben zu haben scheint, und ich. Beschwerden habe ich zwar keine, aber Zeit.

Um dreiviertel vier, nachdem wir unsere dreißig lauwarmen Längen hinter uns gebracht hatten, falteten wir unsere Badetücher zusammen und wollten nach Hause gehen. Da plötzlich fielen unsere feuchten Blicke auf einen einsamen Liegestuhl, der am südlichen Ende des Schwimmbades stand. Darin ruhte ein uns unbekannter weiblicher Corpus. Angetan war die Erscheinung mit einem rabenschwarzen Bademantel, der Kopf war in ein mehr als feuerrotes Badetuch gehüllt. Diese rätselhafte Erscheinung bedurfte der Aufklärung. Als wir zu viert an Zwika vorbeigingen, fragte Tibi, das Bandscheiben-As, so ganz beiläufig:

»Wer ist das dort?«

»Ich glaube«, meinte der junge Bademeister nach einem prüfenden Blick, »das dürfte Conchita sein.«

»Conchita?«

»Ja, Conchita, von der brasilianischen Tanztruppe, die bei uns im Hotel wohnt.«

Die Vorwärtsbewegung unseres Verertrupps verlangsamte sich zusehends. Nachdem wir zum Stillstand gekommen waren, ließ ich mich auf dem Startblock mit der Nummer drei nieder. Eine seltsame Schwäche hatte mich befallen. Erst vorgestern hatte ich, wie auch die übrigen, die dunkelbraune Primadonna auf der Bühne gesehen, als sie mit ihren unendlich langen Beinen – teils Großzügigkeit der Natur, teils unmöglich hohe Absätze – unter atemberaubenden Verrenkungen den Karneval in Rio besang.

Und nun ruhte sie hier, fast zum Greifen nahe, vor meinen Augen und hauchte – zwar von Badetüchern eingehüllt – rhythmische, nach Kaffeearoma duftende Atemzüge in unsere Richtung ...

Auch meine Kollegen hatten ähnliche Gedanken.

»Ich glaube, ich werde noch ein bißchen bleiben«, bemerkte der stellvertretende Präsidialchef, »die Notstandssitzung in meinem Büro kann auch eine halbe Stunde später stattfinden.«

Tibi verkündete daraufhin, daß er aus gesundheitlichen Gründen noch einige Längen schwimmen wolle.

Der Professor bückte sich, um an seinen Holzpantinen etwas in Ordnung zu bringen.

Ich für meinen Teil blieb auf dem Startblock mit der Nummer drei sitzen. Hier hatte ich nämlich einen besonders günstigen Beobachtungsposten, falls Conchita beschließen sollte, sich aus dem Liegestuhl zu erheben. Vor meinem geistigen Auge erschien der schwarze Diamant, natürlich mit einem schneeweißen Bikini bekleidet, der nicht einmal annähernd in der Lage war, diese schwellenden Formen zu bändigen ...

»Ich glaube, ich werde mich noch etwas ausruhen«, murmelte der Professor gesenkten Blickes, »mein Rückgrat bedarf der Schonung.« Ich ließ meinen Blick von Conchita durch die Schwimmhalle streifen und mußte feststellen, daß rings um das Becken plötzlich kleine Gruppen von Männern aufgetaucht waren. Sie verteilten sich auf diverse strategische Punkte im Raum und harrten geduldig der Auferstehung. »Es ist doch beschämend«, dachte ich, »daß erwachsene Menschen mitten an einem Arbeitstag ihre kostbare Zeit damit vergeuden, auf den Anblick langer Beine zu warten.« Ich hatte Zeit und Muße, über dieses traurige Phänomen nachzudenken, denn die Uhr an der Stirnseite der Halle zeigte erst 16 Uhr 15. Conchitas rotes Badetuch hatte sich noch nicht bewegt. Ebensowenig die Männer, die ohne triftigen Grund das Schwimmbad bevölkerten.

»Ich fürchte, daß unsere Regierung die Wirtschaftsprobleme nie und nimmer in den Griff bekommen wird«, sagte Professor Zloczower im Bestreben, Reste seines Gesichtes zu wahren.

»Das glaube ich auch nicht«, erwiderte Tibi, während er fieberhaft seine Brillengläser putzte. »Der nächste Finanzminister ist nicht zu beneiden.«

»Wenn man die Inflation überhaupt stoppen will, muß man Preise und Löhne einfrieren«, meinte der stellvertretende Präsidialchef, während er seine knirschenden Kugelgelenke nach rechts verlagerte, um seinen brasilianischen Blickwinkel zu verbessern.

»Wir werden ja sehen«, irgend etwas mußte ich auch sagen, »alles hängt von der Lage ab.«

In Wahrheit bewegten mich in diesem Augenblick Probleme ganz anderer Natur. »Woran mag es nur liegen«, dachte ich insgeheim, »daß das Gesäß der einheimischen Frau so sehr auf die Anziehungskraft der Erde anspricht und einen unübersehbaren Abwärtstrend aufweist, während die prachtvoll gerundeten Bäckchen der brasilianischen Tänzerinnen den Gravitationsgesetzen zu trotzen scheinen?«

»Meine letzte Hoffnung ist Horowitz«, äußerte sich Ingenieur Glück, der während meiner Meditationen unserer Loge beigetreten war, »er ist ein begnadeter Wirtschaftsfachmann.«

»Nach meiner bescheidenen Meinung«, bemerkte Tibi, »wird er eine entscheidende Rolle bei der Konsolidierung zu spielen haben.«

»Zweifellos.«

So sprachen wir über schicksalhafte Sachen bis etwa 16 Uhr 45. Wenn mich meine Erinnerung nicht trügt, so konnte sich bis zu diesem Zeitpunkt keiner der anwesenden Männer überwinden, die Schwimmhalle zu verlassen. Irgendwann, mitten in unserer wirtschaftspolitischen Diskussion, ging der stellvertre-

tende Präsidialchef ans Telephon, um die Notstandssitzung abzusagen.

Kurz darauf rief die beste Ehefrau von allen an und wollte wissen, ob mir irgend etwas zugestoßen wäre. Ich klärte sie darüber auf, daß Wassersport mein ein und alles sei.

Professor Zloczower bat einen seiner Patienten ans Telephon und riet ihm, seine Operation auf den folgenden Tag zu verlegen. Dann wandte er sich an uns:

»Solange auch nur die leiseste Hoffnung besteht, daß die Natur sich gegen die Krankheit durchsetzt, soll man das Skalpell nicht in die Hand nehmen.«

Wir pflichteten ihm bei. In Ermangelung eines anderen Gesprächsthemas fuhr der Professor fort:

»In der modernen Medizin sind die konventionellen Methoden längst dem Bankrott anheimgefallen. Man könnte fast sagen, sie sind über das eigene Bein gestolpert ...«

Das mit dem Bein hätte er nicht sagen sollen. Allen anwesenden Männern, soweit sie sich in Hörweite befanden, lief es kalt und heiß über den Rücken. Zu einem Zeitpunkt, da sich dort unter den Badetüchern das unendlich lange Beinwunder rekelte und wir alle diesem Anblick entgegenfieberten, sollten Beine jeglicher Art gefälligst unerwähnt bleiben. Schon vorher hatte jemand enorme Aufregung verursacht, als er vom Cappucino sprach, und wir alle konnten nur hoffen, daß es keinem einfallen würde, ein Wort auszusprechen, das auch nur im entferntesten so klang wie »Bikini«.

»Was ist Ihre Meinung über die neue Zentrumspartei?« versuchte Ingenieur Glück abzulenken.

Meine ausgewogene Meinung war, daß Conchita unter den Badetüchern fast nackt sein müsse. Ihr voller Körper konnte von diesen beiden weißen Mini-Tüchlein nicht einmal annähernd verhüllt werden. Abgesehen davon, war ich zu diesem Zeitpunkt – es ging bereits auf 18 Uhr zu – wegen des gewaltigen Hungergefühls, das an meinen Innereien nagte, bereits dem völligen Zusammenbruch nahe. Zu meiner Beruhigung merkte ich, daß sich auch andere Karnevalsteilnehmer aus ähnlichen Motiven krampfartig zu krümmen begannen.

Die rücksichtslose Exotin hingegen schlummerte weiter still vor sich hin. Ein einziges Mal konnten wir unter den Badetüchern eine leichte Bewegung – geschmeidig wie die eines Geparden – beobachten, und das schwere Atmen um mich herum steigerte sich zu einem leichten Röcheln. Die sanitären Anlagen des Schwimmbades stellten eine zusätzliche Problematik dar, denn niemand wagte sich dorthin, aus der berechtigten Sorge, daß die kaffeebraune Schönheit just in diesen Minuten aufstehen und davongehen könnte …

Also sprangen wir ins Wasser und drehten eine kurze Runde.

Draußen wurde es langsam dunkel.

Der stellvertretende Präsidialchef schien als erster aufzugeben. Er erhob sich und verließ gemessenen Schrittes das Hallenbad. Ebenso gemessen kehrte er gleich darauf wieder zurück, nachdem er telephonisch im benachbarten chinesischen Restaurant eine leichte Mahlzeit bestellt hatte. Er verschlang die exotischen Viktualien mit einem Appetit, der die Aufmerksamkeit eines Psychiaters verdient hätte. Irgend jemand brach zusammen und wurde von Zwika hinausgetragen.

Was mich betrifft, so hatte ich mich noch einigermaßen in der Gewalt. Zumindest physisch. Meine Psyche hingegen war auf Abwege geraten. Ich ertappte mich dabei, wie ich einen Schlagertext zu entwerfen begann: »Ein Dekolleté / Braun wie Kaffee ...«

Aber ich war wohl doch schon etwas müde geworden. Um Punkt 18 Uhr 30 beschloß Tibi, sich von seiner Frau scheiden zu lassen. Ingenieur Glück ging tief in eine orientalische Hocke und weinte leise vor sich hin:

»Was soll aus diesem Land werden, wie soll das nur weitergehen?«

Die Antwort auf diese Frage wurde uns kurz nach sieben Uhr zuteil. Plötzlich glitt der rabenschwarze Bademantel ebenso wie das mehr als feuerrote Badetuch von der schlummernden Exotin. Aus dem Liegestuhl erhob sich Riwka Weinreb, ein Eigenprodukt des Landes, barfuß, mollig und im zweitbesten Alter. Die Gesetze der Gravitation kamen bei ihr zur vollen Geltung. Sofern man im Zusammenhang mit Riwka überhaupt an Kaffee denken konnte, dann höchstens in Verbindung mit Zichorie.

Wutentbrannt richteten sich unser aller Blicke auf diesen unverantwortlichen Rotzbuben Zwika.

»Das ist eben die heutige Jugend«, zischte der stellvertretende Präsidialchef. »Conchita!«

Wir zuckten alle noch einmal zusammen und strömten dann auf die Umkleidekabinen zu. Teils aufrecht, teils auf allen vieren wie die Geparden.

»Es hätte nicht viel gefehlt, und ich hätte Portugie-

sisch gelernt«, sagte Professor Zloczower, »wenigstens ist mir das erspart geblieben.«

Was mich betrifft, so freue ich mich enorm, daß Brasilien nicht ins Finale der letzten Fußballweltmeisterschaft gekommen ist. Süß ist die Rache.

Für den Rest der Seite gilt Jugendverbot. (Unter 18 Jahren ist der Zutritt nur mit elterlicher Aufsicht gestattet.)

Was ich in »Maariv« in Hebräisch veröffentliche, wird automatisch für die fremdsprachige israelische Presse übersetzt. Unter anderem auch ins Spanische und Portugiesische ...

Muß ich noch mehr verraten?

Eine Woche nach Erscheinen der Geschichte klingelte mein Telephon. Eine tiefe, rauchige Frauenstimme hauchte in gebrochenem Englisch:

»Shalom, hier Conchita.«

Ich fiel fast vom Stuhl:

»Buenos nottes«, strapazierte ich mein Portugiesisch.

»Ich lesen dein Geschichte«, schmeichelte das brasilianische Wunder, »bist du noch interessant sehen mich in Bikini?«

»Sehr, sehr sehr!«

»Dann einladen mich Abendessen.«

Nach dieser Nacht gestand ich mir ein: Dafür, allein dafür hat es gelohnt, die vielen Bücher zu schreiben. Niemals werde ich Conchita vergessen. So etwas widerfährt einem Mann nur einmal im Leben ...

Oder noch seltener. Allerdings hat die pikante Affäre einen kleinen Haken: sie ist nicht wahr. Nicht einmal beinahe. Zwar hat Conchita tatsächlich angerufen, am Telephon aber war Frau Kishon.

»Shalom, hier Conchita, brasilianisch Tänzerin«, sagte Conchita. »Können ich sprechen Senor Kitchen?«

»Nein«, antwortete die beste Ehefrau von allen, und knallte den Hörer auf die Gabel. Als ich zu Mittag nach Hause kam, erzählte sie in ihrer gewohnt präzisen Art:

»Deine Hure aus Rio hat angerufen. Ich habe sie zum Teufel geschickt.«

»Gut gemacht, Liebling«, lobte ich sie, und damit war mein Karneval vorbei.

Mit Männern hatte ich mehr Glück. Durch meine Kurzgeschichten landete ich auf verschlungenen Wegen vor den Thronen pensionierter Könige und an den Tischen aktiver Staatsmänner. Doch es gab auch frustrierende Erfahrungen für mich. So begann beispielsweise Eisenhower jeden seiner Sätze mit der unvermeidlichen Einleitung: »Ich als Präsident der Vereinigten Staaten ...«

Bundespräsident Walter Scheel hingegen erwies sich als empfindsam und menschlich. Ich hatte von der ersten Minute an viel Sympathie für ihn, für den gewesenen Kampfflieger im Dritten Reich ...

Die Deutschen und ich

Vielleicht ist es hier doch am Platz und an der Zeit, eine Frage zu beantworten, die man mir immer wieder in Briefen und auch persönlich stellt: wie fühlt sich ein Überlebender des Holocaust, der (durch seine Bücher, geschrieben in Hebräisch und über den jüdischen Staat) in Deutschland zu einem der meistgelesenen Schriftsteller geworden ist?

Darauf zu antworten ist nicht einfach. Ich kann nicht bestreiten, daß diese Erfolge mir eine größere persönliche Genugtuung bereiten, als sie ein Schriftsteller üblicherweise durch hohe Auflagen erfährt. Es ist eine historisch und menschlich fast irreale Genugtuung.

Meine Rache an den Nazis, die in mir kein menschliches Wesen sahen, ist nicht die Gefängnisstrafe für Nazisünder – sondern sind die Millionen deutschen Leser und Zuschauer, deren Zuneigung mich tief berührt.

Meine Antwort auf die Unmenschlichkeit der Nazis in Deutschland und den anderen Ländern Europas (und der gleichgültigen Zuschauer in der ganzen Welt), ist nicht die eines gebrochenen und wehklagenden Schriftstellers, der sich immer noch verfolgt fühlt. Nein, meine Antwort ist mein Lächeln – und das Lächeln, das ich auf den Gesichtern ihrer Kinder und Enkelkinder hervorbringe, mit den Geschichten über meine kleine Tochter Renana – die damals im Krematorium geendet hätte.

Wenn ich heute, zwei Generationen später, Deutschland und Österreich besuche, trage ich nicht an der Last der Vergangenheit. Ich wage sogar zu behaupten, daß die Millionen von deutschen Touristen in Israel und vor allem auch die deutschen Jugendlichen in den Kibbuzim, zu Fürsprechern Israels wurden. Unsere neuen deutschen Sympathisanten können sogar eine Art Schutzmauer gegen die neue antisemitische Welle bilden, die in den letzten Jahren die westliche Welt unter dem Vorwand der Empörung über den Libanonkrieg überschwemmt hat.

Dank dieser Gefühle und dank der vielen Jahre, die seit dieser Apokalypse vergangen sind, stehe ich heute zu meinen deutschen Freunden und Feinden, wie man eben zu Freunden und Feinden steht.

Ich bin dankbar dafür, daß meine Werke zur Versöhnung zwischen den Überlebenden und den heutigen Deutschen beigetragen haben, auch wenn ich sie nicht deswegen geschrieben habe. Ich glaube daran, daß die Endlösung des Rassenhasses das Lachen ist.

Ich zähle heute viele Deutsche und Österreicher zu meinen Freunden. Besondere Freundschaft verbindet mich mit der Familie meines Verlegers Dr. Herbert Fleissner (der Millionen meiner deutschen Bücher so gut wie ohne schriftlichen Vertrag, nur mit Handschlag, herausbrachte), aber ich verstehe mich ebensogut mit einfachen Leuten wie mit Trägern höchster Würden.

Um wieder zur Geschichte meiner Geschichten zu kommen: Viele Begegnungen mit den Großen dieser Welt verewigte ich in Satiren und erlebte danach Komplikationen, die eher ins Kabarett als zur großen Politik gehören.

Franz Josef Strauß

Einige Monate vor den letzten Wahlen hat mich zum Beispiel Franz Josef Strauß zu einem Mittagessen im Kreis seiner Familie eingeladen. Er erwies sich als höchst gebildeter Gesprächspartner mit individueller Meinung, wenn auch mehr in Mono als in Stereo. (Probleme gibt es nämlich, wenn der Gesprächspartner versehentlich das Wort ergreift – dann leidet Herr Strauß unsäglich.) Seine unerschöpfliche Quelle an Energie – wann wird man sie zu Friedenszwecken nützen? – hat auch meinen Neid erregt. Aber damit kann ich dieses bayerische Intermezzo noch nicht beenden ...

Die Geschichte, die ich über diesen Besuch geschrieben hatte (»Ein Strauß ohne Blumen«), wurde auch in der offiziellen Wahlschrift der CSU nachgedruckt, in einer Aufmachung, die mich als unerschütterlichen Parteigänger auswies. Mehrere SPD-Mitglieder in meiner Leserschaft haben mich umgehend wissen lassen, daß sie nie mehr ein Buch von mir lesen würden. Ich dementierte und stellte richtig, daß das Propagandabüro der CSU mich auch ohne mein Einverständnis vereinnahmt hatte. Daraufhin ließen mich mehrere CSU-Mitglieder in meiner Leserschaft umgehend wissen, daß sie nie mehr ein Buch von mir lesen würden. Mir blieben immerhin die FDP-Leser, die aber wahrscheinlich nach meiner Aachener Laudatio auf Hans-Dietrich Genscher aufgehört haben, meine Bücher zu lesen.

Hans-Dietrich Genscher

Der große Überlebenskünstler Genscher war damals auf dem Höhepunkt seiner Abmagerung und seiner Popularität. Letzteres vor allem in Afrika. Ich habe das in meiner Laudatio so formuliert:

»Wenn ein Staat in finanzielle Schwierigkeiten gerät, erhöht man normalerweise die Steuern und steigert den Export, oder man kommt gar auf die originelle Idee, Sparmaßnahmen zu ergreifen. In Afrika jedoch stellt man in den Ministerräten nur noch die Frage: Wann kommt Genscher wieder?«

Ich muß gestehen, daß Herr Genscher einen für Bonn ungewöhnlichen Sinn für Humor zeigte. Das habe ich auch am Ende meiner Laudatio hervorgehoben:

»Sie beweisen uns, Hans-Dietrich, daß nicht nur

Dicke Humor haben können, sondern auch Korpulente.«

Meine Erinnerungen an ihn sind angenehm geblieben, auch nachdem Genscher zum offiziellen Sündenbock der Liberalen ausgerufen wurde.

Willy Brandt

Meine Bekanntschaft mit Willy Brandt nahm ein weniger erfreuliches Ende. Für seine Anti-Nazi-Haltung genoß er stets meine Achtung, und ich war stolz darauf, ihn zu meinen Lesern zu zählen. Ich habe mich damals, 1974, kurz bevor er als Kanzler zurücktrat, über seine Einladung nach Bonn aufrichtig gefreut. Leider wurde unser gutes Verhältnis wegen seiner »neutralen« Haltung Israel gegenüber getrübt.

Bruno Kreisky

Auch mein freundschaftliches Verhältnis zum österreichischen Bundeskanzler Dr. Bruno Kreisky ist ein Opfer meines ungebärdigen Bleistifts. Anfänglich herrschte zwischen uns eine – wie soll ich sagen – reservierte Sympathie, die in eine Einladung nach Wien mündete.

Aber schon, als ich die Stufen zum kaiserlichen Empfangssaal emporstieg, brach ein kleiner Skandal aus. Ich informierte nämlich den amtierenden Konteradmiral, der sich als Protokollchef vorstellte, pflichtgemäß, daß ich den Herrn Kanzler leider mit »Bruno« ansprechen müsse. Schließlich hatten wir beide das Aachener Ritterprotokoll unterschrieben, das dies ausdrücklich vorschreibt.

Dem Konteradmiral wich jeder Tropfen Blut aus dem Gesicht. Wankend forderte er mich auf, mich nicht von der Stelle zu rühren, bis er wiederkäme. Dann rief er den österreichischen Ministerrat zu einer Notsitzung zusammen. Zehn Jahre älter kehrte er eine halbe Stunde später wieder und flehte auf Knien:

»Bei allem was Ihnen heilig ist, nur nicht Bruno...«

Ich erbarmte mich des Mannes. Es war klar, daß man ihn ohne weiteres an die Wand stellen würde. Wir gelangten schließlich zu folgendem Kompromiß: Kein Bruno, kein Duzen, sondern ein schlichtes »Herr Doktor«...

Das geschah, als wir noch Freunde waren. Mehr als einmal habe ich ihn sogar gegen meine israelischen Journalistenkollegen verteidigt (»Er ist der österreichische Bundeskanzler und nicht der Oberrabbi von Wien!«). Der Bruch war aber nicht mehr zu kitten, nachdem Bruno, ein Überlebender der Nazizeit, sich entschloß, die Fahne unserer arabischen Todfeinde hochzuhalten. Der »Spiegel« bat mich um eine Reaktion, und ich habe des Kanzlers heikle Lage analysiert:

»...Sollte uns je eine gute Fee erscheinen, lieber Bruno, würden wir sie unverzüglich an Deine Anschrift verweisen, damit Du die berühmten drei Wünsche tun dürftest. Deinen ersten Wunsch können wir leicht erraten. Die schöne Fee mit den blauen Augen würde Dich dann mit Blumem bewerfen und mit lieblicher Stimme sprechen:

›Bruno, von nun an bist Du Arier.‹«

Am Ende meines offenen Briefes bot ich ihm jedoch meine Hand:

»Laß uns Frieden schließen, verlorener Bruder«, schrieb ich, »laß uns diese jüdischen Angelegenheiten nicht so tierisch ernst nehmen. Von mir war es nicht persönlich gemeint. Einige meiner besten Freunde sind Kanzler.«

Aber Bruno hat meine Hand nicht ergriffen. Als man ihn um seine Meinung zu meinem offenen Brief bat, sagte er:

»Witzbold bleibt Witzbold.«

Beim Staatsbegräbnis für Torberg auf dem jüdischen Friedhof von Wien sind wir zweieinhalb Stunden nebeneinander gestanden, ohne ein Wort zu wechseln.

Schade um diesen hochbegabten Politiker. Als Kanzler von Israel wären ihm seine Probleme erspart geblieben.

Meine erstaunliche literarische Affinität zu Politikern

Aber so schreibt es das Buch meines Lebens vor. Einerseits bekomme ich hohe literarische Auszeichnungen, die normalerweise nur Politikern vorbehalten sind (wie der Karl-Valentin-Preis 1985, den ich ein Jahr nach meinem Berufskollegen Helmut Kohl bekommen habe), andererseits gibt es inzwischen wenige hohe Tiere in erreichbarem politischem Umkreis, mit denen sich mein undisziplinierter Bleistift nicht angelegt hätte ...

Mein Ansehen gerät sogar an allerhöchster Stelle bedenklich ins Wanken. Der junge Journalist, der mein Porträt für den »Stern« verfaßte (es erschien im gleichen Heft und nur einige Seiten entfernt von Hitlers Tagebuch), stellte mir nämlich eine sogenannte Provokativfrage: »Wenn Sie in der Sprache der Bibel schreiben, warum hat dann die Bibel eine höhere Auflage als Ihre Bücher?« Ich antwortete ihm: »Der liebe Gott hat die bessere Presse.«

Nach Erscheinen des »Stern«-Porträts ließen mich eine Reihe von streng orthodoxen Juden (zumeist aus Basel) umgehend wissen, daß sie nie mehr ein Buch von mir lesen würden. Aber das war Salongeflüster im Vergleich zu den Reaktionen auf mein Exklusivinterview mit Gott.

Es ist nicht einfach, gleichzeitig Satiriker und fromm zu sein.

Meine erste Frage an Ihn war, ob Er religiös sei? Nach einigem Zögern antwortete der Herr:

»Nein. Ursprünglich stand ich auf der Seite der Orthodoxen, aber jetzt gehen sie mir auf die Nerven. Sie behandeln mich wie einen Schmierenschauspieler, dem der Applaus über alles geht. Jeden Morgen muß ich mir die gleichen langweiligen Lobeshymnen anhören: ›Herrscher der Welt, König der Könige, dem Nichts verborgen bleibt, Allmächtiger, dessen Augen alles sehen‹, und so weiter, und so fort. Ich muß schon sagen, das beleidigt meine Intelligenz.«

Es gab einen kleinen Aufstand. Unser Oberrabbiner erklärte in aller Öffentlichkeit, mich nur deswegen nicht zu exkommunizieren, weil ihm für meine Impertinenz die passenden Eigenschaftsworte fehlen würden.

Meine Exkommunikation stößt auf Schwierigkeiten.

Einige Jahre später jedoch bat er mich zu einem persönlichen Gespräch. (Kurz zuvor hatte ich in einem Zeitungsartikel die Meinung vertreten, daß die mittelalterlichen Gesetze und die koschere Küche eine bessere jüdische Jugend hervorbrächten als freie Universitäten.) Es gelang mir schließlich den geistvollen Oberrabbiner zu überzeugen, daß ich tief in meinem Herzen religiöse Menschen beneide und wahre Ehrfurcht für den Schöpfer des Universums empfinde.

Als die Audienz zu Ende ging, legte mir der gute Greis seine Rechte auf den Kopf und segnete mich mit den Worten:

»Gott liebt Heiterkeit.«

Ich küßte seine Hand: er mußte es schließlich wissen.

Menachem Begin

Meine freundschaftliche Beziehung zu Premier Begin nahm einige Monate vor seinem Rücktritt ein Ende. Ich hatte nämlich in einer meiner Satiren angedeutet, daß »etliche unserer Oberhäupter ein Beweis für das Leben nach dem Tode seien«. Ich habe mich zwar entschuldigt, aber da war es schon zu spät.

Ich trete ins Fettnäpfchen.

Zu guter Letzt hat sich auch noch mein sonniges Verhältnis zu Finanzminister Sapir mit Wolken überzogen, als ich dummerweise in einem meiner neuen, von ihm so geschätzten Angriffe gegen die Korruption in seinem Ministerium seine Glatzköpfigkeit erwähnte ...

Erster Kontakt zum Nobelpreis

Manchmal erlebe ich aber auch angenehme Überraschungen mit meinen Geschichten. Anläßlich eines Israel-Besuches des amerikanischen Schriftstellers und Nobelpreisträgers John Steinbeck und seiner jungen Frau, erfand ich folgenden Dialog.

Kellner! Herr Ober!«

»Jawohl, Herr Sternberg.«

»Frühstück für zwei, bitte.«

»Jawohl. Zweimal Frühstück. Sofort. Ich wollte Sie nur noch rasch etwas fragen, Herr Sternberg. Sind Sie der Schriftsteller, über den man jetzt so viel in den Zeitungen liest?«

»Mein Name ist John Steinbeck.«

»Aha. Erst gestern habe ich ein Bild von Ihnen in der Zeitung gesehen. Aber da hatten Sie einen größeren Bart, kommt mir vor. Es war auch ein Artikel dabei, daß Sie einen Monat hier bleiben wollen und daß Sie inkognito sind, damit man Sie nicht belästigt. Ist das Ihre Frau?«

»Ja, das ist Frau Steinbeck.«

»Schaut aber viel jünger aus als Sie.«

»Ich habe das Frühstück bestellt.«

»Sofort, Herr Steinberg. Sie müssen wissen, daß alle möglichen Schriftsteller in dieses Hotel kommen. Erst vorige Woche hatten wir einen hier, der ›Exodus‹ geschrieben hat. Haben Sie ›Exodus‹ gelesen?«

»Nein.«

»Ich auch nicht. So ein dickes Buch. Aber ›Alexis Sorbas‹ habe ich gesehen. Wann haben Sie ›Alexis Sorbas‹ geschrieben?«

»Ich habe ›Alexis Sorbas‹ nicht geschrieben.«

»Hat mir großartig gefallen, der Film. An einer Stelle wäre ich vor Lachen beinahe zersprungen. Wissen Sie, dort wo –«

»Ich hätte zum Frühstück gerne Kaffee. Und Tee für meine Frau.«

»Sie haben ›Sorbas‹ nicht geschrieben?«

»Nein. Das sagte ich Ihnen ja schon.«

»Für was hat man Ihnen dann den Nobelpreis gegeben?«

»Für die ›Früchte des Zorns‹.«

»Also Kaffee und Tee, richtig?«

»Richtig.«

»Sagen Sie, Herr Steinberg: wieviel bekommt man

für so einen Preis? Stimmt es, daß er eine Million Dollar einbringt?«

»Könnten wir dieses Gespräch nicht nach dem Frühstück fortsetzen?«

»Da habe ich leider keine Zeit mehr. Warum sind Sie eigentlich hergekommen, Herr Sternberg?«

»Mein Name ist Steinbeck.«

»Sie sind aber kein Jude, nicht wahr?«

»Nein.«

»Hab ich mir gleich gedacht. Amerikanische Juden geben kein Trinkgeld. Schade, daß Sie ausgerechnet jetzt gekommen sind, wo es fortwährend regnet. Jetzt gibt es hier nichts zu sehen. Oder vielleicht sind Sie in Israel an etwas ganz Speziellem interessiert?«

»Ich möchte ein weich gekochtes Ei.«

»Drei Minuten?«

»Ja.«

»Sofort. Ich weiß, Herr Steinberg, in Amerika ist man es nicht gewöhnt, sich mit Kellnern so ungezwungen zu unterhalten. In Israel ist das anders. Wir haben Atmosphäre. Übrigens war ich nicht immer ein Kellner. Ich habe Orthopädie studiert, zwei Jahre lang. Leider braucht man hierzulande Protektion, sonst kommt man nicht weiter.«

»Bitte bringen Sie uns das Frühstück, mit einem weichen Ei.«

»Drei Minuten, Herr Steinberg, ich weiß. Aber dieser ›Sorbas‹ – das war vielleicht ein Film! Auch wenn Sie gegen Schluß ein wenig zu dick aufgetragen haben. Unser Koch hat mir gesagt, daß es von Ihnen auch noch andere Theaterstücke und Filme gibt. Ist das wahr?«

»Ja.«

»Was, zum Beispiel?«

»Zum Beispiel ›Jenseits von Eden‹.«

»Hab ich gesehen! Mein Ehrenwort, das hab ich gesehn! Zum Brüllen komisch! Besonders diese Szene, wo sie versuchen, die Bäume aus dem Wald zu transportieren –«

»Das kommt in ›Alexis Sorbas‹ vor.«

»Ja, richtig. Da haben Sie recht. Also was schreiben Sie sonst?«

»Von Mäusen und Menschen.«

»Mickymaus?«

»Wenn ich nicht bald das Frühstück bekomme, muß ich verhungern, mein Freund.«

»Sofort. Nur noch eine Sekunde. Mäuse, haben Sie gesagt, Das ist doch die Geschichte, wo die Batja Lancet mit diesem Idioten ins Bett gehen will.«

»Wie bitte?«

»Und das ist so ein dicker Kerl, der Idiot, das heißt, in Wirklichkeit ist er gar nicht so dick, aber sie stopfen ihm lauter Kissen unter die Kleider, damit er dick aussieht, und sein Freund neben ihm ist ganz mager, und der dicke Kerl will immer Mäuse fangen und – wieso wissen Sie das eigentlich nicht?«

»Ich kenne den Inhalt meiner Stücke.«

»Natürlich. Wenn Sie glauben. Jedenfalls muß man auf diesen dicken Idioten immer aufpassen, damit er die Leute nicht verprügelt, aber wie der Sohn vom Boss dann mit der Batja Lancet frech wird, steht er ganz ruhig auf und geht zu ihm hinüber und –«

»Kann ich mit dem Geschäftsführer sprechen?«

»Nicht nötig, Herr Steinberg. Es wird alles sofort da

sein. Aber diese Mäuse haben mir wirklich gefallen. Nur der Schluß der Geschichte, entschuldigen Sie – also der hat mich enttäuscht. Da hätte ich von Ihnen wirklich etwas Besseres erwartet. Warum müssen Sie diesen dicken Kerl sterben lassen? Nur weil er ein bißchen schwach im Kopf ist? Deshalb bringt man einen Menschen nicht um, das muß ich Ihnen schon sagen.«

»Gut, ich werde das Stück umschreiben. Nur bringen Sie uns jetzt endlich –«

«Wenn Sie wollen, lese ich's mir noch einmal durch und sage Ihnen dann alles, was falsch ist. Das kostet Sie nichts, Herr Steinberg, haben Sie keine Angst. Vielleicht komme ich einmal nach Amerika und besuche Sie. Ich hätte viel mit Ihnen zu reden. Privat, meine ich. Aber das geht jetzt nicht. Ich habe zu viel zu tun. Wenn Sie wüßten, was ich alles erlebt habe. Daneben ist ›Alexis Sorbas‹ –«

»Bekomme ich mein weiches Ei oder nicht?«

»Bedauere, am Sabbath servieren wir keine Eier. Aber wenn ich Ihnen einmal meine Lebensgeschichte erzähle, Herr Steinberg, dann können Sie damit ein Vermögen verdienen. Ich könnte sie natürlich auch selbst aufschreiben, jeder sagt mir, ich bin verrückt, daß ich nicht einen Roman schreibe oder eine Oper oder so was Ähnliches. Die denken alle nicht daran, wie müde ich am Abend bin. Hab ich ihnen allen gesagt, sie sollen mich in Ruh lassen und ich geb's dem Steinberg. Was sagen Sie dazu?«

»Das Frühstück, oder –«

»Zum Beispiel vor zwei Jahren. Im Sommer. Schon mehr gegen Ende des Sommers, wie ich mit meiner

Frau nach Sodom gefahren bin. Plötzlich bleibt das Auto stehen, der Chauffeur steigt aus, hebt die Kühlerhaube, steckt den Kopf hinein – und wissen Sie, was er gesagt hat?«

»Lassen Sie gefälligst meinen Bart los! Loslassen!!«

»Er hat gesagt: ›Der Vergaser ist hin.‹ Stellen Sie sich das vor! Mitten am Weg nach Sodom ist der Vergaser hin. Sie werden vielleicht glauben, ich hab das erfunden? Es ist die reine Wahrheit. Der Vergaser war hin. Die ganze Nacht mußten wir im Wagen sitzen. Und es war eine kalte Nacht, eine sehr kalte Nacht. Sie werden das schon richtig schreiben, Herr Steinberg. Sie werden schon einen Bestseller draus machen. Ich sage Ihnen: es war eine Nacht, in der nicht einmal Alexis Sorbas... he, wohin gehen Sie? Ich bin noch nicht fertig, Herr Steinberg! Ich habe noch eine ganze Menge Geschichten für Sie! Wie lange bleiben Sie noch?«

»Ich fliege mit dem nächsten Flugzeug ab!«

»Herr Steinberg! So warten Sie doch, Herr Steinberg... Und zuerst hat er gesagt, daß er einen ganzen Monat bleiben will... Wieder einmal typisch...«

Meine Begegnung mit Steinberg

Eigentlich wollte ich eine Satire über die Eigenarten israelischer Kellner schreiben, und Steinbecks Besuch bot mir den willkommenen Anlaß dazu. Aber dann kam die Überraschung: Der amerikanische Schriftsteller antwortete mir mit einem geistreichen offenen Brief in der Presse. Er beschuldigte mich, ich hätte entweder an seiner Zimmertür gelauscht oder verfüge über parapsychologische Kräfte. Anders, so schrieb er, könne man sich eine so lebensgetreue Wiedergabe des Dialoges nicht erklären ...

Frau Steinbeck hat mich zu Hause angerufen, und diesmal war nicht die beste Ehefrau am Telephon.

Unsere Begegnung war höchst amüsant. Von John Steinbeck erfuhr ich zum erstenmal die drei Hauptbedingungen für die Ernennung zum Nobelpreisträger: a) Erkennbare Senilität, b) keine hohe Buchauflage, und c) absolute Humorlosigkeit.

Nur die Auflagenhöhe steht mir noch im Weg ...

Der große amerikanische Humorist Mark Twain wurde für den Nobelpreis nicht einmal vorgeschlagen.

Der greise Steinbeck (ich glaube, er war damals in meinem heutigen Alter) strahlte Lebensweisheit aus und trank Unmengen Whisky, offensichtlich um zu beweisen, daß das eine das andere nicht ausschließt. Wie Ernest Hemingway war auch er trotz seines Ruhmes nicht wirklich glücklich. Als ich von ihm wissen wollte, was ihm echte Freude bereite im Leben, starrte er an die Decke und schwieg. Seine junge Frau antwortete schließlich für ihn:

»John liebt nur das Theater.«

Nichts kann ich besser verstehen. Auch ich habe meine schriftstellerische Tätigkeit vor vierzig Jahren in Budapest als Dramatiker begonnen – und ich würde mich nicht wundern, als solcher zu enden. Dazwischen brachte ich es immerhin zu einem eigenen Theater in Tel-Aviv: »Die Grüne Zwiebel«, soviel ich weiß das einzige Privattheater in diesem Jahrhundert, das sich auflöste, bevor es bankrott ging ...

Das Wunder der grünen Zwiebel

Bis heute gibt es für mich (abgesehen vom eigenen Familienzirkus) kein Thema das ich mehr liebe, als dieses bezaubernde Narrenhaus mit seinen narzißtischen Insassen.

Ich wollte im Kaffeehaus nur rach einmal telephonieren – und sprang sofort zurück, aber es war zu spät. Jarden Podmanitzki hatte mich bereits gesehen und kam mit ausgebreiteten Armen auf mich zu.

»Nehmen Sie Platz«, sagte er. »Trinken Sie etwas.«

Er sah ungewöhnlich sorgenvoll aus, mit tiefen, schwarzen Ringen unter den Augen und auffällig vielen Runzeln über seinen breiten slawischen Bakkenknochen. Und dabei stand für die nächste Zeit gar keine Premiere bevor.

»Sie scheinen sich nicht besonders wohlzufühlen«, sagte ich. »Ich möchte nicht stören.«

»Setzen Sie sich und trinken Sie. Wenn Sie mir versprechen, nichts darüber zu schreiben, erzähle ich Ihnen, was geschehen ist.«

»Leider kann ich für eine Veröffentlichung nicht garantieren.«

»Mundek.«

»Wie bitte?«

»Mundek. Der Mann bringt mich um.«

»Wer ist Mundek?«

»Sie wissen nicht, wer Mundek ist? Wo leben Sie, Herr? Mundek ist der älteste Kulissenschieber an unserem Theater. Und wenn ich demnächst abkratze, wird die Welt ihn und niemanden sonst für meinen Tod verantwortlich zu machen haben.«

»Was halten Sie von der letzten Rede Reagens?«

»Ein kolossaler Kerl, berstend vor Energie und

vollkommen zahnlos. Ich weiß nicht, wie er in dieses Theater gekommen ist. Er sagt, er hat es gegründet. Mißverstehen Sie mich nicht. Ich bin kein Reaktionär. Im Gegenteil, die Arbeiterklasse hat an mir seit jeher einen Freund gehabt. Aber wenn ich an Mundek denke, sehne ich mich manchmal nach den guten, alten Feudalzeiten zurück. Das ganze Land liegt mir zu Füßen – das wissen Sie ja –, man jubelt mir zu, wo immer ich erscheine – und dieser Mundek behandelt mich wie irgendeinen Komparsen. Nur ein Beispiel. In einer der letzten Vorstellungen von ›Richard II.‹ beginne ich meinen berühmten Monolog im fünften Akt – spreche Shakespeares unsterbliche Verse, wie nur ich sie sprechen kann – ›Ich habe nachgedacht, wie ich der Welt / Den Kerker, wo ich lebe, mag vergleichen‹ – das Publikum hängt an meinen Lippen – und plötzlich, neben mir in der Kulisse und mitten in die atemlose Stille hinein, schneuzt dieser Mundek dröhnend seine Nase und sagt zu ein paar Bühnenarbeitern: ›Kinder, efscher mir wellen schpilen ab bissele Kurten?‹ Auf jiddisch sagt er das, denn eine andere Sprache kann er nicht, und sagt es so laut, daß man es bis in die letzte Parkettreihe hört, und während ich, Jarden Podmanitzki, heute wahrscheinlich der bedeutendste Shakespearedarsteller des Landes, den überirdischen Monolog Richards II. spreche, sehe ich in der Kulisse Herrn Mundek und die anderen Herren Kulissenschieber Karten spielen, als ob ihnen die Welt gehörte. Jetzt frage ich Sie: Was hätten Sie an meiner Stelle getan?«

»Ich hätte sie gebeten, aufzuhören.«

»Machen Sie sich nicht lächerlich. Manchmal reden

Sie daher wie ein Kretin oder ein Kritiker. Glauben Sie denn, man könnte diesen Leuten mit Vernunft beikommen? Nehmen Sie Mundek, zum Beispiel. Wieder in einem anderen Stück. Jeden Abend bringt er ein halbes Kilo Käse, einen Laib Brot und zwei große Rettiche mit – und pünktlich im zweiten Akt, während meiner großen Liebesszene, beginnt er zu fressen. Ich soll eine Prinzessin verführen, ich soll ihr kniend den Schlüssel zu meiner Geheimtruhe überreichen – und kaum knie ich mich hin, beißt Mundek in den Rettich, daß es kracht. Was sage ich: kracht. Es dröhnt. Vom Geruch ganz zu schweigen. Wie oft habe ich ihn schon angefleht: ›Mundek, ich beschwöre Sie, fressen Sie Ihren Rettich etwas später, oder meinetwegen früher, aber doch nicht gerade während meiner Liebesszene!‹ Und was sagt Mundek? Es täte ihm leid, sagt er, aber er pflege sein Nachtmahl seit vierzig Jahren regelmäßig um 21 Uhr einzunehmen, und wenn uns das nicht recht wäre, dann müßten wir eben die Liebesszene verlegen. ›Sie halten also Ihren Rettich für wichtiger als meine Liebesszene?‹ frage ich ihn. Und darauf antwortet Mundek schlicht und einfach: ›Ja.‹ Nichts weiter. Oder die Art, wie er über die Bühne geht. Ein Elefant sage ich Ihnen. Die Bretter knarren, die Kulissen schwanken, die Versatzstücke wackeln. Eines Tages konnte ich es nicht länger ertragen. ›Trampeln Sie während der Vorstellung nicht herum!‹ brülle ich ihn an. Daraufhin erkühnt sich Mundek zu der Bemerkung, daß ich ihm nichts zu befehlen hätte. Das war zuviel für mich. Ich begann zu toben. ›Sie Wurm? Sie Niemand! Wer ist hier der Star, Sie oder ich?‹ Mundek zuckt die Achseln. ›Was verdienen Sie?‹ fragt er. ›Hundertfünfundvierzig vor Abzug der Steuer‹, antworte ich, weil ich mich schäme, die wahre Summe zu nennen. ›Sehen Sie‹, sagt Mundek. ›Ich habe dreihundertfünfundzwanzig. Ohne Überstunden. Nu?‹ Er wird für Überstunden bezahlt. Ich nicht. Als ich unseren Direktor Schoßberger einmal fragte, wie es denn möglich sei, daß ein kleiner Arbeiter mehr verdient als ein großer Schauspieler, erklärte er mir das mit der Wechselbeziehung zwischen Angebot und Nachfrage: jeder will ein großer Schauspieler sein und niemand ein kleiner Arbeiter. Mundek weiß das natürlich. Er ist ein absoluter Diktator. Alle Macht konzentriert sich in seiner Hand. Wenn der Vorhangzieher auf Urlaub geht – wer vertritt ihn? Mundek. Und was geschieht? Kaum beginne ich meinen berühmten Monolog im fünften Akt – kaum spreche ich Shakespeares unsterbliche Verse, wie nur ich sie sprechen kann –, kaum beende ich die Zeile: ›Ich habe nachgedacht, wie ich der Welt‹ – da fällt der Vorhang. Aus. Nachdem mir der Theaterarzt Erste Hilfe geleistet hat, stürze ich mich auf Mundek. ›Was war das, Sie Abschaum? Wie können Sie es wagen, mich um meinen Monolog zu bringen?‹ Und ich hebe die Faust. ›Nur keine Aufregung‹, sagt Mundek. ›Das Stück ist sowieso zu lang, außerdem hatten wir mit Verspätung angefangen, und Sie, Podmanitzki, waren so miserabel, daß man es nicht länger anhören konnte. Glauben Sie mir: es war höchste Zeit für den Vorhang!‹ Ich konnte nur noch wimmern. ›Kerl, dieses Stück ist von Shakespeare‹, wimmerte ich. Mundek zuckt die Achseln. ›Meinetwegen soll es von Ben Gurion sein. Ich bin seit siebenunddreißig Jahren beim Theater, und wenn Mundek sagt, daß ein Stück zu lang ist, dann ist es zu lang.‹ Das waren die Tage, in denen ich mich mit ernsten Selbstmordabsichten trug. Wissen Sie, was ich gemacht habe?«

»Um Gottes willen ...«

»Nein. Ich ging zu Schoßberger in die Direktionskanzlei. ›Schoßberger‹, sagte ich ruhig. ›Sie wissen, daß ich nicht überempfindlich bin, aber wenn das so weitergeht, wird Ihre Bühne auf Jarden Podmanitzki verzichten müssen!‹ Und ich erzählte ihm alles. Alles. Auch daß Mundek in den Pausen immer auf meinem Thron sitzt und manchmal mit Absicht seine jiddische Zeitung dort vergißt. Einmal hat er sogar seinen Zigarrenstummel in meinen Kronreif gesteckt, und das Publikum kam aus dem Lachen nicht heraus, weil es noch nie einen König mit rauchender Krone gesehen hat. Nachher versuchte ich es mit Mundek in Güte: ›Sie müssen doch wissen, was ein König ist‹, sagte ich ihm. ›Wie können Sie mir als König so etwas antun? Ich bin ein König, und meine Krone raucht!‹ ›Was sind Sie? Ein König sind Sie?‹ bekam ich zur Antwort. ›Sie sind ein alter Schmierist und heißen Jarden Podmanitzki. Ein König spielt nicht Theater.‹ Seit siebenunddreißig Jahren ist dieser Idiot beim Geschäft und hat noch immer keine Ahnung, was auf der Bühne vorgeht. Das alles sage ich Schoßberger. Das und noch mehr. Und zum Schluß sage ich ihm: ›Schoßberger, entweder ich oder Mundek. Entscheiden Sie sich.‹ Schoßberger versucht mich zu beruhigen, es ist nicht so schlimm, es wird vorübergehen, auch ein Mundek lebt nicht ewig – aber ich bleibe hart. Ich bleibe so hart, daß Schoßberger schließlich nichts anderes tun kann,

als mich entlassen. Er hat mich entlassen. Was sagen Sie jetzt? Er hat Jarden Podmanitzki entlassen. Verstehen Sie?«

»Ich verstehe. Er hat Sie entlassen.«

»Sie scheinen sich nicht klar darüber zu sein, was das bedeutet. Ich sage noch zu Schoßberger: ›Also Mundek ist Ihnen lieber als Podmanitzki?‹ Und Schoßberger antwortet: ›Keine Spur, aber ihn kann ich nicht entlassen, sonst streiken die Bühnenarbeiter, und wir haben keine Vorstellung. Und laut Gewerkschaftsvertrag müßte ich ihm eine Abfindung von 35000 Pfund zahlen. Woher nehme ich die?‹ Schoßberger hat irgendwie recht. Wir Schauspieler bleiben auf dem Posten, ob wir bezahlt werden oder nicht. Aber versuchen Sie, einen Mundek länger als zehn Minuten auf seine Überstundengebühr warten zu lassen! Mundek ist alles. Podmanitzki ist nichts ...«

Der bedeutende Charakterdarsteller war in sich zusammengesunken und starrte mit leeren Augen vor sich hin, ein völlig gebrochener Mann. Er dauerte mich:

»Jarden Podmanitzki«, tröstete ich ihn. »Sie sind ein Titan des zeitgenössischen Theaters. Sie sind viel zu groß, als daß ein Zwerg wie Mundek Ihnen etwas anhaben könnte. Löschen Sie ihn aus Ihrem Gedächtnis. Denken Sie nicht an ihn ...«

»Ja, wenn das so einfach wäre«, seufzte Podmanitzki. »Aber was, glauben Sie, ist gestern abend geschehen? Mundek hatte sich krank gemeldet, zum erstenmal in seinem Leben. Mundek war nicht da. Kein Trampeln, kein Schneuzen, kein Rettich, nichts. Es war so beängstigend ruhig hinter der Szene, daß

ich nervös wurde und dreimal hängenblieb. Ja, ohne Mundek geht's nicht.«

Mein einsamer Kampf, als Reaktionär anerkannt zu werden

Bei Theaterleuten erntete diese Satire großen Beifall (Mundek selbst gratulierte mir: »Es war Zeit, daß endlich die Wahrheit über diesen verkalkten Podmanitzki gesagt wurde!«), aber sie hat die »Histadrut«, das Bollwerk aller israelischen Gewerkschaften, bis in die Grundfesten erschüttert. Die Gewerkschaftsführung stempelte mich als antisozialistisches Element für alle Zeiten ab.

Ich muß gestehen: da ist was dran. Ich bin stolz darauf, der erste Satiriker der freien Welt zu sein, der es gewagt hat, die Gewerkschaften lächerlich zu machen. (Als ich im Fernsehen nach meiner Ansicht über das Geheimnis des japanischen Wirtschaftswunders befragt wurde, äußerte ich: »Schwache Gewerkschaften«.)

Natürlich riskiere ich mit solchen Äußerungen, für den Rest meines Lebens als Reaktionär zu gelten. Ich habe mir dieses stolze Prädikat tatsächlich schon recht früh erworben. Gleich nach dem trockenen und gleichzeitig saftigen Bericht über meinen Besuch bei der Perle der Arbeiterbewegung, der Krankenkasse.

Ausnahmsweise war einmal keine Schlange vor der Tür des Ordinationszimmers. Also klopfte ich an und ging hinein. Hinter dem Schreibtisch saß der Arzt und füllte irgendwelche Formulare aus.

»Guten Morgen«, sagte ich.

»Haben Sie eine Nummer?« fragte er.

»Ja, bitte«, sagte ich und reichte ihm meine Nummer.

»Wo fehlt's?« fragte der Arzt, während er meine Nummer mißtrauisch betrachtete. Ehe ich etwas sagen konnte, erkundigte er sich nach meinen Daten und trug sie sorgfältig in einen Fragebogen ein. Dann endlich sah er mich an. »Also.«

Ich begann ihm zu erklären, daß ich seit einigen Tagen starke Schmerzen im Hinterkopf hätte.

»Im Hinterkopf?« fragte der Arzt.

»Im Hinterkopf«, sagte ich.

»Waren Sie schon einmal hier?«

»Schon öfters.«

Der Arzt betrachtete daraufhin eingehend die Nummer, die ich ihm gegeben hatte. Dann wollte er Näheres über uns, die Nummer und mich, erfahren. Zu diesem Zweck begab er sich zur Kartei, um irgendwelche Papiere zu suchen. Nach einer Weile wandte er sich an mich:

»Heißt es da 083?« fragte er.

»Ja«, antwortete ich, »es sieht mir nach 083 aus.«

Er wühlte erneut und gab auf:

»Haben Sie eine Ahnung, wo Ihre Krankengeschichte abgelegt sein könnte?«

»Da, in der Kartei.«

»Haben Sie Lust nachzuschauen, wo Ihre Papiere sind?«

Ich ging hin, fand meine Papiere und reichte sie ihm.

Er nahm einen Stempel und drückte ihn auf eine leere Zeile. Dann wandte er sich wieder an mich:

»Also, was fehlt Ihnen?«

»Ich weiß nicht«, antwortete ich wahrheitsgemäß. »Ich hab Schmerzen im Hinterkopf.«

Ich fügte hinzu, daß meine Tochter zufällig dasselbe habe, auch sie klage seit gestern über ähnliche Schmerzen.

»Wie alt ist das Kind?« fragte er.

»Zwölfeinhalb Jahre«, antwortete ich. »Ich gehe mit ihr zur Kinderärztin.«

»Zu Dr. Friedmann?« fragte er.

»Nein«, antwortete ich, »zu einer anderen!«

»Und was stellte sie bei ihr fest?« fragte der Doktor.

»Ich war noch nicht dort«, antwortete ich.

»Gehen Sie, gehen Sie nur hin«, sagte der Arzt und begann laut nachzudenken, was wohl meine Schmerzen hinten sein könnten.

»Wann haben die begonnen?« erkundigte er sich.

»Vor einem Monat.«

»Sind Sie bei uns behandelt worden?«

»Ja.«

»Wieso haben Sie dann noch immer Schmerzen?«

»Das war so«, erklärte ich ihm, »eines Tages kam ich ungefähr eine Viertelstunde vor Dienstschluß hierher, und da sagte man mir, daß der für mich zuständige Arzt weggegangen sei und sein Vertreter schon am Vormittag die Arbeit von drei abwesenden Ärzten bewältigen mußte. Daher war er nicht mehr bereit, weitere Patienten zu behandeln.«

»Das ist verständlich«, sagte der Arzt. »Was war weiter?«

»Ich fragte ihn, wann ich wieder kommen

könnte, und er bestellte mich für die frühen Nachmittagsstunden des nächsten Tages.«

»Wie spät ist es jetzt?« fragte der Arzt.

Ich sagte ihm, wie spät es ist, und fuhr fort:

»Als ich am nächsten Tag pünktlich zur angegebenen Zeit hinkam, um eine Nummer zu bekommen, sagte mir der Beamte im Vorzimmer, daß ich heute nicht mehr drankäme, weil mein Arzt plötzlich zum Zollamt mußte wegen dem Staubsauger. Ich fragte, ob man nur dann erkranken darf, wenn es der Krankenkasse paßt, und sagte ihm alles, was ich von seiner Institution denke. Darauf teilte mir der Beamte mit, daß er für diese Misere nicht zuständig sei, denn er wäre auch nur in Vertretung hier, anstelle seines Onkels mütterlicherseits.«

Der Arzt blickte von seinen Formularen auf: »Warum haben Sie nicht gleich gesagt, daß Sie hier schon in Behandlung waren?«

»Das nennen Sie Behandlung?«

Der Arzt war indigniert.

»Also, was wollen Sie?« fragte er.

»Ich will, daß Sie nachschauen, warum ich Schmerzen im Hinterkopf habe.«

»Gut, machen Sie den Mund auf, damit ich hineinschauen kann!«

Ich sperrte den Mund auf, und er schaute sich meinen Hals an. Dann sagte er: »Sie haben große Mandeln.«

»Ja«, gab ich zu, »ich weiß.«

»Sehr große Mandeln«, sagte der Arzt und erkundigte sich: »Was soll ich Ihnen da verschreiben?«

»Ich weiß nicht. Sie sind doch der Arzt.«

Eine nachdenkliche Stille setzte ein. Dann fragte er: »Also wollen Sie jetzt ein Medikament?«

»Ich will, daß die Kopfschmerzen weggehen.«

»Haben Sie irgend etwas zu Hause, Tropfen oder ähnliches?«

»Nein.«

»Schade«, bemerkte der Arzt, »wissen Sie irgendein Medikament, das Ihnen hilft?«

»Magenbitter.«

»Gut, dann verschreibe ich Ihnen Magenbitter«, sagte der Arzt und verschrieb erleichtert Magenbitter.

Ich bedankte mich.

»Keine Ursache«, sagte der Helfer der Menschheit. »Wenn ich Ihnen raten darf, kommen Sie nach den Feiertagen wieder, dann wird Ihr zuständiger Arzt wieder da sein. Ich bin nur seine Vertretung.«

»Dankeschön«, sagte ich und ging.

Als ich die Krankenkasse verließ, beschloß ich, bei meiner nächsten Krankheit auch einen Vertreter zu schicken. Um so mehr, als mir für diese kleine Bestandsaufnahme der »Feind-der-Arbeiterklasse«-Orden mit Schwertern und Brillanten verliehen wurde.

Ein agrarpolitisches Intermezzo

Was kann ich dafür? Ich bin eben ohne kollektives Gefühl geboren. Meine Gene sind schuld daran. Schon bei meinem ersten Gehversuch als Einwanderer in Israel, im Kibbuz Kfar Ha'Choresh bei Nazareth (wo ich mich genüßlich mit Pferdewaschen beschäftigte), zeigte ich eine recht kritische Haltung gegenüber der Idee der gesellschaftlichen Gleichheit.

(»Was dein ist, ist auch mein, und was mein ist, darüber reden wir später.«)

Damals, als mich der Kibbuz als Mitglied aufnahm, marschierte nämlich unsere landwirtschaftliche Kommune in ihrem ideologischen Drang nach sozialer Gerechtigkeit drei Schritte links vom Bolschewismus.

Als ein Kamerad beispielsweise ein Radio geschenkt bekam, beschloß das Kibbuzsekretariat, daß jeder Kamerad einen ähnlichen Apparat haben müsse. Und als einer nach Nazareth ins Kino fuhr, kam der ganze Kibbuz mit. So ist recht verständlich, daß ich anläßlich der Jahresversammlung aufstand und feierlich erklärte: »Genossen, ich habe Schnupfen. Ich fordere, daß jeder Kamerad niest!«

Ich führe die Volksgrippe ein.

So stieß mein Abschied vom Kibbuz auf allgemeines Verständnis, um es vornehm auszudrücken. Dabei schätze ich den Kibbuz als Idealvorstellung durchaus. Aber auch in mancher Ehe klappt es mit dem Sex nicht...

Meine antikollektive Neigung kam auch über dem großen Wasser zum Ausdruck, als ich in New York mein Theaterstück »Unfair to Goliat« inszenierte.

Die kleine Vorstellung brauchte die musikalische Untermalung eines einzigen Klaviers, aber die Gewerkschaft der amerikanischen Bühnenarbeiter ließ mich mit Nachdruck wissen, daß ich, den Statuten gemäß, zumindest vier Musiker und einen Elektriker (um das Licht ein- und auszuschalten) beschäftigen müsse.

Ich sagte ihnen:

»Ich brauche sie aber nicht.«

Sie antworteten mir:

»Das ist Ihr Problem.«

Ich fragte:

»Was wird aus der Vorstellung, wenn ich nicht nachgebe?«

Sie antworteten:

»Dann wird es keine Vorstellung geben.«

Ich appellierte an die Theaterdirektion, schaltete Anwälte ein und wandte mich an die New Yorker Stadtverwaltung. Nach mehrstündigen, schweren Verhandlungen mit Vertretern der Gewerkschaft kamen wir zu folgendem Kompromiß: In meiner Vorstellung werden vier Musiker und ein Elektriker (um das Licht ein- und auszuschalten) beschäftigt.

Der Wahrheit die Ehre: alle fünf Gewerkschaftsmitglieder standen auf die Minute genau eine Stunde vor Vorstellungsbeginn parat. Einer setzte sich ans Klavier, der zweite schaltete mit dem Zeigefinger das Licht an und vereinte sich dann mit den restlichen drei Musikern zu einer lebhaften Kreuzworträtselpartie hinter der Bühne.

Hier wurde der Grundstein gelegt für eine globale Lösung der Arbeitslosigkeit. Wenn jeder Unternehmer nur ein kleines Symphonieorchester zum berufsmäßigen Kreuzworträtsellösen anstellte, dann könnte dieses brennende Problem im besten Sinne des musikalischen Marxismus aus der Welt geschafft werden.

Bevor ich diese Trutzburg des Kapitalismus verließ, rief ich die Mitglieder meines Ensembles zusammen und verabschiedete mich von jedem einzeln.

Den vier gewerkschaftstreuen Musikern und dem Zeigefinger habe ich einen von mir durchaus geschätzten Humoristen zitiert:

»Der Sozialismus ist eine großartige Theorie. Das Unglück besteht darin, meine Freunde, daß er sich in die Praxis umsetzen läßt.«

Rasch hat es sich dann überall herumgesprochen, daß ich durch und durch reaktionär bin. Sowohl wegen der Auflagen meiner Bücher (»Der Humorfabrikant verramscht seine alten Witze in der ganzen Welt«), als auch wegen meiner ärgerlichen Treue zum militanten Israel, in einer Zeit, wo jeder fortschrittliche Mensch in Ost und West die reine syrische Demokratie unterstützt.

Vor kurzem hat man mich in einer Fernsehtalkshow des ZDF (»Sonntagsgespräch«) gefragt, warum um Gottes willen ich nicht zur Linken gehöre, wie jeder anständige Künstler?

Ein Mißverständnis wird öffentlich ausgeräumt.

»Irrtum«, antwortete ich würdevoll. »Die entscheidende Mehrheit der Künstler und Schriftsteller auf unserer Erde gehört zur extremen Rechten.«

»Wie bitte?«

»Rußland, Polen, die Tschechoslowakei, Ungarn, Rumänien, China, Albanien, Bulgarien, ist das nicht die Mehrheit der Welt?«

Da ich mich aber im glücklichen, linksgerichteten Westen und am Ende dieses Buches befinde, erlaube ich mir, einen Nekrolog zu veröffentlichen. Ich habe ihn für jemanden geschrieben, der mehr zu meiner reaktionären Einstellung beigetragen hat als jeder andere: Genosse Stalin.

Nachruf auf die größte aller Fliegen

Auf der großen weiten Welt gibt es viele Länder und in den Ländern viele Städte und in den Städten viele Gebäude und in den Gebäuden viele Läden. Und in einem Laden, einem kleinen Kramladen, gab es jede Menge Fliegen. Sie summten, tanzten, frohlockten, doch der Krämer, der Gründer der Firma, beachtete sie gar nicht, weil es ganz normal ist, daß ein solcher Laden vor lauter Fliegen strotzt.

Doch unter den Fliegen gab es eine, die es zu etwas brachte. Sie war größer als die anderen Fliegen, vielleicht die größte unter ihnen. Während alle anderen im Spinngewebe hängenblieben, blieb sie, die größte unter ihnen, nicht hängen. Blieb sie dennoch einmal hängen, befreite sie sich aus der Verstrickung. Sie war die stärkste aller Fliegen. Kein Wunder also, daß man sie verehrte. »Du bist wunderbar, du bist ein Gigant«, sagten ihr die anderen Fliegen im Krämerladen, »du bist keine Fliege, du bist ein regelrechter Adler.«

Die große Fliege hörte sich die Schmeicheleien an und genoß es, weil Fliegen es mögen, wenn man ihnen sagt, daß sie mehr als nur Fliegen sind. Zumal sie nach einigen Wochen schon selbst daran glaubte, daß sie nicht einfach eine Fliege sei, und versuchte, die Fliegen im Krämerladen zu organisieren. Sie stellte alle möglichen Pläne auf, beseitigte ihre internen Gegner und führte einen erfolgreichen Krieg gegen das Königreich der Mücken. Sie erklärte, sie sei die Sonne und fürchte sich auch vor ihrem großen Rivalen, dem Krämer in Person, nicht. Und dem Krämer gelang es auch in der Tat nicht, sie zu erwischen, als er sie einmal vertreiben wollte. Daher meinte die Fliege, stärker als der Krämer zu sein, und stellte darüber hinaus einmal fest, daß es einen Krämer überhaupt nicht gäbe. Und da kam eines Tages der Winter, und die große Fliege erfror und fiel auf den Fußboden. Nicht der Krämer hatte die Fliege getötet, sondern es ist eben so, daß Fliegen im Winter herunterfallen. Und was noch trauriger war, der Krämer wußte nicht einmal, daß die größte aller Fliegen heruntergefallen war, da sie für ihn lediglich eine Fliege wie alle anderen war. Und das war das Ende der größten Fliege in dem kleinen Laden in einem Haus in einer Stadt in einem Land auf der großen weiten Welt.

Leser mit Scharfblick können dieser Allegorie gewiß meine Weltanschauung entnehmen. Sie ist – wie soll ich mich ausdrücken – durchaus persönlich. Meine Satiren sind Makroaufnahmen aus der Vogelperspektive. Oder einfacher gesagt – Humoresken.

Was ich noch nicht erzählt habe . . .

Wäre dieses Buch m e i n e Biographie und nicht die meiner Lieblingsgeschichten, dann könnte ich erzählen, wie ein junger Ungar auf der endlosen Flucht aus Konzentrationslagern, Arbeitslagern und Kriegsgefangenenlagern frühzeitig alt geworden ist, und wie er als Erwachsener seine Jugend im jüdischen Staat wiedergefunden hat.

Aber all das wartet noch auf ein anderes Buch.

In »Beinahe die Wahrheit« lud ich den Leser lediglich ein, mit den nichtexistierenden Geheimnissen meiner Werkstatt Bekanntschaft zu machen, und einen schnellen Blick in meine eigene Welt zu werfen – solange ich und die Welt noch existieren.

Kürzlich träumte mir, ich sei der Bewohner eines fernen Planeten, ein Wesen, gesegnet mit einer Intelligenz, die jener auf dem kleinen, schäbigen Globus weit überlegen war. Ich blinzelte durch ein gigantisches Teleskop und betrachtete die Vorgänge auf der Erde. Es war wirklich interessant. Da konnte man zwei entzückende kleine Kinder beobachten, die einen Ball hin und her warfen und einander dabei anbrüllten:

»Du bist blöd!« schrie das eine.

»Du bist noch viel blöder!« das andere.

»Esel«, erwiderte das erste.

»Flasche!« gab das zweite zurück.

»Laß uns doch spielen«, schlug das erste vor.

»Mag nicht«, sagte das zweite.

»Ich«, das erste Kind begann aus einem Büchlein vorzulesen, »ich kann nicht umhin, die widrigen Umstände dieser bedrohenden Prozedur anzuprangern, die mit den fundamentalen Voraussetzungen einer weltweiten Entspannung unvereinbar sind. Sie stellen vielmehr eine eklatante Verletzung der akkreditierten Vereinbarung bezüglich einer adäquaten Abrüstungspolitik dar und erzeugen somit ein politisches Klima, welches sinnvollen Gesprächen diametral entgegensteht.«

»Trottel!« erregte sich das zweite Kind: »Hau ab!«

»Hau selber ab!«

»Ich kleb dir eine!«

»Mamiii!«

Dann vernahm ich ein komisch klingendes »Bumms«, eine Pilzwolke stieg auf, und der kleine Planet verschwand spurlos.

Schade.

Sie waren so lustig anzusehen.

Weitere Erfolge von

Ephraim Kishon

bei Langen Müller

**66 berückend komische
Satiren über Zeiterscheinungen und
Menschen von heute und morgen.**

**Kishons Humor, funkelnder
und pointierter als je zuvor, beweist,
daß die Welt gar nicht
so trostlos ist, wie sie auf den ersten
Blick aussieht.**

256 Seiten · Efalin

Ephraim Kishon

Abraham kann nichts dafür

66 neue Satiren

Langen Müller

**Das literarische Denkmal
des weltberühmten Humoristen
für seine vielzitierte Gattin –
ein beschwingter Reigen
herrlicher Geschichten, ein Spiegel
der guten Laune für
jeden Leser und jede Leserin –
Ephraim Kishons
charmantestes Buch.**

288 Seiten · Efalin

Ephraim Kishon

... und die beste Ehefrau von allen

Ein satirisches Geständnis

Langen Müller

Ein Trostbuch für alle Ehemänner und ein berückend komisches Selbstporträt.

Ephraim Kishons humoristischer Streifzug durch ein Vierteljahrhundert im besten aller Ehehäfen. Das literarische Gegenstück zu »... und die beste Ehefrau von allen«.

Ephraim Kishon

Bekenntnisse eines perfekten Ehemanns

Gesammelte Geschichten

Langen Müller